哀莫大於心未死

白樺著

國立中央圖書館出版品預行編目資料

哀莫大於心未死／白樺著.--初版.--
台北市：三民，民81
面；　公分
ISBN 957-14-1928-1（平裝）

851.486　　　　　81004326

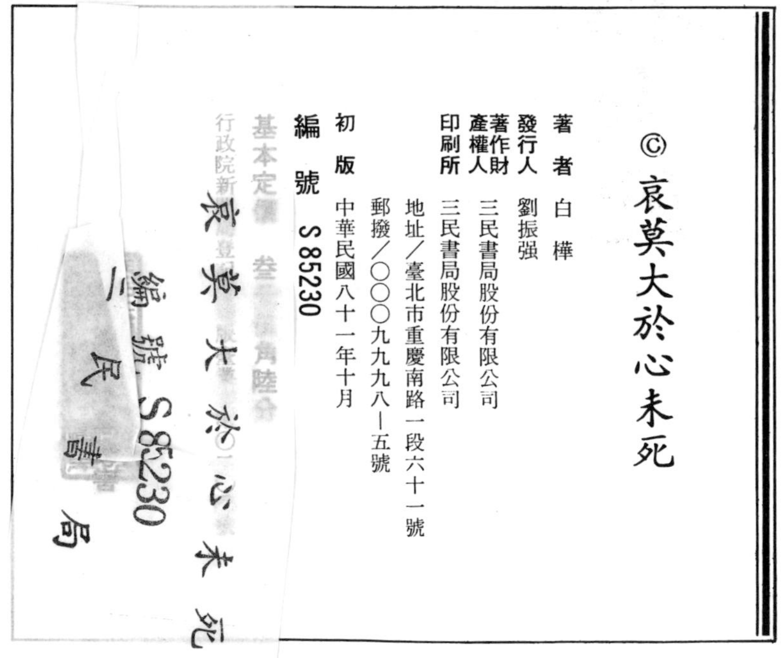
© 哀莫大於心未死

著　者　白　樺
發行人　劉振强
著作財產權人　三民書局股份有限公司
印刷所　三民書局股份有限公司
地址／臺北市重慶南路一段六十一號
郵撥／〇〇〇九九九八—五號
初　版　中華民國八十一年十月
編　號　S 85230
基本定價
行政院新

ISBN 957-14-1928-1（平裝）

詩二首

——代序

叩不開的大門

億萬顆滴血的頭顱，
却叩不開那兩扇金碧輝煌的大門；
因為我們的顱骨和心臟一樣，
也是在溫熱的母體內生成的。
那對發出過狂叫的猙獰的獸環，
已經被欲望的饞涎牢牢鏽死！

億萬雙手捧着血淋淋的心臟，
僅僅是為了乞求門內的人恩賜一瞥。
門內有沒有眼睛？有沒有?!
有沒有耳朵？有沒有?!
有沒有一張會哭會笑的臉?!
其實，門內什麼都沒有！
在空蕩蕩的殿堂上，
只有一張斷了腿的、搖搖晃晃的椅子……

樹椿

風在沙原上自由地堆塑大海，
幾根樹椿兀立在燃燒着的光焰裡；

它們還活着?!是的!
但它們活在另一種完全不同的含意之中。
它們已經死去了?!是的!
它們顯赫的生命開始于死亡。
它們的體內沒有一滴水,
因而無畏于寒暑。
它們不再給予這世界一片綠葉,
因而無動于情理。
但它們的陰影伸縮自如,
長至無限,短至無有。
　正因為它們早已炭化而無知無識,
它們才頑強地無視過去、現在和未來。

一陣疾響。第一陣響，由於太突然、太強烈、太尖銳，我分辨不出它是什麼聲音。但它把我的靈魂連同在夢之外的肉體，高高地拋在空中，重重地落在地上。就在第一陣響和第二陣響之間的短暫瞬間，我找到了一種熟悉的感覺：在我自身的經歷中，有過多次相似的震動。那是戰爭的年代，也是我的童年和少年時代，每當我和數不清的泥塊被炸彈或炮彈掀到空中，然後又從空中再墜落下來，我能清晰地聽見長時間沉重泥塊落地的聲音，卻忘了自己，自己好像失重了似的沒有一點疼痛的感覺，好久好久都還能看見滿天懸掛着將要墜落的彈片和泥塊，多麼奇妙的現象。我由於窒息而大張着嘴，一股股辛辣的硝煙衝進我的胸膛，眼淚立即滑落出來，巨大的氣浪好像一直都在托着我飄浮。第一次我很怕，我那時怕的並不是死，我還不能確切地知道死有什麼可怕，只是感到陌生，陌生的震動，陌生的氣味，陌生的閃光，使人頭昏目眩的桔黃色的強光。陌生的黑暗，驟然臨頭的黑暗裏滾動着白色和黃色的硝煙，陌生的時間和空間的神秘過渡……後來我甚至覺得有些快意的滿足，生——死，天——地，原來不過如此。

當第二陣響出現的時候，我才明確無誤地知道：這是電話鈴聲，我來不及考慮今天的電話鈴聲爲什麼那麼像往日炸彈或炮彈的轟鳴。伸手找到話筒，放在耳邊，還沒來得及喊聲喂，就聽見了對方的哭泣。是珍妮！我熟悉她的聲音，包括哭聲。她在哭泣中夾着不連貫的語句，有時只是一些單詞：

「……你在聽嗎？秋葉！……槍聲……坦克……」

我從聽筒裏隱隱地聽見從大洋彼岸傳來的密集的槍聲和坦克的轟鳴。珍妮不是在洛杉磯嗎？難道這槍聲和坦克的轟鳴是在她居住的「威尼斯海灘」上？那裏經常集聚着形形色色的新潮青年和流浪藝人，霹靂舞好手們競相表演各自的絕技，不能登堂入室的畫家在裸體少女身上施展着自己的才能，把屁股畫成一張中國京戲黑頭的臉譜……

「血……倒在街上的自行車……裝甲運兵車飛似的……是不是在你住的……那條街上？你沒聽見？……沒看見？……你爲什麼……不說話？……」

我立卽跳起來，盤着腿坐在床上，被夢和鈴聲切斷的時間又在我的思維中聯接起來。在此之前的幾十個日日夜夜，孩子們的絕食，全國各大城市的遊行聲援，政府和學生代表的對話，戒嚴令的下達，機械化步兵緩緩開進京城，潮水般的學生、市民四出阻截、爭論，聲淚俱下、激昂慷慨的學生和市民，無語、無奈的士兵…… 中國人大多數城市居民都有了電視機，眞好！在允許播放和人們的生活同步影像的那些日子，可以看到千百張不同表情的臉和眼睛。特寫鏡頭，被放大的最細微的表情，在自自然然的歷史流程中自願或被迫眞實地展示了出來。促使一切人去自主分辨，去獨立思考。不管你是個激情滿懷的人，還是個冷漠的人，都無可避免地介入了。但更多的是在屏幕上看不見、但可以想見的人們。有人憂心忡忡，有人百思不解，有人興高采烈，有人怒不可遏，有人痛心疾首……可我還是沒弄清楚，爲什麼珍妮能聽到我所在城市裏的槍聲？她能聽見，我反而聽不見，甚至我都沒想到過。我怎麼能想得到那些無言無奈的士兵們會向人羣開火呢？啊！我明白了，是電視，她是在電視屏幕上看到和聽到的。我聽到的是從地球的這一邊通過電聲波傳遞到地球的那一邊，又從那一邊反射回來的槍聲和坦克的轟鳴。我立刻跳下床，打開電視機，逐一按了每一個頻道的鍵，屏幕上都閃動着白色和黑色的光斑，只有嘶聲，告訴我：無可奉告。

「你在聽嗎？」

「我在聽，珍妮！」

「……秋葉！……一個穿綠裙子的姑娘……一個穿綠裙子的姑娘……一個穿綠裙子的姑娘……」珍妮像瘋了似地重複着這句話，十遍，二十遍……

「怎麼了？珍妮！穿綠裙子的姑娘……？」我不問也知道那個穿綠裙子的姑娘怎麼了，

我還是大聲問她：「怎麼了？那個穿綠裙子的姑娘怎麼了？」

「秋葉！你記得我的那件綠裙子嗎？淡淡的湖綠色……我們去聖特・巴巴拉那次，我穿的就是那件……子彈射過去……一下就變成了紫色……紫色……」啜泣聲又阻塞了她的話，她連一個字也說不出了。

那紫色的裙裾驀地撲打在我的臉上，很重，整個宇宙立即全都變成了陰暗的紫色。這時，我才發現我渾身的汗水像雨水一樣滴落在床單上。我像五歲的孩子似地時而用手掌、時而用手背抹着臉上、脖頸、胸前的汗，濕而粘，我疑心都是血。

「秋葉！你危險嗎？」她不是在問，而是絕望、悲愴地哀求。

「危險？我……？」我還沒有去想這個問題：危險和我有什麼關係？危險是什麼意思？我和那個穿綠裙子的姑娘同在一塊古老的土地上，同在一座古老的都城裏。可我還在夢中，被大洋彼岸的珍妮喚醒，我的身上只有淚水和汗水，那個穿綠裙子的姑娘淌着血撲倒在長街上……大概全世界都醒着，人們正在用驚愕、困惑、悲憫的眼睛注視着那條平坦、寬濶、筆直的大街，傾聽着從那條大街上傳出的任何一聲響動、喊叫、哭泣和呻吟……我沒看見，也沒聽見，遠不如外國人，他們都能聽見，能看見……還能做各種表示。我呆若木鷄……危險是死麼？死最危險麼？

電話裏的聲音斷了，是她掛斷的？還是線路故障？可惜，我連一句使她感到安慰的話也沒說，幾乎沒說出話來，也許她不需要我說什麼，她知道我還說不出什麼，她也知道我最終會說些什麼。

當電話沉寂下來之後，世界也沉寂下來了，因為我和世界的聯繫只有這根電話線。是夢？夏夜的夢？夏夜多夢……我多麼希望這是夢。我願以我大半生坎坷途中的執着追求和自信做注，押給魔鬼：這是夢。我撫摸着黯啞的電話機，問它：你剛剛眞的鳴叫過嗎？我急於得到證實，又不敢得到證實。善或惡的證實，潔淨或骯髒的證實，恥辱或榮譽的證實，贏或輸的證實，生或死的證實……在證實之前，一半對一半。

窗帘把窗戶遮得密不通風，不管春夏秋冬，不拉上窗帘我不能入睡。這是因為我曾被迫在單身牢房裏熬過兩千五百多個夜晚，每個夜晚都必須在強烈的燈光直射下平躺在木板上。起初，我用手絹勒住眼睛；三天後他們就把我所有的手絹都沒收了，而且不准用被單蒙臉，不許側臥，更不許伏臥。我曾是一個那樣渴望光明的人。母親告訴我，我出生後三天見到光就會笑，就會情不自禁地唱。但在單身牢房的黑夜裏，我恨透了那灼熱刺目的燈光。當我拉開窗帘，才發現密封的玻璃窗關得緊緊的，即使是戶外有電閃雷鳴，我也聽不見。這是現代科技實用於生活的結果，古典的、具有羅漫蒂克風的木格窗欞，只存在於古廟和偏遠的山鄉。我猛地拉開密封窗，一股強大的聲浪衝進來，乍一聽，很像大年夜千家萬戶祝福的鞭炮聲。今天的年輕人和孩子一定會認爲這是鞭炮聲、或是暴風雨。我畢竟是有過長期戰爭經驗的人了，一開始就能聽出那不是爆竹，也不是暴風雨，而是眞槍實彈。槍聲都是從現代嶄新自動槍管裏噴射出來的。我立卽有一種返老還童的感覺，又回歸到幼小的童年時光。一羣被日本侵略軍追逐得頭上沒有屋頂，腹內沒有粒米的逃亡者，坐在山頂上，嚇得上牙不住地磕碰着下牙，還在專注地分辨着每一聲槍響出自哪種槍的槍膛。

「這是……三八大蓋，……這是水連珠，……這是捷克式，……漢陽老套筒，……七九中正式，……歪把子輕機槍，……馬克沁重機槍……」那時，一個六歲的孩子有一雙老兵的耳朶，誰也不會感到奇怪。現在我意識到用不着去分辨了，槍口都是相同的制式。

六歲的孩子能從槍聲辨別出槍的制式，當然也能非常淸醒地認識到，一顆小小的彈頭，不管是七九外徑，還是六五外徑的彈頭，對於任何活生生的肉體都是殘酷無情的。六歲的孩子看到過許許多多被槍彈擊斃的屍體。戰爭過早就給孩子上了生死課：什麼是生？什麼是死？爲什麼生，爲什麼死？——這是最簡單、又是最複雜的課題。很小我就自以爲懂了，就敢於面對生死，眉頭皺也不皺地去選擇生死，就像在兩只大小不相上下的桔子面前那樣。也許是我很早就看到了過多的生生死死，才沒有把生生死死看得很嚴重。我不能理解爲什麼有那樣多的人在死神面前如此可憐。爲了留戀生——卽使是短暫的生，變得異常怯懦，異常殘暴，異常卑鄙，無視自身之外還有生命和未來，那些生命可能更智慧、更高貴、更具有創造力。未來總是美好的，未來的太陽尚未升起，所以她比現在的太陽更美好，因爲現在的太陽已經升起了，她一定要在未來的太陽升起之前沉淪……

我追求死，一直都在追求死，我毫不隱諱，我一直在追求死。當你明白無誤地知道你是在追求死的時候，死，一如你理想中的戀人，她使你對她的追求昇華到無限美好的境界。雖然那只是對於你個人的感知而言，難道你不是由於個人感知到活才活着的嗎?!並不是所有人都知道「九死一生」的含意，我知道。我在小時候就聽到過許多追求死的故事，中國古代的語言叫做：赴死。在我之前，有無數先行者從容赴死，慷慨赴死，含恨赴死……我覺得赴死很美，釋迦、耶穌、貞德……還有許許多多爲理想去赴死的人，都很美，我很多次都莊嚴而歡欣地踏着他們的腳印去赴死，卻活着，靈魂與肉體同時生氣蓬勃地活着……太意外了！

沒想到，萬萬沒想到，我卻死在今天，一個沒想到要死去的早晨，從東半球通過電聲波傳到西半球，又從西半球通過電聲波反射回來的子彈擊中了我，準確地說，只是衰減了許多倍的槍聲擊中了我，我死了！死了……

我還在寫……

雲雀，載着它飛翔的並不是它的翅膀，是它自己的歌。是歌延續着它在高空風雲中的生命，當它的歌喉啞了，它就會從空中跌進深淵，翅膀被折斷。歌的盡頭就是生的盡頭，但它那歌的餘音還會久久在雲層上繚繞。

我的文字只是生命的餘音……

只有死是自由的。不管你握有多麼大的權柄，你可以干擾或阻止生，卻不能干擾或阻止死；相反，你只能推動和加速死——別人的和你自己的死……

死了，還有感覺嗎？有。有什麼感覺？乾渴。乾渴？像匍匐在沙漠裏那樣乾渴，珍妮！你就是我心嚮往之的、甘泉四溢的綠洲啊……

2

我一再向集會的主持人——德高望重的威利牧師解釋：我是一個再普通不過的人，東方人，中國人，中國的知識分子，畫家。除了繪畫，其它學科懂得的很少，我的畫承蒙威利牧師的厚愛，能在他主持的公理會小教堂裏展覽，不少教友都看到了，全都是風景畫，也有些人物畫。我想：這些名爲水彩畫的畫並不一定能爲大多數美國人欣賞。因爲它們不是西方傳統技法意義上的水彩畫，我在水彩中大量使用中國的墨，盡量讓墨的多層次效果在繪畫中起主導作用，像我們肉眼看到的景物那樣，大量的物體的輪廓和光影都是不同濃淡的黑色所界定的。正因爲如此，色彩——哪怕是極少的色彩，都會顯得特別鮮豔。如果有人認爲我的水彩畫有一點與衆不同之處的話，不同之處就在於中國畫的筆墨功夫，這種筆墨功夫很像中國的太極拳和劍術，講究氣，氣是很難解釋清楚的，因爲它無形、無色、無嗅，只能意會，不能言傳。雖然有不少人買了我的畫，價錢從二百美元到一千美元一幅。買畫的人考慮的不是他對畫的藝術價值的認識，而是覺得在美國一幅名畫的印刷品也差不多要這麼高的價錢，這畢竟是一個東方畫家用奇怪的方法塗抹出來的。我怎麼能對他們——主要的聽衆是婦女——

去講筆墨功夫呢？但威利牧師和三百多位坐得端端正正的教友們執意要我走上講壇，要我隨便講點什麼。首先是我能講什麼？有什麼好講？我眞的很爲難，額頭上冒出了許多汗珠來。一位華裔姑娘坐在第一排，爲我的窘迫感到焦急和不安。她向我仰着美麗的面龐，用中國話向我建議說：

「您就講講您自己的經歷吧，我們會很高興知道您的經歷……」

「我是一個非常普通的中國人，就像漫天大雨中的一顆小雨點……」

她用很溫柔、很善意的目光注視着我，輕聲說：

「這裏是美國，是洛杉磯，這裏幾乎所有的人都沒見過中國的雨點……」

「是嗎？」

她用親切的目光鼓勵我。

我越發窘迫了。我後悔沒有出生在西非的荒原上，或者生長於太平洋某一座鮮爲人知的小島，而且額上多長着一只眼睛。再不然我像奧賽羅那樣有過「海上陸上驚人的奇遇，間不容髮的脫險，在傲慢的敵人手中被俘爲奴和遇贖脫身的經過，以及旅途中的種種見聞。那些廣大的岩窟，荒涼的沙漠，突兀的崖嶂，巍峨的峯頂，以及彼此相食的野蠻部落，和肩下生頭的化外異民。」卽使我是奧賽羅，我也沒有莎士比亞式的美妙語言。此時此刻，必須放棄浮誇、編排、渲染和煽情的任何嘗試。只能平實地敍述，把聽衆當做熟悉的朋友。只好這樣，也只能這樣。可從哪兒開始呢？從頭說起，頭在哪兒？溯記憶的河流向上，索本求源。於是，我拋卻一切雜念，開始了我的演講。擔任翻譯的就是那位鼓勵我走上講壇的華裔小姐，由於她，我不安的心情平復了很多。

「朋友們！」三百多雙認眞嚴肅的眼睛都注視着我，我又不安起來，我所講的值得他們如此認眞嗎？她輕而又輕地提醒我：

「就這樣，開始得很好，是朋友們，我保證，都是您的朋友……」

「朋友們！看得出，你們中間也有和我膚色相同的同胞。我的人生之路是怎麼開始的呢？不知道，正如所有的人一樣，我們知覺——或者說記憶並不開始於母親的腹內，也不開始於呱呱墜地。我只記得我的有意識的生命開始於一個有星光的長夜，長夜，但有一顆星星，只有一顆星星，我長久地凝視那顆綠瑩瑩的星星。那是希望，對！那時我已經懂得希望了，雖然很朦朧，但那是希望。我以爲那顆綠瑩瑩的星星會從窗外飛進來。當然，那時我既不懂那個方框框叫窗戶，也不懂什麼是飛。只是一種和星星靠近些，或是讓星星變得更大、更亮些的願望。我伸出手來招喚它，非常用勁地哇哇喊着，儘管如此，我的聲音一定很微弱，或許根本就發不出能讓別人注意的聲音來，誰也沒聽見，更沒有人能聽懂。星星放射着毛茸茸的綠光，並不向我靠近。我很難過、很委屈。大概所有低能者實現願望的努力都是這樣艱難，雖然非常動人，但是徒勞。我哭了，爲了強化自己的要求，爲了抗議這個沒有反響的世界，爲了擺脫這個龐大無邊、由於不可知才顯得特別恐怖的壓迫。只有那顆綠色的星星是可親近的，我相信它一定很暖和。這就是我最初的人生，最先品嘗到的滋味竟是可望而不可及。願望不能實現，我就沉沉入睡了。因爲我的宇宙中只有一顆綠色的星星，夢中也只有一顆綠色的星星，兩顆星很相似，夢中的那顆比較隨和，似乎很願意向我靠近……但夢醒了。當我從有生以來第一個夢中醒來的時候，窗外是粉紅色的早晨，是我從未見到過的光亮，一枝塗了金色陽光的綠樹椏在風中搖曳。鳥鳴，我第一次聽到鳥鳴，但我沒看到那隻鳥。鳥的鳴叫很悅耳，我隨卽產生想要模仿它的念頭，我自以爲我在模仿，模仿得很像，興高采烈地拍着小手。許多年之後，母親告訴我，那天是我會飛的日子。其實，那不能叫做飛，只是興之所至的手舞足蹈。因爲我還沒見到過飛翔着的鳥，也許飛不需要學，也不需要借鑑什麼就可以無師自通，只要你認爲你的願望已經實現，你的翅膀自然而然地就展開了。那天，我就是這樣飛起來的。因爲我擺脫了龐大無邊、由於不可知才顯得特別恐怖的壓迫。世界像一幅色彩鮮豔的長卷那樣在我眼前展開，從此，再也沒有黑暗，再也不會有隱藏在某一個方向的災難的威脅了。只有一片晨光，因爲晨光的壯麗使我很快原諒了那顆綠色的星，我試着起飛了……」

我眞的沒想到，我的這個不像樣子的開頭會贏得很長時間的熱烈掌聲。也許是翻譯的功勞，她有點石成金的神通。每一段話她只要有百分之一秒的思索就够了，她譯出的英語比我講出的漢語還要流利。我輕聲感激她、讚美她。她連連說：

「不！月光只是陽光的反射。」

這意外給了我強有力的支持，之後，我自信而從容地侃侃而談，像山谷裏流出的泉水那樣，按照經歷自身的樣子，時而徐，時而疾地講下去。我講的只是一個傳略，沿着中國三十年代以來的重大事件，簡略地說了說自己。當然，必然會有意無意地省略了許多不該和不宜披露的內容。可命運中苦難多於幸運的事實是無法改變的。當我講到那些沉重歲月的時候，盡量避免激情的色彩，並有意點染一些幽默，借以沖淡滲入事實骨髓中的悲劇氣氛。儘管如此，在我演講結束之後，全場陷入一片寂靜，我有些驚慌地抬起頭，才發現聽衆並沒有打瞌睡，他們正在看着我，一半以上的人眼睛裏滾動着淚水。起初，我還以爲他們注視的是懸掛在我頭頂上的耶和華，我轉過身去，仰望那芸芸衆生永遠爲之動容的十字架上的救世主。這時，掌聲像暴風雨似地在我背後響起來，我才明白他們的熱情是爲我而迸發的。我許久都沒轉過身來，我說不清此時的心情，我只是覺得我自己沒那麼重要，我的經歷，我對人生的認識，都不足以讓人感動，都不足以被人愛戴，我羞於面對他們。我的翻譯用手碰碰我，我只好轉過身來，向他們深深地鞠躬致謝。然後，我轉向翻譯，她眼淚汪汪地向我伸出手，我握住她，她笑着，但聲音是哽咽的，她說：

「我現在才知道，我的血管裏流動着的是純粹的中國血，秋葉先生，您在洛杉磯會留多長時間呢？」

「一個星期，或許還能加一倍……」

「我叫江燕妮，朋友們都叫我珍妮，您也叫我珍妮吧！」

「好的，珍妮小姐！」

「我最近剛剛辭了工作，在求職，有一段空閒的時間，如果您不嫌唐突，我願意駕車陪您到處走走，南加州有不少非常美的海灘，秋葉先生！我有這個榮幸嗎？」

「很不敢當，這樣不是太麻煩您了嗎？珍妮小姐！」

「刪掉小姐，就叫我珍妮，秋葉先生！可以嗎？」

「如果要我刪掉小姐，您也應該刪掉先生。」

「我？我可以直呼您的名字？」

「當然，叫我秋葉好了。」

「太好了！秋葉！」她從小而精緻的黑皮手袋裏拿出一張印有她的地址、電話的名片，交給我。我也給了她一張我的名片，並在名片上寫了我在洛杉磯的臨時地址和電話。

「See you again!」她再一次和我握手，搖了搖才放開我，從越來越多擁向我的人們中間擠了出去。我這才用目光去追踪她。因爲我其實並沒認眞看過她一眼，只能說我感覺到她很美，美在哪兒？我能否把她速寫下來？顯然不能，像人們對一輪滿月的印象那樣，美在哪兒？人們誰也不去仔仔細細地端詳一輪滿月，也沒有一個畫家像畫模特兒那樣去畫一張一輪滿月的素描。我所能來得及看到的，就是她那遮住月光的烏雲般的長髮。再就是留在我眼前的一層無形的餘輝。我很後悔，沒有在她近旁好好看看她，卽使可能刺傷眼睛，也應當看清楚些。我眞擔心，在下次見面的時候能否認識她……

珍妮走了以後，我又回答了許多人提出的問題，我發現美國人並不了解中國，太不了解了。說實話，我很意外，一個世界上人口最多的國家，一個有着幾千年文明歷史的大國，在他們的眼裏就像是某一個山溝裏的一塊東方酋長領地。反而不如十八、十九世紀的西方人，那時的西方人至少都知道中國是個出產瓷器和茶葉的國家，中國人的臉也許就像瓷器那樣白嫩和細滑，中國土地也許就像茶葉那樣淸香。今天，瓷器——China 仍然和中國是同一個字，但美國人看到的大量品質高超的瓷器並不來自中國。茶葉使美國人首先想到的是印度、斯里蘭卡、日本……當然，我們也可以完全歸咎於他們的無知，自安於妄自尊大。可這種心態又太像清末垂簾聽政的西太后而讓自己滿面彤紅。

當天深夜，珍妮就給我打來了電話。

「哈囉！秋葉！」

我一時還聽不出是誰，因為我已經入睡了。

「我是秋葉，您是……？」

「我是你的翻譯呀！這麼快就忘了？」

「珍妮！對不起！」

她聽出了我的睡意，連忙道歉。

「應該我說對不起，你已經睡了？可現在還早着哩！」

「是的，美國人的夜生活才剛剛開始，我雖然身在美國，仍舊是個中國人，中國人還保留着日出而作、日沒而息的古風……」我自我解嘲地笑了。

她咯咯大笑了好一陣才接着說：

「我給你打電話就是和你商量明天日出以後的事情，幾點來接你？」

「謝謝！珍妮！八點半怎麼樣？」

「八點半？好的，八點半，日出已經好一會兒了，車開到你住處的門口？」

「不！在阿爾蒙索街和緬因街交叉的地方有一座小教堂的門口，我在那裏等你，可以嗎？」

「可以。」

「你知道那座小教堂嗎？」

「我可以查地圖，爲什麼我不能直接到你的住處去接你呢？」

「珍妮！不是不能，因爲那樣很不方便，要找停車場，不如在街角上等你，車停下來我跳上去就可以走了。」

「O. K!Good night!」她掛上了電話。

我說了假話，阿爾蒙索街邊上隨處都可以停車，她比我清楚。眞正的原因是我怕她走進我的房間，這間二百美元一個月租來的小房子，除了一張床和一只舊沙發以外，幾乎一無所有，我不知道讓她坐在哪兒。如果請她喝茶，我只有一只兼做漱口缸的杯子，實在拿不出手。爲此，我反反覆覆難以入睡。

清晨，八點鐘我就站在街角那座小教堂的門前了。十二月洛杉磯的天空湛藍而透明，抬頭就能看見遠處的皚皚雪山，落在身上的溫暖陽光又讓人難以相信那雪山是眞實的，以爲那只是好萊塢某一家製片公司繪製的一塊大天片。汽車漸漸多起來，我注視着每一輛一閃而過的汽車和駕車人，尤其是女郎。因爲我不知道珍妮駕的是輛什麼車，什麼顏色？什麼廠牌？什麼年份？也猜不出她今天穿什麼顏色的衣服。使得好幾位駕車女郎對我產生懷疑，向我投以含意複雜的眼風，她們也許以爲我是個亞裔花痴。當我有這種感覺以後就不急於去盯那些駕車的女郎了，轉過身去，像一個忠誠的信徒那樣，面對教堂緊閉着的大門，仰望着門上的雕花十字架。一輛車緩緩在我身後的街邊滑行着停下來。我轉過身一看：白色的奥斯莫比，一位穿着白色薄呢套裝的女郎笑着從車窗裏伸出手向我喊道：

「嗨！Morning！秋葉！」

她是誰？這是我見到她首先想到的第一個問題。她是珍妮嗎？我不敢肯定地審視着她。最使我感到陌生的是那火焰一般的紅唇，象牙色的肌膚——昨天她的肌膚是象牙色的嗎？我完全沒有印象。過於明亮的眼睛在極短暫的一刹那變幻了好幾種情緒：——好高興啊！——怎麼？你爲什麼用陌生的目光看着我？——我的藍眼影有什麼問題嗎？——還是眉梢畫得過長？——謝天謝地！不管你還是我，終於正常了。

我把手伸給她。

「珍妮！眞過意不去，讓你這麼早就……」

「早嗎？日出很久了。」她爲我打開車門，我坐進去，她幫我繫好保險帶。

車平穩地啟動並加速前進，她問我：

「想去哪兒？洛杉磯供遊人參觀拍照的地方多極了，迪斯尼樂園呀！環球影城呀！好萊塢明星們的住宅區比佛利山莊呀……」

「不，我寧願找個安靜的地方和你多談談……」這是我剛剛做出的決定，說出來，首先感到吃驚的是我。我怎麼會不假思索地就說出來了呢？她的本意是陪我玩的呀！

「太好了！秋葉！」她就像十三歲的小女孩那樣高興。「我就怕陪那些到此一遊的客人，拍照，拍照，除了拍照，還是拍照，尤其是日本人，腰帶上掛滿了菲林，就像古代高加索人的子彈帶，到處照相、留影。雖然我知道你不是那種人，又怕你也不能免俗！太好了，我們去長灘，Long Beach!」

3

長灘的冬日和春天的差別在哪兒呢？外來的遊人是分辨不出來的。遊人比較少一些，這是當地人能明顯感覺到的現象之一；需要穿外套或風衣，這是當地人能明顯感覺到的現象之二。一隊日本老年旅遊者，在一個打着小旗子、戴着一頂圓圓的白色小帽的小姑娘率領下，到處拍照留影，正像珍妮說的那樣，一年四季，在世界任何角落都能遇到日本遊人。珍妮特意在那艘有名的遊輪——瑪麗皇后號所停泊的碼頭上放慢速度，讓我好好看看這艘船。她告訴我，這條遊輪在第二次世界大戰中曾經被征用爲運兵船，戰後永遠停泊在長灘，成爲一座水上俱樂部，船上設有酒吧、餐廳、旅館、小賣部。許多年輕的和不怎麼年輕的情侶都願意在這條船上留宿，或舉行婚禮並在船上度過新婚之夜。她曾接待過許多著名的政治家、將軍、明星，至今船上都掛着一幀幀名人的照片。雖然她已不再啟錨，汽笛仍然定時長鳴，時時都給旅客們造成一種在大洋上乘風破浪的氛圍。

珍妮把汽車泊在一條非常僻靜的堤岸邊。堤上只有幾個老年垂釣者互不干擾而又十分有耐心地凝視着各自的浮標。珍妮和我並肩在他們背後悄聲緩緩地踱過，遠離那些垂釣者，免得讓他們心煩。我們走下堤，在柔軟的沙灘上信步走向海……在海浪似可及而又不能及的地方坐下來。

「珍妮！」我意識到我應該先說點什麼。「如果在法國，這樣好的陽光和沙灘，即使再涼些，曬太陽的人也一定會躺得滿滿的……」

「是的，他們那裏的陽光太寶貴了，這裏恰恰相反。」

「珍妮！你不覺得常年生活在氣候溫和少變的地方，有點乏味嗎？」

「也許，秋葉！這正是我聽了你的演講特別感動的原因……雖然我們很不同，但我很能理解你。譬如你談到你的童年時代，中國的一半土地都在日本軍隊的佔領下，國破家亡，使你一夜之間成長爲大人。我不知道成長這個詞是不是確切，但我懂。就是說，你從七歲起就必須去思考最沉重的問題，像國家、民族的興亡和個人的生死這樣的問題，同時還要忍受饑寒和羞辱。特別使我難過的是：你那時就知道夜間荒野上那成羣結隊、飄蕩聚散的磷火是橫死者的靈魂，而沒有對那些綠瑩瑩的光團產生任何美麗的幻想。因爲在白天你曾親眼看到過沙灘上躺着一堆一堆血肉模糊的屍體……在逃亡的路上，你不得不背着一個小包袱，包袱裏不僅有你的鞋襪，還有一張你父親代你寫好的告白，告訴萬一與家人走散後可能收養你的仁人君子，你父親、母親的姓名和永久通訊處、你的姓名和生辰八字。從那之後，你堅強地投身於這樣那樣的歷史旋流之中，掙扎、奮鬪、受難、抗爭，卻唯獨沒有生活。一個人怎麼可能沒有屬於個人的生活呢？我一開始就說過了：我能夠理解，但我不能完全相信。你一定覺得很奇怪，旣然能理解，爲什麼不能完全相信呢？因爲我認爲人畢竟是人，不知道我說明白了沒有？秋葉！」她看看我。「我雖然還算年輕，可我有生以來也觀察過許許多多不同的美國人，特別是做新聞記者的那兩年，上自總統，下至淸道伕，沒有一個人在任何時候的行動和思考都只受政治、社會變革和傳統文化的制約，卽使處在你所說的那種嚴峻的歲月。美國人也有嚴峻的歲月：一九二九年的大蕭條。第二次世界大戰期間，從珍珠港事變起，也捲入了戰爭。後來，五十年代的韓戰，六十年代的越戰，都像惡夢一樣可怕。但人還是人，男人還是男人，女人還是女人，孩子還是孩子……可在中國，至少是你們這代人……？」她攤開雙手，聳聳肩。「不知道我說明白了沒有？秋葉！」

「珍妮！我聽淸楚了，我只能試着回答你……」我停頓了一會兒。「我曾經很喜歡唱歌，大概所有的孩子都喜歡唱歌。我小時候也唱過〈葡萄仙子〉之類的歌，但更多的是抗戰歌曲，譬如現在的國歌〈義勇軍進行曲〉、〈救亡進行曲〉、〈黃水謠〉、〈大刀進行曲〉……等等，這些歌旣是民族的戰鬪動員，又是個人感情的抒發。日軍佔領了我的故鄉以後，佔領軍只許唱〈大東亞聖戰〉之類的歌，雖然我是個孩子，很想唱歌，我能去唱歌頌大東亞聖戰的歌嗎？去和侵略者共存共榮？不能，只好不唱。那時也有流行歌曲，如〈滿州姑娘〉，第一句就是：我是十六歲的滿州姑娘……敵人的汚辱還不够嗎？自己去汚辱自己？文化大革命時期，我是個童心未泯的中年人，除了毛的語錄歌和有限的幾首歌頌無情鬪爭的歌曲之外，就是八個様板京劇裏的唱段。這些歌曲和唱段也許有它們自己的藝術價值，但這些歌曲和唱段都是血腥畫面的畫外音，至今我一聽見那些歌曲和唱段都能讓我看見血腥的畫面，我會去唱嗎？但別的歌不能唱，不許唱。的確，中國不乏非常優美的抒情民歌，像雲南民歌〈小河淌水〉、〈遠方的客人請你留下來〉，陝北民歌〈走西口〉……如果我突然喊出一聲：『哥哥走西口，妹妹我實在難留……』我會立卽被打得半死，而且沒有一個人會同情，今天聽起來，誰都覺得荒誕不經，沒有一個人會同情？這在任何國家、任何地區、任何時候都是不可能有的怪現象，在那時的中國卻是正常現象，連被打得半死的人也認爲這是正常現象。從此以後我就再也沒有唱歌的興致了。我常常羡慕林中的小鳥，它們從不因爲季節的不同選擇歌曲，它們永遠都在由衷而自由地唱歌。不知道我說明白了沒有？珍妮！」

她把她那柔軟的小手伸過來，擱在我的手背上，撫摸着，似乎在暗示我：你並沒完全解答我的疑問，但不要緊。

「珍妮！」我儘量補充說：「你可能還記得我在演講之前說過的那句話：我是一個非常

普通的中國人，就像漫天大雨中的一顆小雨點。珍妮！你能在漫天大雨中聽見一顆小雨點的聲音，看見一顆小雨點的形象嗎？如果讓我回憶往事，總的看，也就是一場持久的大雷雨，我很難找到還有屬於我自己的什麼來，頂多只是一些片段……」

「是嗎？」她偏着頭看着我，我很喜歡她邊思索邊審視我的樣子，我不僅不反感，而且覺得她很可愛。

我們沉默了很久，港灣裏的霧全都散盡了，如林般的桅杆靜靜地指向晴空，水下的倒影卻像是千百條擺動不止的蛇。珍妮忽然把話題轉向自己，她問我。

「我的祖先是一百多年前從廣東到美國來的，我還有廣東人的樣子嗎？」

「沒有了，一點也沒有了，所以就特別美。」

「謝謝！」她不以爲然地笑笑。「不過廣東人也有大美人喲，中國第一代電影明星阮玲玉不就是廣東人嗎？還有孫逸仙先生的夫人宋慶齡……」

「是的。」我承認我太冒失了。「對不起。」

「在我東部老家裏還保存着祖先們初到美國時的照片，男人留着很長的辮子，抱着閃光發亮的銅煙袋，褲腳都用絲帶紮得緊緊的，八個人就能扛起一根長長的鐵軌，臉曬得就像黑人，顴骨很高，我不能想像他們是怎樣活下來的，而且在美國還養育了後代。」

「我想，當年他們如果在國內能够有口糠吃，就不會遠涉重洋到美國了。中國人常說：金窩銀窩，不如自己的窮窩……」

「我想也是。」珍妮問我：「你對近十年以各種方式到美國來的中國大陸年輕人怎麼看？」

「唉！」我在回答之前忍不住嘆了一口氣。「現在的原因更複雜一些，不僅是窮，但在受屈辱這一點是相同的。」我有些激動地說：「我們始終沒有擺脫屈辱。在中國的美國領事館門口每天都排着長龍，有人在頭一天的夜晚就抱着被子睡在人行道上，一直等到第二天上午才能進門，進門以後，大多數人都得不到應有的尊重。當然，他們中間有些人也不配受到尊重，不是手續不全，就是繳驗僞證，得不到簽證就大哭大鬧，好像除此之外就再無生路似的……」

「爲什麼？」

「我……沒有能力來回答這個沉重的問題，我只知道，並不是只有美國駐華使領館門口有很多中國人排隊，澳大利亞、日本、英國和非洲某些國家的駐華使領館門口也都有中國人在排隊。可是，全世界沒有任何一個國家的公民爲了進入中國會像死裏求生那樣急切。原諒我，我不知道怎樣才能說得更準確。有一個中國年輕人在踏上飛往美國的飛機之後發誓說：

我再也不會回來了，卽使餓死在美國。半年以後，我在他父母那裏聽到他從紐約寄來的一卷錄音帶，從第一秒鐘就開始哭泣，一邊哭泣一邊說：到美國以後我才知道，中國人還和一百多年前一樣，在美國可以出賣的只有勞力和羞辱。他不能入學，必須先打工混飯吃，大多數自費留學生——F1，他們的經濟擔保都只存在於親友們的擔保書上，分文都不能動用。他說：我做夢都在回家的路上，雖然我並沒忘記我起過的誓，現在，我回不去不是因爲誓言，爲什麼？你們……我的親人們！你們都知道。說到這兒，他大聲號啕得無法繼續，好一陣子才又嗚咽着說：請爸爸、媽媽、妹妹聽一段美國鄉村歌曲，很好聽，我們都別再悲傷了，高興點，聽！接下來就是一段〈千萬別直接回到我的懷抱〉。結果，他的親人們在聽這段歌的時候哭得最慟，他們雖然聽不懂那個美國人唱的是什麼意思，而且曲調輕鬆歡快……」

「我只知道中國留學生很艱難，看來不但艱難……」她有些黯然地站起來，同時把手伸給我。「我們該去喝點什麼了吧？」

「好呀！」我被她拉起來。

我們走進一家濱海酒吧，如果是夜間，一定會有很多顧客，空中、地上、水下的燈火和星光環繞着你，啜着一杯酒，聽着若有若無的輕音樂，眞够浪漫的。白天的顧客卻很少，我們是第二對。在酒吧的南極臨窗的位置上有一對美國年輕情侶正在傾吐衷腸，並不斷地擁抱親吻。胖胖的小姑娘皺着鼻子、閉着眼睛享受着醉意的愛撫。對於他們來說，白天和黑夜完全一樣。我們選擇了北極。一坐下，吧女就來了，是一位身材苗條的黑姑娘，扭着走過來，蔴布短裙擺動得像波浪。珍妮要了一杯杜松子酒，我要了一杯不加蘇打水的威士忌，我們還合要了一份三明治。黑姑娘一轉身，好像變戲法似地，盤子一轉，一切全都送來了。當我把找零的錢都給了她的時候，她嫣然一笑，牙齒白得像是用雪花堆的，我不由自主地想到：會不會溶化？她用日語對我說：

「ありがとうございます，先生！」

她竟然把我當成了日本人，我對珍妮嘆了一口氣：這就是當今世界！珍妮笑了。

「只當是替日本富翁付的小費。」

窗外是明麗的陽光，樹林像是競相湧動的綠色噴泉，海上浮泛着銀色的淺浪。遠處高速公路上的車隊乍一看像是一個接一個原地不動的甲蟲，仔細看才知道它們在爬行。

「秋葉！」珍妮的目光忽然透露出一絲狡黠的光。「我想冒昧地向你提一個也許是不該提的問題……」

「提吧，珍妮！我們已經很熟悉了，不是嗎？」

「我很高興，你能把我當做一個很熟悉的人……」

「而且很談得來。」

「可我不知道能不能無所不談……」

「我想……是可以的，被人了解是不是一件愉快的事？決定於那個人是不是朋友……」

「我能算是你的朋友嗎？」

「當然，昨天我們分手的時候我就這樣認定了。」

「Thank You！你有過無話不談的朋友嗎？」

「我曾經以爲我有過，後來我付出很高的代價以後才明白，在專制、高壓和禁錮的生存環境中只有欺騙、告密、陷害，幾乎找不到眞誠的朋友。」

「你說得好極了，智慧的見解的確是痛苦經驗的結晶……我想請你談的實際上還是我們在沙灘上探討的那個問題，就是說，我還是想聽聽你經歷中很個人的事情，也就是你在演講中有意無意删掉的那些內容，可能你一直認爲那些都是微不足道，講出來不合適、不好意思，沒有意義的事……反正原因種種，特別是關於個人的感情生活、愛情，從微觀上來看，每一顆雨點並不相同，何況是一顆有思想、有情感的雨點呢！我多少知道一點，中國的傳統觀念，士大夫歷來不談愛情，男女情感被認爲是苟且之事，特別是當着一位女士來談自己隱藏得已經忘掉了的情感歷程……」

「珍妮！是的，對於我來說，不是隱藏得已經忘掉了，而是我從來都沒打開過、也沒想到過去打開那個小匣子。」

「那太好了，能不能爲我打開呢？」

「現在，在這兒？在美國？當然可以。」

「Really？」

「眞的！」

「乾！」她欣喜地把杯子伸向我，叮噹一聲，正在調酒的黑姑娘立即轉過身看着我們手裏的杯子，沒碰破，她笑了，牙齒的確很白。「我接待過很多大陸同胞，你是最沒僞裝、最坦率的一位，許多人一講話就背官方報紙，沒有自己的語言，你很例外。但我必須說明，我絕不會把您的故事當新聞去發表，除非你願意。我的目的是純個人的，也可以說是自私的，以後我會告訴你……」

我仔細端詳着她，她的態度很誠懇，稍稍有些激動，她用手撩起滑落在眼睛上的頭髮，額頭上有了細小的汗珠。我把目光從她的臉上移向窗外的海上，此時，我已不在看了，而是在想，想着怎樣打開那個沒打開過、也沒想到過去打開的小匣子。但她誤會了，她說：

「你還有顧慮嗎？」

「不！珍妮！我一點顧慮也沒有，眞的！我一向認爲愛情也是人類苦難歷程的一部份，我甚至覺得完全可以在公開演講裏講出來。但生活中並非如此，前幾年我曾經向一位所謂的好朋友私下裏談到過一些感情經歷，結果是使那位好朋友立即變成一個以刺探別人隱私爲資本的商人，他以爲可以藉此去賺取暴利。我自以爲那些都不是不可對人言的醜事，只是一些沉浸在舊日血淚中蒼白的痛苦之花。他全都給潑上了污水。我並不是說你也會這樣，你當然不會。在美國，用這種資本什麼也撈不着……」我把手隔着桌子伸過去握握她的手。「我是在考慮從哪兒開始。」

「從頭開始，好嗎？秋葉！」她握握我的手。

「珍妮？頭？頭在哪兒？」

「First Love。」

「那應該是九歲那年，你一定覺得很奇怪，九歲的孩子……」

「No！五歲的孩子也可能……」珍妮像個孩子似地笑了。「我的初戀就在五歲，隣居的一個小男孩，走路還搖搖晃晃地不穩當，捧着一個三角紙袋，紙袋裏裝的是爆玉米花。我坐在門前的臺階上，他走過來叫我：珍妮：I love you 。我覺得很好玩：Really？他極爲認眞地說：Of course。撅著屁股爬上臺階，用他那盡是口水的嘴唇碰了碰我的嘴唇……」

「這是初戀？」

「Of conrse！」珍妮顯然在學那個小男孩的嚴肅口氣。

4

八歲那年，我們全家已經在西鄉度過了一年的逃亡生活，力盡財竭。原以爲鄉間很太平，誰知道不但要逃避日軍的掃蕩，各種旗號的游擊隊都要在難民身上撈油水，派糧派穀、抽丁拉伕，兵匪難分。我父親的處境最爲險惡，日本人追他的命，土匪追他的錢和地契，各種顏色的游擊司令都在追他的槍，他只好遠離妻小逃進連我們都不知道的深山裏去了。正像你知道的，我父親是個殷實的地主，出身書香門第，絕不願和日本人同流合汚，日本人恨他的矜持，怕他的影響。我母親卻是個貧困農戶的女子，父親是爲了生兒子才把她娶來續弦的，前妻是個名門閨秀卻沒有留下兒女，鬱鬱病死。果然，不到十年，後妻爲我父親生下了四男二女。戰前，事無巨細，都由我父親作主，她被認爲是個沒有主意的鄉下女人。逃難在外，父親又不能和妻兒相依爲命，一切都只好倚仗這個鄉下女人了。她和六個嗷嗷待哺的幼雛棲身在荒山上，那是一座往日山大王佔駐的石寨，十幾戶從城裏逃出來的難民結了幾十間茅屋。面對第二個寒冬，母親既沒有徵求任何人的意見，也無法找到我們的父親，她像一只架着翅膀護着一羣鷄雛的母鷄一樣，看看天上的鷹、地上的貓、洞裏的蛇，左思右想，她覺得最安全的地方還是日軍佔領下的縣城。雖然我打心眼裏反對這個決定，我認爲這是可恥地投降，但我不敢公然反對，也提不出別的辦法。經過一場散兵游勇對石寨的洗刼之後，母親帶領着我們鑽進了蛇窩，當了日本侵略軍的順民。在進城的那天早晨，爲我們辦良民證的那個僞警察向我們再三告誡，進城的時候不要驚慌，要低着頭慢慢走，在皇軍哨兵面前要鞠躬，九十度彎腰，九十度是什麼樣呢？他用手掌折了一個直角，又示範地鞠了一躬。母親要我們每人都實習一下，包括她抱在懷裏的小妹妹都得來一個九十度的鞠躬，唯獨我不幹。母親一定要我照着那個僞警察的樣子鞠一躬，我就是不照辦，她大發脾氣，而且落了淚，嚇唬我：不鞠躬會讓皇軍打死的！我嘴裏不說，心裏說：打死才好哩！就像戲文裏的英雄豪傑一樣。我被母親逼得實在沒辦法的時候，告訴她：娘！我知道什麼是九十度，九十度是一個直角，趴下是一百八十度，翻個跟頭是三百六十度，到時候我會。內心的獨白是：死活你別管。那個僞警察因爲拿了我們的好處，一直把我們送到離城門一箭之遙，再一次爲我們示範了一次鞠躬才離開了我們。母親的臉上立卽失去了血色，懷裏抱着一個，牽着兩個，身後還有兩個扯着她的衣襟。我在最後，既不牽別人，也不讓別人牽着我。兩個日本哨兵虎視眈眈地站在城門一側，來來往往的順民手裏拿着良民證，走到他們面前鞠躬到地。母親戰戰兢兢地帶着我們向日本哨兵走去，學着前面的人，把良民證伸到他們眼前，彎下腰鞠躬。我從來沒看見過母親那樣恭順地朝什麼人鞠過躬，過於深度地折腰，眞可以算得上一躬到地。我覺得很羞慚，無地自容，沮喪之極，但我的雙腳並沒受到影響，跟着母親走進了城門，這時我才意識到我沒鞠躬。日本哨兵好像並不特別注意小孩，他們的眼睛始終都盯着那些擔着茅柴和劈柴進城賣柴的鄉下人，他們的沖擔兩頭都裝着長長的鐵尖，比古代的矛槍都要鋒利，而且那些松毛和劈柴捆裹很容易包藏兵器。我回頭看看那兩個日本兵，才發現他們都戴着眼鏡，個子不高，其中一個顯得很瘦弱。突然，他——就是那個瘦弱的兵朝一個擔柴漢子吼了一聲，因爲那個漢子在他們面前換了一個肩，只象徵性地點了一下頭。那兵很敏捷地把槍平端在手裏，刺刀指向那漢子。就在這時，我被母親提着耳朶拎進一條最近的小胡同，否則，我會一直看到這個事件的結果。正因爲沒看見，我的想像才活躍起來。我想像中的那個漢子是我自己，因爲我連頭也沒點過。刺刀「噗」地一聲捅穿了我的胸膛，噴了日本兵一臉鮮血，迷了他的眼睛。我像戲臺上盤腸大戰的羅成那樣直挺挺地躺倒在城門下，門裏門外的人都像堵在堤壩以外的水，沒有言語，只有目光，每個人都只能用恐懼萬分的目光遠遠地投射到我身上。但他們心裏有很多話，也許正在自語，無聲的自語。我的血很快在地上畫了一張地圖，——一片秋海棠葉形的祖國。遠遠注視着我的中國人，我的鄉里們都會在心裏讚嘆稱奇，但他們的臉上卻是麻木的，緊緊地閉着嘴，唯恐會發出一聲情不自禁地嘆息。母親也一樣，弟弟妹妹也一樣，緊閉着嘴，不敢表現出他們和我的親情，但他們心裏有哭聲，淚水也往心裏倒流，特別是母親，她會哭出一本厚厚的唱本兒來。但此時都是啞巴，只能用目光遠遠地撫摸着我，拚命地咬緊牙關，把第一聲號啕關在喉嚨裏。我已經離開了我的軀體，站在它的旁邊，它的那陣痙攣和疼痛已經過去了，眉頭漸漸在舒展，平復得很祥和。血已經流盡了，可惜的是沒有噴出兩灘血來標出臺灣和海南島。日本哨兵有點緊張，因爲他們認出了這片秋海棠葉的含意，而且這些驚恐的中國人不再進或是出這座城門了，他們的沉默是神秘莫測的，沉默的另一面是什麼？凡是沉默的東西都很可怕，子彈、手榴彈、炮彈、炸彈都是沉默的。烏雲是沉默的，躲在暗處的獅子是沉默的……我面對這沉默的場景，覺得很好笑，那麼多人沒有聲音。卽使是蚊子，不是也有集蚊成雷的說法嗎？當然，最主要的內心感覺是一種崇高的矜持。我死了！這正是我希望的。死，多好！

「孩子！你怎麼了，嚇傻了？」母親連連拍着我的頂門心，才把我從幻覺中叫回來，使得我十分沮喪，原來我沒死！多沒勁！我沒好氣地說：

「誰害怕了？」

比我小兩歲的弟弟驀地對母親說：

「娘！他……」指着我。「他沒鞠躬！」

我眞想給他一記響亮的耳光。

母親立卽兇狠地轉向我，問我：

「是不是？你是不是沒鞠躬？」

我只用鼻子哼了一聲。

「你……你找死！」

我不回答，不屑回答這種問題，心想：對！我就是找死！可惜日本鬼子沒看見。——這句話我眞想說出來，氣氣母親，蠕動了好幾下嘴，還是說不出來。母親對我好像也沒辦法，含着淚說：

「你爹不在，你就不聽話了！萬一闖了禍怎麼了得喲！你不要命，弟弟妹妹的命也不顧了？」

我仍然拒不回答，母親只好領着我們繼續往前走。那個告發我的弟弟偷偷看看我，他以爲我一定很狼狽。他這一看，反而使我覺得必須輕鬆些，故意在嘴裏哼着——「大刀向鬼子的頭上砍去」……哼得很輕很含混，母親還是聽見了，回身給了我一個暴栗，額頭上立卽腫出一個包來。但我沒哭，自我感覺更爲良好，好像一位受了主和派——也就是投降派壓抑的大將。（又把自己想像成戲文和演義小說中的人物。）

找死，是的，我從很幼小的時候就開始找死了……

自己的家屋被日本憲兵隊一張封條給封住了，有家不能歸。只好在被炸彈毀掉了的鮑氏大宅院裏清理出一間不漏雨的房子裏暫且安身。鮑氏大宅院是一座有名的華府，連後花園共有五進之多，鮑氏的先人曾經做過御史大夫，宅門上有過一條敕賜御史大夫第的匾額，如今連宅門一起被炸成瓦礫。我們進進出出都要踏着硌腳的殘磚破瓦和人的骨骸。我們的臨時巢窩原是第二進的一間東廂房。從第三進到後花園，只剩下一些房屋的框架，誰都不敢涉足，只有咕咕叫的鴿子和吱吱叫的蝙蝠飛進飛出。我有時趁着豔陽高照偷偷溜進去探險，任何一點響動都讓我魂飛魄散，廢墟裏的響動很多，首先是腳下的瓦片，不可避免地要喊叫；野猫突然衝出陰影的一聲哀號；一條蛇從斷樑上滑落下來，幾乎套上了我的脖子。還有那找不到根源的空穴來風，像淒厲的悲歌。我走到第四進就止步了，掉頭狂奔而出。第二年，這座廢墟的第三進又搬來一家隣居，那是兩間原來下人住的小屋，他們很能幹，居然把透着天的屋頂都用碎瓦蓋得嚴嚴實實。母親說他們是一戶南鄉的莊稼人，一家三口，夫妻倆和女兒。我從沒見過那家的男人，聽說他身患重病、臥床不起。他們祖祖輩輩居住的村莊被日本侵略軍一把火燒得乾乾淨淨，沒人種田，茅草長得比人還高。兩個女人我在第一天就見到過，看不出她們的年紀，母女倆的粗布衣裳上補釘連着補釘，這樣的打扮在那時候司空見慣，不足爲奇。國難當頭，連我這曾經是小少爺的人都露着胳膊肘。但讓我看一眼就厭惡的是她們的頭臉，她們的頭髮都蓬亂得像鷄窩，臉上的黑灰從沒洗乾淨過，眉毛眼睛都分不清。母親有時候還去他們家串串門，也許是太寂寞了的緣故，而且母親本來就是鄉下人出身，他們之間有話可談。我可從來不進她們的門，連看都不想看她們一眼。母親說：那丫頭有十六了。十六歲的大姑娘不洗臉、不梳頭，太可惡了。我恨她，瞧不起她。日本侵略軍在城裏辦起了小學，我們家裏的孩子壓根就不敢想日軍的學校會讓我們入學。爲了補貼家用，母親希望我們都能出去掙點錢，哪怕是到河灘上去拾柴，野地上去挖野菜。一個晚上，母親告訴我：

「二狗！（這是個最賤的小名，據說是爲了能夠長命才起這種賤名的，任何神鬼都不會注意一條小狗，所以也不會危害它。可見韜光養晦是中國人無師自通的伎倆。）從明天起，你跟荷香姐去做『果干』。」

荷香姐？荷香姐是誰？「果干」我懂，這是日本話「交換」（こうかん）的意思。母親指了指那戶隣家的後牆。

「就是邱嬸家的丫頭，她去『果干』過三回了，搞得好，一天能掙好幾毛錢。」

「不！」我知道這是到日本軍營門外，用批發來的一種叫「阿瑪莫及」（あまもち）的赤豆甜點心去和日本兵交換他們的襪子、襯衣、毛巾之類的東西。而且要和那個名字很乾淨、頭臉極髒的丫頭一起去。

母親好說歹說我都不同意。心想：讓我在日本兵面前低聲下氣，不知羞恥去換幾個小錢，才不哩！

母親一氣之下在門背後抓了一把掃帚，劈頭劈臉打了我一頓，母親經常打我們，父親卻從不打孩子，因此我一直對嚴父慈母之說很反感。打吧！我把背給了母親。母親知道把我打死，此刻我也不服。她就哭起來了，我們家鄉的女人一哭就訴，一訴就像吟唱，能即興訴出一行行詩一般的苦情來。連滿腹委屈的我都能受吸引，一句一句聽下去，並受到感染。她在哭訴中說到父親的生死未卜；說到積蓄已經全都耗盡；說到往日的親朋情意淡薄，「窮在鬧市無人問，富在深山有遠親」；說到「在人屋簷下，怎能不低頭」？說到小小年紀要學會胸有城府，楊四郎身陷番邦也只能隱姓埋名，入贅蕭太后的後宮與賊為伍，要學會身在曹營心在漢。賺敵人的錢才是高人哩！我的兒呀！她這一番哭訴，使得我的心軟了下來，去「果干，果干」試試，知己不知彼，怎麼能百戰百勝呢？我還從沒走到日本兵身邊去過，更沒跟他們說過話，於是我對母親說：

「娘！別哭了，我去。」

這才雨過天晴，娘不再哭了，立即給我收拾了一只竹籃子。傍晚，為了遷就我，怕我不去邱家，她把那個髒丫頭叫了來，讓她給我講講怎麼批發，怎麼賣，怎麼和日本兵講價錢。我低着頭不看她，聽她說。鄉下土話實在難聽，可她說得還清楚明白。她說：

「放心，大奶奶！明兒天濛濛亮俺就來叫小弟。小弟！跟着俺，俺教你。小弟，咱們都是自己人。大奶奶！俺就是一文錢不掙，也要讓小弟能掙幾個錢。」

母親高興得抿不住嘴地笑，一再向荷香道謝，還要讓我向她道謝，我不肯，就因爲這，挨了母親一個巴掌。荷香連忙在我頭上輕輕揉搓着，我當即把她的手推開，以示我的英雄氣概。她並不惱怒，仍然爲我向母親說情：

「小弟認生，一回生，二回熟，下回就熟了。大奶奶！我走了，明兒天濛濛亮，小弟，我來喊你，可別賴被窩呀！」

天亮得眞快，腦袋剛貼上枕頭就聽見荷香來喊我了。

「小弟！小弟！你姐來喊你來了，晚了批不上貨。」

我裝着沒聽見，母親代我應着。

「起來了！荷香姐，就來。」說着拎起我的一只耳朵，我只好「哎喲」着跳下床。弟弟妹妹們都蒙着被子笑我。我用冷水匆匆洗了一把臉，穿上褲褂，提着籃子就走出了門。她等在門口，立卽用一只胳膊摟住我的脖子。

「小弟！冷不？天怪冷的，走……」我甩開她，離開她五步遠，她走一步，我才走一步，她也沒奈何。到了批發店門口，早已有幾十個竹籃子排成隊了。荷香把我的籃子排在她的前頭，輪到我的時候，付錢、撿貨都由她一手包辦。批了貨，我們跑着趕到西門外大營房，太陽已經爬得老高了。我們隔着鐵絲網和那些看樣子是新從日本本土開來的士兵「果干」着。這是我第一次近距離仔細觀察日本人，越是從容仔細地觀察他們，越是覺得他們實在沒有什麼特別，有幾個還像是孩子，很硬的帆布軍裝像是紙板做的，和他們那些還長着細茸毛的小臉很不協調。正因爲隔着鐵絲網，我才能像看籠子裏的老虎那樣去看他們。很失望，他們差不多都是還沒變成野獸的年輕人。第一筆交易是一個日本二等兵要用一雙線襪換五個「阿瑪莫及」，荷香替我和他討價還價，壓到只給他兩個「阿瑪莫及」。第二筆交易是用兩個「阿瑪莫及」換來一包藍箭牌香煙……她等我籃子裏的貨先「果干」完才把自己的籃子打開。她眞會察顏觀色，而且很有語言天才，她能說不少日本話，對日本兵的心理揣摩得很準確，完全像個釣魚能手，一條一條的魚都釣到手了。「果干」完以後，她又帶我回到城裏，在南大街一個名「隆泰」的小雜貨店去出貨，也就是把我們從日本兵手裏「果干」到的東西賣給店主人。想不到這一關最艱難，虧了荷香那張嘴，要苦的來苦的，要甜的來甜的，要軟的來軟的，要硬的來硬的。店主人被她說得只有招架之功，沒有還手之力。他想壓我們的價，總也壓不下去，只好依了荷香。算下來，荷香讓我多賺了五分錢，一共是三角五分，她只賺了三角。在回家的路上，她告訴我：回去別對大奶奶說我比你賺得少，就說都一樣。我很勉強地應了一聲「嗯」。說心裏話，我既感激她、又佩服她，但我仍然不喜歡她，特別是不願看她那副髒臉。

不久，母親和隣居的幾個婆婆媽媽生出了一個消愁解悶的主意來。各自找出了一些民間木刻印刷版的「唱本」，這些「唱本」有說有唱，主要是唱，作者大約都是以賣唱爲生的人唱出來的，多數是瞎子，後來被一些佛教、道教的慈善家們刻印成書，廣爲流傳。內容是歷朝歷代的演義，也有佛經故事，言情悲劇居多，主旨是勸善，宣揚因果報應，三綱五常……無望的夜太長了，婆婆媽媽們在毫無希望的黑夜裏難奈寂寞。她們個個都是一個大字不識的文盲。既然聽不到任何人世間使人寬慰的好信兒，只好在一些虛構的故事中去找公正、找報應、找痛快。否則圍着被子在棺材一樣的黑屋裏是要悶死的，去年就有好幾個老人平白無故地坐在床上斷了氣。可讓誰來唱呢？這份差事就落在我頭上了。壞就壞在我愛讀書，戰前只讀到小學二年級，連猜帶認，不認得的字跳過去不管，先後讀完了《水滸傳》和《三國演義》。書是從瓦礫堆裏的破罈子中找出來的。我能够抱着這些線裝書不放，已經成爲母親的驕傲，她早在婆婆、媽媽中間廣爲傳播，使得她們肅然起敬，並唏噓讚嘆不已。但她們實在是不知道我讀完《水滸傳》以後還把李逵念成李達。婆婆媽媽不約而同地想到了我，因為周圍幾條街還找不到一個能讀完《水滸傳》和《三國演義》而又可以免費的唱書人，只有我是個合適的人選，我只好像被趕着上架孵小鷄的鴨子，答應下來。母親讓我先溫習溫習，我先選了一本叫《寶鏡緣》的嘉慶刻本翻了翻，唱詞大多是十字句，也有九字句、七字句和五字句，不認識的字比較少，一篇裏頂多有兩三個。只是怎麼唱？怎麼念呢？我很為難，我知道要有個腔調，是個什麼腔調呢？母親讓我去向中藥舖的王三爺討教。王三爺多年下肢癱瘓，足不出店，整天坐在輪椅上，在櫃臺內彈三弦。彈的都是別人覺得單調，自己覺得高雅的曲子。往往在顧客臨門找他抓藥的時候，他都陶醉在自己的彈撥聲中。必須用他壓方子的紅木鎮紙使勁敲櫃臺才能引起他的注意。他即使看見了你，也要彈完最後一個樂句，落在一個清脆響亮的強音上，把三弦猛地往懷裏一收，往天上甩起自己斑白的長髮，二目緊閉片刻之後才來應酬你。我走進他的店舖，一股草藥香撲面襲來，眞好聞！他又在彈三弦，但這次沒等我摸紅木鎮紙，他就看見了我，並用目光制止了我的手。我只好等他一曲彈罷，才問我：

「誰病了？」

「我。」

「你？」

我遞給他的不是藥方，而是那本《寶鏡緣》。

「我娘打發我來找王三爺，請教您怎麼唱這種唱本？」

「啊！」他一聽並不是來抓藥，不僅不厭煩，反而很高興。「來！跳上來。」他讓我跳上櫃臺，這眞是一個奇蹟。誰都知道，他的櫃臺最爲神聖，除了藥方、藥包之外，任何東西都不許放。有一次，一個鄉下女人來抓藥，把一件乾乾淨淨的女布衫放在櫃臺上，被他連藥方一起扔到街溝裏，硬說那是髒東西，可憐的鄉下女人一再說那是一件乾乾淨淨的衣裳，總也得不到他的諒解：女布衫怎麼能是乾乾淨淨的呢？女人的衣裳就是剛剛縫好沒上身也是不潔的，這一點鄉下女人也承認。只好賠情認錯才算了事。他卻讓我坐在櫃臺上，雖然我不是個女人，我的褲子可是够髒的了，全都是泥，屁股就像一顆大印，一上櫃臺就留下一個碩大的桃形鈐記。他竟視而不見，掀開唱本，撥響三弦，張開嘴就唱，那是一段開場曲：

前三皇，後五帝，周文周武，

禍春秋，亂戰國，秦皇祚短；

隋煬帝，曇花夢，夢斷揚州，

楚項羽，漢劉邦，鏖戰中原……

他唱得抑揚頓挫，疾徐起落都恰到好處，嗓音的嘶啞恰恰透出久遠歷史興衰的蒼勁悲涼。我立刻想到：即使打死我也達不到如此完美的效果。我第一次眞正感到自己的無能，咕嚕着對他說：

「王三爺！您給她們唱吧！」

「給誰唱？」

「街坊上那些婆婆媽媽，有我娘，還有王三奶奶。」

雖然我特地把王三奶奶也抬了出來，他還是毫不猶豫地把我頂了回來。

「她們妄想，你王三奶奶在我面前吭都沒敢吭一聲，她們只會降孩子，你就給她們唱吧，多知道點歷史掌故、人事艱辛，只有好處沒壞處。」

「我唱不了，從來都沒唱過，聽都沒聽過，您唱得眞好！」

「很好唱，會張嘴就會唱。你要摸清它的規律，十字句，一句有兩個頓，三字一頓，兩頓之後是四個字；第一句是上句，第二句是下句，上句是起句，下句是落句，一起一落，一抑一揚；只要分淸頓和連，起與落，抑與揚，聽起來就既好聽又淸楚，字要正，腔要圓，氣要在迂迴中貫通。七字句就不能那麼死了，既要望文生義，又要循義行腔。譬如說『月落烏啼霜滿天』，月落之後一頓，烏啼之後再一頓，我說的頓並不是斷，頓似有形而無形，可以說是意頓。又譬如『煙花三月下揚州』，似乎只應有一頓，頓在前四字和後三字之間。五字句就只有前二後三一種安排了。當然，也有例外，那就要看唱書人的聰明和隨機應變的能力了。」他問了我一句：「明白了吧？」

他一口氣講了這麼多，我怎麼可能弄得明白呢？我不敢說不明白，只是含混地點點頭。他看得出，我並不明白，或者說不完全明白。

「唱，要大膽，大聲唱，唱出口，唱出口就會順流而下，一洩千里；只要你覺得順，至於是不是和別人的腔調相似，可以不管，望文生義，循義行腔——還是那句話。自己唱出自己的調，唱好了，說不定會冒出個秋調來。有了調才能講究情，動不動情在你——唱書人，你動情才能讓聽書人動情，情從何處出呢？情出自心。唱書人要與書中人心心相印，以你之心，印書中人之心，方能出情，能出多大的情，既要看你的天份，又要看你的悟性。去吧！唱！先大膽地唱，熟能生巧。」

說到這兒，我倒是有點明白了，他既給了我規矩，又給了我自由。我從櫃臺上跳下來，看見櫃臺上留下的黃泥鈐記，實在不好意思，連忙用袖子去擦，誰知越擦越髒，因爲我的袖子也不乾淨，窘得我滿臉緋紅。他大叫了一聲：

「滾吧！你會擦得乾淨?!」

我只好夾起唱本跑了，剛剛跨出他的店門，三弦就彈響了，一大串極悅耳的金屬聲。這次求教使我對他陡然增加了好幾分尊敬，減少了幾分懼怕，想不到他還眞有學問，也不難親近，這個四肢不全的怪老頭！

回去以後，我就躲進最後一進——也就是往日的後花園，在一間沒有了屋頂的房子裏大聲唱起來，誰也聽不見，誰也看不見，自由地開始了我的藝術創作，說明創作的前提是要有一個不受干擾的屬於創作者的世界。整整喊了一個下午，才算找到了一個自己覺得比較順耳上口的旋律來，這大概就是秋調吧！想到這兒，我有點得意地笑了，笑得我倒在瓦礫堆上發瘋、打滾。我只能在屬於自己的世界裏才會發瘋……

每天清晨，我仍然跟着荷香去「果干」，有時她來叫我，有時我去叫她。我已經開始懂得和日本兵討價還價了。但我還不敢單獨行動，荷香也不讓我單獨行動。一個多月的同出同歸，我還是沒有正眼看過她。有一天，我和她出完貨回來，她邊走邊對我說：

「小弟，俺爹的病又重了，怕是……」

我毫不猶豫地說：

「去請劉太醫看看……」劉太醫是爲全城所有人治病的一位老中醫。爲什麼會尊稱爲太醫，誰都說不清。幸好不是有皇帝的時代，否則準會問他個斬罪。因爲太醫就是御醫，御醫只給皇上和他的家族診治疾病，也必須由皇上任命。小城的百姓也眞會抬舉自己，似乎都是皇族。細想想也說得通，日軍佔領之前是民國，民國者民主之國也，名義上至尊至貴的人就是民，所以他完全可以尊稱為太醫，太醫者民醫也。日軍佔領之後，不管是名還是實，民已淪為奴，這是人人都必須承認的現實，在稱謂上一時也改不了口，好在無人向佔領軍告發。為什麼無人告發呢？想是真地告發了，佔領軍斬了劉太醫，誰為草民看病呢？

在我正出神的時候，荷香嘆息着說：

「三張嘴，米都沒得吃，還請醫生？」

這我可是沒想到，因為我從沒跨進過她的門，他們一家三口怎麼住？怎麼活？一概不知，所以我一時不知如何答對。走到我家門口的時候，她說：

「小弟！跟我來。」

她帶我走到他們家的牆邊，告訴我：

「以後早晨姐要是起晚了，你就別敲門了，我怕驚了俺爹，姐就睡在這間屋，」她用手拍拍那扇牆。「床就貼着這扇牆，這兒有塊活磚，你抽出來輕輕叫我一聲姐，我就聽見了，可別告訴別人呀！這可是咱們倆的機密事兒！」

我漫應着：

「知道了。」

沒想到這塊磚竟是我的感情的閘門，抽動這塊磚，會牽動幼小心靈上的千里之堤，漫衍為第一次的崩潰和氾濫……

5

珍妮掩飾不住自己的興奮，把頭伸向我。

「你，那麼小……會崩潰？氾濫？be in flood?」

「當然。」

「那就快說呀！你還要喝點什麼？」

「不了，這杯威士忌就足以使我酒後吐眞言了。」

「哈哈……」她笑得雙手拍桌子。

黑姑娘立即滑行到我們的身邊。

「What can I do for you ?」

「I'm sorry, I need his help, not yours.」

珍妮往她手裏塞了一張紙幣。

「Thank you very much……」黑姑娘甜甜地笑笑，轉身扭動着腰肢走了。

「講呀！秋葉！快！」

我第一次抽開那塊磚是在一個夜晚。

那天我和荷香在「果干」的時候，她發現她的衣袋破了，把她裝在衣袋裏錢都交給了我。回來的時候，我忘了還給她，她也沒提醒我，睡上了床才想起來，急忙又穿上衣服去找她，走到她家牆邊，很自然就想到我和她的那個機密。我輕輕抽出那塊磚，一個五寸長、兩寸高的方洞透出淡黃色的微光，我先往裏瞄了一眼，她沒睡，正伏身在一個瓦盆裏洗臉。她還洗臉？——使我大惑不解，那麼黑的一張臉，早晨不洗夜裏洗。這是個驚人的新發現，多麼奇怪的鄉下人！既然夜裏洗臉，爲什麼一清早又會那麼髒呢？當她擦乾了臉，在燈影下對着一面半月形的破鏡片端詳自己的時候，我有點明白了。她的臉好白淨啊！眉清目秀，紅潤的嘴唇，嘴角自然往上微微翹起，使得她永遠含笑。她用手拍拍細滑而有彈性的臉蛋，長長地舒了一口氣，用手梳理了一下又黑又光的長髮。她變成了另外一個人，使我想起了當時正在看的《聊齋志異》，那本書裏的很多故事都和狐仙有關。我屏住氣，不敢出聲。無怪她的名字叫荷香，現在我才把她和荷花的色澤和清香聯繫起來。歷代演義小說和被佔領的現實，讓我懂得了很多知識。中國婦女在戰亂的年月裏，有一種傳統的自我保護的方法，就是用鍋底灰代替胭脂粉。一層黑灰能頂一堵牆，一個水凌凌的美人兒，世人都看不見了。我不是一直都被隔在這堵牆之外嗎？如果現在讓我喊她一聲姐，我會毫不猶豫地喊三聲。我當即把嘴湊近洞口輕輕叫了一聲姐，我看見她先是一大驚，後是一大喜。她怎麼會不喜呢？我從來都沒叫過她，每天跟在她的身後走來走去，就是不叫她。有話要對她說，寧肯拉拉她的衣裳角。她走向牆洞，對着洞口對我說：

「小弟！這麼晚還沒睡？」

我把錢遞進去。

「姐，你的錢，姐！」我竟多叫了一個姐。

「急什麼，小弟！放在你那兒不是一樣嗎？反正明兒一早我們還要見面的。」

我沒回答她就跑了。

第二天見到她的時候，雖然她的臉上還是那麼黑，頭髮仍舊那麼亂，我眼中的荷香姐再也不會變了，永遠是昨天夜間看到的樣子。她明顯地感覺到我的嘴也甜了，臉上的陰雲也散了。我想她準不知道我爲什麼在一夜之間會有這麼大的變化。高興得她一路都在叫小弟，把我叫得臉上一陣一陣地緋紅。後來，每到天黑我都想借個故走到姐住的那間房子的牆外，抽掉那塊磚，去看看住在神仙洞府裏的那位天仙化人。可我總也找不到藉口，如果無緣無故去抽那塊磚，不就成了偷看了嗎？很幸運，機會很快就到來了。半夜裏，我已經睡着了，母親把我喊醒，我很不情願地坐起來問：

「什麼事呀？人家睡得着呼呼的，什麼事這麼要緊？」

「起來，去跟荷香姐說一聲，明天你得陪娘去雲峯寺燒香，不去『果干』了。」

我一聽原來是如此美妙的差遣，一咕嚕就翻下了床，只穿了一條短褲就往外跑。母親一把抓住我。

「這孩子，睡傻了！連衣裳都沒穿就往外飛？」

我這才穿上小褂跑出去。我站在那扇牆邊，手扶著牆先喘喘氣。夜很黑，瓦礫堆上不斷傳出可疑而又可怕的響動。也許是老鼠家族的集體行動，也許是那些被壓在瓦礫堆下的屈死鬼們想爬出來透透氣。後一種說法是那些婆婆媽媽們的猜測。如果沒有這扇親切的牆，沒有這塊可以抽開的磚，沒有牆內的姐，我一定會嚇得索索發抖。但此時我正靠在這扇牆上，老鼠也好，鬼也好，鬧去吧！我的手在牆面上摸索着，很快就找到了那塊活動磚。我輕輕地抽開，果然，還亮着燈。我並不急於去看，先用手捂住洞口，不讓燈光流洩出來，等我的心跳平復下來才把眼睛湊到洞口上。我往裏一看，呆住了！我敢對天發誓，我絕不是故意的。我要是知道，我要是能想到會是這樣，卽使有人逼着我去抽那塊磚，不抽要剁掉我的手，我也不會去抽……我第一眼就看見了，看見她在洗澡，站在木盆裏，衣服全都脫掉了。天地良心，在這之前，我從沒看見過少女的裸體。桊油燈很暗淡，燈光又和我的目光正好逆向對射，我只能看見她在逆光中的側面，準確地說，燈光只給我描繪出兩條金黃色的曲線。一條是從她那飽滿的前額滑向平直、清秀的鼻梁，接着就是三個小彎兒，勾出親切的小嘴和下巴頦。再往下就是光滑的頸項，線有了一段平坦的過渡之後，突然在挺起的渾圓的乳峯上有一個起落，再像輕波一樣從微微含陷的腹部和勁健的腿上一洩而下。另一條線的一大半飄在瀑布般的長髮上，到了臀部才有一個新月般的弧……我的心狂跳起來，急忙轉過身來，悄聲把那塊磚塞進去。我還理不清紛亂的思緒，是羞愧？不！是懊喪？不！是意外？不！是幸運？不不！直到現在我都不知道怎樣才能說清楚那兩條線給我的震撼。我只能說，我所以後來進入用線來創造美的行列，最初的萌動是從我看到那兩條線的時候開始的。無論何時，我閉上眼睛都能臨摹出那兩條最流暢最優美的線。我一點也不誇張，包括近幾年我在羅浮宮和多宮精讀過無數條神奇的線，都不能找回姐身上那兩條線所給予我的美妙感受之萬一。也許是因爲藝術品上的線冷卻在永恒價値的概念中，姐身上的線附着在溫暖的生命和我的永遠清晰的記憶裏。雖然我從來都沒敢用手去觸摸過……

我只好隔着牆，透過細細的磚縫叫了兩聲姐。那塊磚被抽開了，是姐從裏抽開的。她小聲叫我：

「小弟！你怎麼不把磚抽開呀？找俺有啥事？」隨着她的聲音，我從那洞口聞到一股水蒸氣和女性潔淨肌膚的清香。「小弟！你準有事，沒事你總也不來。」

我結結巴巴地告訴她。

「我明兒要跟娘一起去雲峯寺燒香，不能跟姐一起去『果干』了，叫我告訴你一聲。」

「眞難爲你，這麼晚還要麻煩你來告訴俺，你早睡了吧？小弟！」

我說了一句謊：

「沒，沒睡。」

「聽說後兒晚上你要給俺們唱唱本兒，睡得怕還要晚些……」

我嗯了一聲就逃掉了。那一夜我不知道是在夢中？還是醒着？無論是睜著眼還是閉上眼睛，我都躲不開那兩條金色的線。

第一次唱唱本兒的夜晚，緊張得我連晚飯都吃不下。母親以爲我是怯生，其實我從來都不把那些婆婆媽媽當做什麼高明的聽眾，也不是怕唱本兒裏冷丁會冒出些難認的生字。手中這本《雪梅記》我只看過個開頭，我不願先把它看完，我擔心知道了故事的結局再去唱太沒意思。使我不安的眞正原因是：我知道姐也來聽書，要是唱得結結巴巴就太難爲情了。那時候在這個世界上，我只在乎她的褒貶。她當然不會說出她的褒貶，我卻能從她的目光中感受到。

剛上燈，婆婆媽媽們陸陸續續都來了，一共有十幾位，她們都像影子一樣，一個個貼着牆，特意在一條一條彎曲狹窄的小胡同裏繞行，又像一羣溜邊緩緩游動的魚，似乎沒有移動過，實際上，她們正在進行一次莊嚴、無畏的進軍。所以選在我家，是因爲我家住在無人注意的廢墟大院裏，背靜，沒有與一條可以稱得上路的小道相通，日本憲兵可能壓根就想不到這片碎磚爍瓦裏還會有人居住。此情此景，使我打心眼裏感到激動，她們爲了聽我這個新手唱書，就像一些懷着神聖理想和偉大使命的抵抗份子秘密聚會那樣。每一位老婦人一進門就以那種既輕微又神秘的氣音說：

「我來了……」

母親也以同樣的氣音叫着她們：

「三奶奶！他五嬸！他六姨！」屋裏頓時凝結着一種既可怕又可愛的靜謐氣氛，最微弱的響聲都能振動得久久發出共鳴。弟弟妹妹們變乖了，走路都踮着腳尖……婆婆媽媽們佈滿皺紋的臉上顯現出冒險成功的得意，和願望終將實現的滿足感。屋裏四邊都支着木板床，正好是她們的坐席，我被安排在屋中央一個小板凳上，面前是一張高方凳，方凳上擺着一盞高腳瓦油燈。姐是最後和她媽一起進來的，她們依然是戰時的傳統僞裝：蓬頭垢面。姐是來聽書的唯一一位年輕女子，因爲她得天獨厚，住得近，不需要穿越大街小巷，沒有遭遇不測的危險。我看見她倆一進屋就鑽進一個最暗的角落。在城裏人面前她們時刻都覺得很卑微，盡量讓自己在人前縮得很小，最好能淹沒在眾多的人影之中。我卻能時刻在最暗的角落裏看到一雙最亮的眼睛。我唱第一句的時侯有些冒調，聲音太響。我的聽眾很寬厚，依然閉目聆聽，沒有一個人皺一皺眉頭，只有我自己的臉在發燒。我立卽調整了調門，一口氣把十二句引子唱完。婆婆媽媽們這才睜開眼睛，連連點頭。我能感覺到，姐比誰都快活，雖然她一動也沒動。我接着唱下去的就是故事的正文了。《雪梅記》講的是這類唱本兒中千篇一律的故事，大結構是：風流公子落難，美貌佳人後花園私訂終生，歷經變亂，九死一生，公子終於金榜題名；生離死別，佳人百折不悔一片堅貞；最後，識破奸人詭計，衝破重重羅網，再續前緣；洞房花燭夜，有情人終成眷屬。這個故事裏有一個與眾不同的情節，使得男女主人公的結合既有情之所鍾的機緣，又有讓人信服的倫理依據。這一段唱詞是七字句，我還記得，現在我都能完整地念出來。

紅梅滿樹雪滿天，
丫鬟指給小姐看；
雪白如銀花似火，

早該賞花後花園。
小姐一見心歡喜，
鶯聲燕語叫丫鬟；
快快摘下一枝梅，
麗質香冷豔色暖；
梳妝臺上翡翠瓶，
靜候名花又一年。
丫鬟一聽不待慢，
三把兩把上樹端；
正要伸手去摘花，
失手落在地平川。
哎呀哎呀小姐呀！
又哭又叫小丫鬟。
（白）小姐呀！都怪這老梅生性狡猾，太無情，太無義，抱了我，卻不肯憐香惜玉，
又棄了我！棄了我也不希罕，他是那樣老。千不該萬不該，不該摔了我一個屁股蹲

兒，實實的疼痛難挨，小姐！只怕奴才不能再上了……

（白）爛蹄子！你盡是胡說，怪只怪你自己太冒失，天寒地凍，你早該知道他是滑的呀！快一邊將息，由我自來！

（白）小姐！使不得，使不得，千金之體，怎好造次呀！

（白）起開去，不要管我！

小姐跳上太湖石，
手扶老梅抬頭看，
眼前一枝欲放花，
含笑欲笑使人憐；
踮起一雙尖尖脚，
片片瑞雪飄滿臉；
高高抬起一只手，
長袖褪落玉肘現。
白裏透紅嫩如藕，
頃刻之間雪如炭；

公子牆外正抬頭，

怦然心動仰天嘆：

（白）想我楊俊生落難他鄉，殘年歲尾，躑躅街頭，竟有如此豔福！小姐呀！小姐！

蒼天使我得見小姐冰清玉潔的肌膚，你，你不就成了小生上天之賜了麼！

丫鬟一聽拍手笑，

天賜良緣牆兩邊。

（白）恭喜小姐！賀喜小姐！不是我跌落下來，你怎會捉襟露肘，被一個陌生的臭男人看見，既然被他看見，你怎好另適他人呢？你已是他的懷抱中物了！小姐呀！

（白）這便如何是好，那人是怎等樣人？

（白）小姐！怎等樣人已經躍上牆頭，你何不抬頭一看呢？

（白）羞人答答，我怎好抬頭？

牆上公子太得意，

牆下小姐太羞慚；

小姐低頭無言語，

想回繡樓舉步難……

我唱到這兒，那些婆婆媽媽止不住激情湧動，唏噓讚嘆。

「這是緣份呀！」

「天緣湊巧，天緣湊巧，逃都逃不脫！」

「古人說：肌膚之親就是這個意思，你的肌膚叫人家看見了，你還不是人家的人?!」

「是呀！是呀！緣份自有天定……」

「多好的景致：過牆紅梅，紛紛白雪，牆內牆外，公子小姐，天鋪地設，美得就沒法說！景致也很要緊，而且可遇不可求！」

「你們說這是眞事嗎？」

「怎麼不是眞事呀？一開篇不是說得清清楚楚嗎？宋眞宗時候的事，東京汴梁城劉御史的大小姐……公子家住黃州……」

「假不了，別再說了，讓秋葉給咱們接着唱，秋葉！你可是辛苦了！唱得眞好，還有點做派，做派還很像個樣子，書裏各人是各人的語氣，活靈活現，誰能相信你是大姑娘上轎——頭一回呀！」

這些七嘴八舌的評論和讚嘆聲中沒有姐的聲音，連那雙眼睛也看不見了，她也許正在低着頭竊笑，或是在沉思。

接着唱下去，整整唱了三個多小時，一本書才算唱完，婆婆媽媽們才盡興分批散去。最後告辭的是姐和姐她娘，姐對我母親說了好多感激的話，因爲能讓她們來聽書就是非常額外的恩寵。雖然所有來聽書的人和她們一樣，同是天涯淪落人。但那些婆婆媽媽每一個在戰前都是小城裏的顯貴，最起碼也是個城裏人，城裏人和鄉下人之間就有天壤之別。姐還對我好一陣誇獎，說我有學識、聰明。特別是這麼小個人兒，能把書中的情份唱得入木三分。在我送她們出門的時候，姐用手撫摸着我的頭說：

「小弟！早點歇着，明兒一早俺來叫你。」

「我來叫你。」我說這話是想表示我明天早晨一定能爬得起來。

「還是俺來叫你，你累了。」

「姐，我不累……」其實我並不累，只是過於興奮。

上床以後，久久不能入睡。想想書裏的人，又想想活在人世間的人，書裏的結局太圓滿了，圓滿得不敢那樣期待，生活裏誰有那樣圓滿的結局？那些聽書的婆婆媽媽們一個個都很悲慘，最幸運的一生也不過是碌碌平庸的日日加夜夜，一點浪漫色彩也沒有，何況誰也逃不過這場亡國之禍，亡國奴的日子何時有個了結，一片渺茫……我在那時就懷疑編書人是因爲生活的無望和黯淡才把每一個唱本兒都編得有聲有色，正義得以伸張，人間最終有公正。想着想着，想到書中那位大家閨秀那只「白裏透紅嫩如藕」的手肘，我覺得太有趣了，一個落魄公子這樣容易就中了頭彩，幸運在仰俯之間。可爲什麼女人的肌膚是不能被男人看見呢？爲什麼一看見就要以身相許呢？女人的肌膚被男人看見過會出現什麼變化呢？聽唱本兒的婆婆媽媽們無一例外地都認定：那位千金小姐的手肘被那公子的目光一瞥之後，她的終身就注定爲公子所有了，這是天經地義、不容懷疑的必然。想到這兒，眼前像閃電一樣出現了那兩條金色的曲線。我不是看見過姐的肌膚嗎？而且比一段手肘要多得多！這時，我忽然發覺我的全身汗流如洗，我不由自主地說：姐是我的，姐是我的！這句話一百遍、一千遍地纏繞着我，一直到我實在困倦到不得不沉沉入睡爲止。

以後好幾天，我和姐同行的時候，總想告訴她那句話，總也不敢，也許是沒有一個合適的機會。

6

一個秋天的早晨，我和姐在去批發店的路上，遇見和我們一起做「果干」的孩子大年，他告訴我們：

「日本軍隊換防了，老聯隊剛開拔，新聯隊還沒進軍營，今天沒生意做。」

「姐！」我對荷香說：「那就回家吧！」

「小弟，你先回去，俺到河邊去拾點柴。」

「那我也跟你一起去。」

「好吧！一起去。」

姐帶我出了南門，南門外就是河灘。我知道她說的柴，其實就是樹皮，河灘上常有一些滯留在岸邊的木排，好多孩子都在木排上剝樹皮，樹皮很好燒，松樹皮最好燒，樹皮上有松脂。放排人看見了也不管，反正早晚都得把樹皮鏟掉，買主買的是成材的木料。滯留在岸邊的木排很多，只是我和姐沒帶着鏟子，用手剝，剝得很艱難，姐心疼我的手，籃子沒裝滿就不讓我剝了，為了不讓我剝，她也放棄了。我們相依着坐在河灘上。

秋天的陽光下，無風，聞着松脂的清香，眺望河對岸的竹林和山巒，一羣羣的水鳥落了又飛起，飛起又落下，那些雪白的翅膀給我很多聯想，想到飛，想到歌，想到傾訴衷腸，還想到眞誠，想到純潔，想到幸福……我的臉上一定是一副傻樣兒，姐說：

「小弟！難得咱姐弟倆有一天清閑，咱就在河灘上歇歇吧！」

她的主意眞讓我高興。

「咱們一天都不回去！」

「好……」

我和姐並肩靠着一塊向陽的大石頭，看得出，她太累了，在家裏還得照應奄奄一息的父親。她用右手遮住眼睛，左手攬住我的脖頸，讓我靠在她的肩頭上。我們都沒說話……我不忍心驚擾她，可這樣好的機會實在難得，我鼓足勇氣在她耳邊說：

「姐，你是我的……」

姐大約在閉目養神，含混地回答說：

「嗯……小弟！我是你姐……」

她的回答使我很失望，但我又不知道怎麼說才能把我的意思明白無誤地告訴她。好一會兒我都在暗暗挑選辭句，實在是很難，心裏很着急，怕萬一姐說聲走就得走，再找這樣的時間、地點可就難了。正像有個婆婆說的那樣：景致也很要緊，天舖地設……千挑萬選之後還是貿然說出了一句最直白、最不文雅的話來。

「姐！你得……嫁給我……」

「嗯……」她聽見了，也肯定地答應了，但她一時還沒有悟出這句話的意思。停頓了一小會兒，她驀地坐起來，睡意全消，很近很近地看着我。「俺？嫁給你？」

我不敢回答，也不敢看她，太近了，我能感覺到她的鼻息。我低着頭，用雙腳交換着蹬沙子。她問我：

「小弟！爲啥要俺嫁給你？」

我驚奇地看看她，心想：爲啥？這還用問嗎？

「姐！我看見過你的身子……」

「看見過俺的身子？看見過俺的身子就……？」

「你忘了？《雪梅記》裏……後花園採梅花……那小姐……」

「啊！」她想起來了，立即咯咯大笑起來，笑得眼淚都流出來了。

「你笑什麼？」我生氣了，背過身去，賭氣不理她。

她止住了笑，重又摟着我的脖子說：

「小弟！別生氣，俺嫁給你就是了！」

她的過份慷慨引起我極大的懷疑，我對她說：

「就是了?!──這句話能這麼說嗎？」

「怎麼說才對呢？小弟！」她還在笑，一點都不認眞。

「你自己知道……」

「好，俺再重說一遍。」她不再笑了，一字一頓地說：「俺嫁給你……」

「當眞？」

「當眞。」

「你得給我一件東西當信物。」我想起那些通俗唱本兒裏的傳奇故事，男女之間定情時都應互贈信物，所以我也不能免俗。

「一件東西？」她有些爲難了，她知道她身上旣無首飾、又無配件。好像是天意，她忽然看見腳下有一塊鴿子蛋那樣大的橢圓形紅石頭，她跳起來拾起那塊石頭奔到河邊，在水裏洗乾淨了再跑回來，當她把那塊石頭交到我手心裏的時候，它像一團鮮紅的血，這團血中好像凝結着一團什麼，深藍色，橫着看像一對比翼鳥，豎着看又像一束草。

「小弟！這件東西行嗎？」

我笑了，覺得它像一塊瑪瑙。

「你送俺啥東西呢？」

「有。」我摸索着從褲帶上解下一只櫻桃那樣大的小銀鈴，這是我父親在我剛生下來的時候繫在我腳腕上的一顆腳鈴，據說這是避邪的，一切妖魔鬼怪聽見鈴響都會退避三舍。五歲以後就從腳腕上移到腰裏了。我把這顆銀鈴的來歷告訴了姐。她一聽就緊張了，立即把銀鈴還給我。

「姐可是不敢要這顆寶貝，大奶奶要是查問起來，那還了得。」

「我大了，娘哪會查問這，你一定得要。」

「那好，小弟！俺先替你收着。」

回到家，娘一直都在用異樣的眼光上下打量我，弟弟妹妹神頭鬼臉地跟着我的屁股後頭轉，好像我變成了另外一個人。我才懶得理睬他們哩！他們知道我和姐私訂了終身嗎？他們知道我和姐交換過信物嗎？當然不知道，我也不會告訴他們。可他們爲什麼這麼看着我呢？我把那塊光滑的紅石頭緊緊握在手裏，只要有機會，我就躲在一個角落裏看上一眼，我寧肯橫着看，相信並認定那團藍色的影子是一對比翼鳥。從那天以後，我既不挑剔飯菜的粗糲，又不埋怨日日夜夜的勞累。天微明就醒了，不要姐來叫就出了門；晚上唱書，越唱越好，有時自己還會感動得泣不成聲。唱完書，頭一碰到枕頭就睡着了。

一天夜裏，剛剛唱完書入睡，大約在淩晨兩點，我模模糊糊聽見一聲似人非人的尖叫，只一聲，而且很遙遠。所以那聲叫並沒在我的意識裏劃下一條明顯的線，我立即又睡着了，而且睡得更沉。等我被母親推醒的時候，我的身邊全是打好了的行李卷，弟弟妹妹們都穿好了衣服，老老實實地坐在空床板上等待着什麼。我身上的被子也被母親捲起來了。她對我說：

「你唱了半夜書，不忍心把你早早的叫起來……」

「這……是……？又要逃難了嗎？娘！」

「搬家。」

我立即想到了姐，我說：

「那……我得去對姐講一聲……」我眞沒想到，娘會爲這句話大發雷霆。

「姐，誰是你姐？哪來的姐？不許去！」

我大惑不解，辯白地說：

「總要講一聲吧……」

母親暴怒地大叫：

「不許去，她死了！死了！」

我完全不能相信，聽書的時候姐還好好的，怎麼會就死了呢？這時，門口來了一輛板車，看樣子是僱來的。

「裝車！」母親吩咐我們和她一起裝車，不容我再說什麼，也不容我再想什麼，接着就是扛着行李，廚刀、擀麵杖、臉盆……一應雜物，裝上板車。天已經大亮了，我指望能抽空溜到姐的屋前，叫一聲，看一眼姐。我死也不能相信她已經死了，我要向她發個誓：永生永世……但母親牢牢地拉住我，跟着板車離開了住了兩年多的瓦礫場，我爲我的屈從感到沮喪和悲傷，噙着淚推着沉重的板車。我哽咽着問弟弟妹妹：

「姐眞死了？」

「死了，娘說的。」他們都這麼說。

「爲什麼說搬家就搬家？」

「娘說荷香姐死得不乾淨、不吉利，不能再住下去了。」

「搬到哪兒？」

「不知道。」

「我不相信姐會死……」

「我們也不信……」

我的頭越來越重，腳越來越輕，雖然我盡量支撐着，告誡自己：千萬別倒，千萬別倒！結果我還是倒了，倒在街上，人事不知。

醒來是什麼時候，我不知道，我發現我正躺在一個陌生而幽暗的房子裏。我聽見母親和劉太醫的談話，聲音很輕。

「……她爹自那天以後只活了三天……」這是母親的聲音，我知道她說的那個「她」是姐。

「她眞的失了身了？」劉太醫好像無意間提出了這個問題。

「當晚就……聽說那個太軍現在還天天去，她爹的棺木都是那個太軍買的……」

「這麼說，她已經從了……？」

「是呀！賤貨！聽說她穿上了海勃龍大氅，公然招搖過市哩！」

「還住在鮑家大院？」

「還在那兒，你放心，不出一個月就會搬進大公館了……」

臉上涼涼的，我意識到那是淚水。我太弱小了，要面對如此強大的一個客觀世界，卽使是只有這沉重的空氣，我也很難移動一下四肢，窒息得我透不過氣來，沒有力氣喊叫，沒有力氣掙扎，也沒有力氣思想，像一隻冬眠的蟲，到第二年的春天才病癒下床。我忘了過去，完完全全地忘記了，好像我是剛剛生下來的一個嬰兒。

秋天，又是一個秋天，我在「老慶祥」醬園打醬油，正提着瓶子從店裏出來，一輛黑色的小汽車在狹窄不平的街道上緩緩開來，那時候，小汽車是很希罕的，全城也只有兩輛，都是日本佔領軍的高官乘坐的專車。我看見開車的是一個日本兵，當我正要看清後座上坐的到底是什麼人的時候，聽見一聲女人的喊叫。

「小弟！」我立即看見車後座上，和一個日軍大佐並排坐着的是一個濃妝豔抹的女人，頭上戴着一頂插着兩根羽毛的帽子，分明是她的手伸出窗外，正在招手，她是誰？她在喊誰？

「小弟！俺是你姐。」她把頭伸出車窗，直直地看着我。一刹那間，已經斷了的記憶的河水又氾濫起來，滿臉黑灰的鄉下姑娘，燈光下洗去黑灰突然顯現的月亮般光潔的臉，披着兩條金色曲線的玉佛般的胴體……是她，是姐！我飛似地衝進藥店旁的一條小胡同逃走了。我躲在一個牆角裏，最後一次掏出那塊一直被我的體溫暖着的石頭，現在它更光滑、更鮮豔了。我發現凝結在這團鮮血中的不是一對比翼鳥，完全不像，怎麼看都不像。是一束草，怎麼看都是一束亂草。我隨手把它扔進身邊一口井裏，據說這口井是全城最深的一口井。從那天以後，姐眞的死了，而且一切都隨着那塊紅色的小石塊一起埋葬在最深的井裏了。這樣，我反而輕鬆下來，沒有思念，躲避着回憶，病後瘦得脫了形的我漸漸又復原了……

珍妮一口把杯中酒全部喝完，好像是一口苦膽的汁水，她皺着眉頭輕聲說：

「走吧！」

「好的。」

她向那個黑姑娘打了個告別的手式，黑姑娘沒有忘記用日語向我告別：

「また、いらっしゃって下さい。よろしく、お願い致します。……」

我和珍妮默默地走出酒吧，默默地坐進汽車，默默地繫上保險帶。她發動了引擎，但沒有立卽掛上檔，小聲問我：

「後來她……？」

「她……眞的死了……」

「眞的？」

我嘆了一口氣說：

「抗戰勝利以後，我從母親身邊出走，參加了中國共產黨的軍隊，這些經歷我在演講裏都說到過，剛剛當兵的時候並不直接參加戰鬥，只是在鄉村農民的泥牆上寫標語、畫宣傳畫。有一次，我正在一座小鎮的一面大牆上畫戰爭形勢圖，這座小鎮離我的故鄉小城只有五十公里。我在高高的木梯上聽見下面有人叫我的名字，我居高臨下地看着他，但一時忘了他是誰。他叫着說：

「你不記得我了？我是大年呀！」

「啊！」我想起來了，是做「果干」的朋友。「等一會，馬上就完。」我匆匆畫完幾個紅色箭頭就從梯子上下來了。

「秋葉！」

「大年！」我用五顏六色的手抓住他。「還好吧？」

「你說說還能好得了嗎？跑點小生意，國共兩黨拉鋸戰，我就在你們的鋸齒下跑來跑去，難呀！可不做吃什麼?!」

「找個地方坐坐。」

「對，坐坐，只怕你沒空。」

「有空。」

他把我帶到一個只有兩張方桌的小吃店，要了兩大碗糊辣湯，那是一種要放很多佐料、味道很濃烈的湯，有肉、有菜、有豆腐干、有海帶、有粉條。我很久都沒喝過這麼美味的湯了。因爲我身上除了畫筆、顏料和兩顆手榴彈之外，一無所有。我們的軍隊是世界上唯一沒有薪餉的軍隊，任何吃食店的老板都不會向我們兜生意。大年一邊喝糊辣湯，一邊向我講了很多故鄉的人和事……

「講了姐的事嗎？」

「講到了，在我和大年分手的時候，他忽然提起了荷香，問我還記不記得她？我說忘了。他說你怎麼會忘了呢？你的近鄰，天天帶你去日本軍營，你跟在她的屁股後頭姐長姐短的叫，你會忘了那個滿臉抹黑灰的姑娘？我只好說我想起來了。大年說她眞是個絕色美女！命苦！先是日軍軍官強姦了她，那個軍官怎麼找到她的？爲什麼會在半夜三更鑽進她的屋子？她剛剛洗好臉。——至今都是個謎，也許是那個軍官白天就盯上了她，識破了她臉上的僞裝。從那以後，她也就豁出去了，索性姘上了一個日軍大佐。全城的人都罵她婊子，不要臉！只有我不罵她。我問那些罵她的人：你保護過她嗎？你能保護她嗎？戰後，城裏那麼多漢奸狗腿子，沒有一個判刑下獄，你說怪不怪！大漢奸搖身一變成了國府的地下工作者，不僅無罪，反而有功；小漢奸聽命於大漢奸，更不能承擔罪責，一個個大事化小，小事化了，全都是愛國主義者。只有荷香，判了個死刑。好像八年日軍佔領的罪魁禍首是她！妙不可言的是警察局長在驗明正身、槍斃荷香之前，發現她項上掛着一根紅絲線。這根紅絲線引起局長大人浮想連翩。她不戴珍珠項鍊、純金項鍊，偏偏掛着一根紅絲線?!那根紅絲線下面肯定墜着一顆寶物，可能是一顆無價之寶。於是，局長大人如此這般一吩咐交代，槍響人亡之後，那根紅絲線和紅絲線上繫着的寶物就送進了局長大人的公館。你猜是什麼?原來是一顆櫻桃那麼點大的小鈴鐺，看着像是銀的，局長大人又絕不相信那是銀的，他猜測是白金，也許是那個日軍大佐從北京皇宮中刼掠的一件古代帝王使用過的寶物。局長大人指派了兩名警察去把城裏唯一一家首飾店「老鳳祥」銀樓的當家師傅請來。由於他平時下令抓人也用請字，被差遣的警察想當然就在光天化日之下把「老鳳祥」的洪師傅五花大綁地捆進了警察局，引起全城老少人等沸沸揚揚，不知道洪師傅犯了什麼事，洪師傅也從未經過這種驚嚇，待到局長大人見到的時候，他已經不省人事了。局長親自給他鬆綁，把不明事理的警察臭罵了一頓，給洪師傅灌了一碗薑湯才算有了正常人的知覺。局長大人連連賠情道歉之後才告訴他，請他進局子是爲了鑑定一件稀世珍寶。洪師傅過眼粗粗一看，不假思索地說：銀的，孩子們身上帶的吉利物，是經我洪老三的手製做的，不會長於二十年。局長大人一聽，涼了半截，一再請求洪師傅仔細鑑定鑑定，最好化驗化驗。洪師傅說：您把這個小物件儘管拿到任何一個大都會的大銀樓去請教任何大名家，如果不是銀的，如果不是新貨，您就把我斃了。我不走了，反正是五花大綁進的局子，就住在局子裏等結果。局長一聽洪師傅說得那麼絕，也只好信了他。反過來洪師傅尋根問底地要局長大人說明來歷，局長大人這才交了底。洪師傅一聽立即嚴肅地提出忠告，迅速物歸原主，不然，既不利於局長大人的官聲，死者的鬼魂還可能鬧出點禍事來。前一個提醒他倒不怕，後一個提醒卻嚇了他一身冷汗。立即派人在死者裏上秫秸蓆子下葬之前，重又套在她的脖子上。最後大年問我：你跟她有一段日子形影不離，從沒注意她脖子上那根紅線？我想那顆銀鈴也許從她一出生就掛上了……我搖搖頭，他就沒再問了。關於姐的故事說到這兒算是完了……」

珍妮的雙手抱着方向盤，有些悵然地說：

「Sometimes death is just like a candle going out.」

「不！姐又在我的心裏亮起來了……」

珍妮用腳重重地踏了一下油門，我們的車立即劃了一道長長的弧線，飛似地衝上了高速公路……

7

和珍妮的第二次交談是在一個深夜，她帶我到了一個坐落在山林中的酒吧。接近酒吧的小徑兩旁燃着兩排火炬，非常有趣的是，這個叫做「Country gal」的小酒吧，待客的主要是帶殼的熟花生，客人可以隨手把剝下來的花生殼扔在地板上，地上鋪了很厚一層花生殼，人們走動的時候，每一步都會發出吱咕吱咕的響聲。窗外山下是燈火如星海般的洛杉磯。我們倆不約而同地都要了啤酒，可能是花生殼的響聲產生的條件反射是乾渴的緣故。坐下並喝了第一口酒以後，我問珍妮：

「你覺得那天我講的關於姐的故事是愛情故事嗎？」

「Of course！不過，並不輕鬆。」

「愛情恐怕都是沉重的……」

「不見得，也許你隨便碰見一個美國女孩子，她都會告訴你：愛情是輕鬆的。也可能她會說：很沉重，沉重極了！你如果進一步問她：Why? 她會回答說：「I'm some where between my last love and my next love。」

「是嗎？」我笑了。

「我有個女朋友，蘇珊娜，她很喜歡一個鄉村歌手卡博，追求了他兩年，無論卡博走到哪兒，蘇珊娜的車總尾隨在卡博的車後邊，他們開的都是敞蓬吉普車。卡博討厭她的跟踪，向她扔空啤酒罐，她不僅不覺得羞辱，在聽歌的時候她還敲着啤酒罐爲卡博捧場。後來，卡博的怒火熾燃，決定要好好收拾她一頓，他和蘇珊娜在路邊樹林裏惡戰了一場，兩敗俱傷，當他倆互相用流着血的手抱在一起的時候，竟然嘴唇貼着嘴唇親吻起來。——成爲恨轉向愛的轉折點。他們的愛一開始就達到了白熱化，狂熱得在吉普車上做愛。兩個星期以後，是蘇珊娜，而不是卡博，把對方扔了。卡博反過來開着車追她，她反過來向卡博扔空啤酒罐。我問蘇珊娜：蘇珊娜！兩年的苦心，爲什麼兩個星期就分手了呢？蘇珊娜對我說：我親愛的珍妮！兩個星期已經够長的了！你不覺得嗎？當他壓在你身上，你感到沉重的時候，你就得趕快扔掉他！秋葉，你不覺得蘇珊娜的愛情很輕鬆嗎？」

我笑而未答。

她隔着桌子把酒杯伸過來，和我的杯子碰了一下，她一口氣乾了大半杯。

「講吧！秋葉！你的故事雖然很沉重，我還是很喜歡聽。」

「我不想把那些往事說得很沉重，也努力想把個人的感情生活從歷史、社會的沉重流程中剝離開，可總也做不到。有很多西方朋友不大理解，以爲中國人不論男女老幼都特別熱衷政治，開口閉口都是政治術語，好像人際關係中除了政治什麼也沒有，政治主宰着一切，也包括親情、友情、愛情。你第一次和我交談的時候就提出過：一個人怎麼可能沒有屬於個人的生活呢？你認爲你能理解，但不能完全相信。當時，我盡量回答了你，回答得不清不楚。其實，人——不管是中國人還是外國人的本性不可能熱衷政治，只是當社會政治去衝擊人的本性，摧毀、扭曲人性，人們才被迫以政治的手段去對付政治。馬克思主義經典作家也明確表示：政治終極要消滅政治。當代中國，誰能躲得開無孔不入的政治呢？古代中國有些知識份子躲政治躲到深山裏當隱士，結果大多數隱士又都被政治的誘惑或大風暴從山洞裏捲了出來。如東漢嚴子陵成功地躲過漢光武帝的搜尋，在富春江左岸結蘆垂釣，終生不仕的例子是很少的，所以也特別可貴。當代中國逃避政治最爲困難，因爲服務於政治的人多於從事生產勞動的人，在這一點，可以居古今中外之冠。想找個隱居的山洞都辦不到。你一生下來就在政治的錘與砧之間，不做錘，就得做砧，兩者都不願做，你就會粉身碎骨。所以我們的生活裏充滿了火花和疼痛。你即使是政治的錘，也要硬碰硬。我就是一個既不想做錘，又不想做砧的人。我有時候苦苦思索：難道做個中國人就必須是混濁泥石流中的一顆石子嗎？有沒有游離在所謂『激流』之外的水珠呢，靜靜地掛在一片綠葉上，反射着日月之光，哪怕它的存在只有一天或片刻。我想，所有的人（包括政治家在內）都曾嘗試過去追求雲朵般的隨意，由於誰都不能眞的飄浮在空中，只能行走在地上，而且身陷重山之中，每一個古老的觀念都是一座山峯，你必需循着山與山爲你劃定的流向而匯入『激流』……」

「我現在知道得多一些了，以前，我實在爲這樣的問題感到非常困惑。記得三年前，我在芝加哥參加過一次關於中國文學的討論會，會上有許多西方學者在演說中都爲中國現代作家感到惋惜，『五四』運動以來，中國作家不像普魯斯特、喬依斯和川端康成那樣走純文學的道路，中國作家的歷史使命感太重了，社會責任感太強了！使得他們的創作成果不够大，並難以爲全人類所接受……」

「珍妮！作家的歷史使命感和社會責任感是中國文學的優良傳統呀！」

「會上也有人這麼看，所以才爭論不休。我當時就深思過這個問題。文學和文學家都有社會歷史的局限，問題是能否突破社會歷史的局限？文學和文學家的幻想能否凌駕於重重高山之上？說起來容易！那些西方學者都是中國社會生活的旁觀者，即使他們個個都目光銳利，看到和身受完全是兩回事。」

「太對了！珍妮！你到底是中國人，血管裏流的是中國血……」

「所以我喜歡聽你講的故國的故事，聽着聽着，和故國的距離越來越近了……今天能繼續講嗎？」

「能。」

抗戰勝利的那年秋天，我到和故鄉相比鄰的一座小城，考取了那裏的中等藝術專科學校。由於長期失學，數、理、化一無所知，進普通中學有困難，藝術專科學校裏的數、理、化只能算是副科。這所藝專是一個剛從戰區臨時校址遷回來的，設施非常簡陋，學生多是從山區來的鄉下人。我進的是美術科，有鉛筆和炭條就能起步了。學音樂的學生就很狼狽，一個班只有一架鋼琴，新生只能每人抱着一塊木板，木板上畫着琴鍵，既無彈性，又不出聲，實在讓人難受。我們的文學教師秦弦是一個多才多藝、多情善感、激進敏銳的年輕人，那時，僅僅激進這一點就能吸引百分之七十的同學，何況他還有那麼多優點和本領，他當時可以說是我們全校同學心目中的一顆熠熠生輝的明星。合唱團團長，是他；話劇團導演，是他；讀書會召集人，是他。除讀書會外，都是公開的課餘團體。我一開始就參加了他領導的所有活動，既覺得幸運又感到興奮。第一個學期合唱團排練「黃河大合唱」，我編在「Tenore聲部裏。話劇團排練一部秦弦先生自己編寫的四幕話劇「大後方」，描寫的是大後方形形色色的人物，全劇充滿了對大後方的官僚、奸商和政客的批判，強烈抨擊他們喪心病狂地發國難財，與敵佔區的漢奸暗中勾結，隨時準備投靠日僞政權。在最後一幕中，作者暗示這批敗類在國民黨政府的庇護下，將要湧進經過浴血戰鬪才收復的失地，去掠奪財富和權力，更大的災難將在更大的範圍內蔓延。劇情緊張、曲折，許多大段臺詞，充分顯示出秦弦先生的才華和激情。第一次讀完劇本，所有的同學都流了淚，並長時間鼓掌。分配給我的角色是一個多情善感、優柔寡斷、語言大於行動的年輕學生喬明。在劇中愛慕並熱烈追求的是一位以天下爲己任，行俠仗義的熱血女郎邵芳。扮演邵芳的是一個鋼琴專業的同學，她叫張冠玉。最初，誰也沒注意到她，因爲她的容貌並不算很美。同學們私下指認爲校花候選人的五個女孩中沒有她。她膚色黝黑，短髮，衣着樸素，但很整潔。她無論遇到誰，都是一樣的心不在焉的微笑，那笑容非常明顯地是出於禮貌。語言很少，似乎她覺得不需要說什麼。她不參與任何問題的爭論，也不對任何事件表態。我記得開學不久的一個星期一，軍訓教官對一個學美術的男生施行體罰，事後，受害者在同學們中間聲淚俱下地傾吐委屈和不平，同學們個個都義憤塡膺，怒形於色。但我注意到張冠玉與衆不同，站在人叢之外，嘴角上掛着心不在焉的微笑，默誦着一首鋼琴練習曲。我所以注意到她，並不是她的美和風度，而是她的那種冷漠，使我討厭。後來，在好幾個場合遇到她，都是一樣的心不在焉的微笑，我對她的討厭上升到憎恨。這次分配角色，秦弦先生宣佈她爲女主角，把作者的光輝理想和美好象徵集於一身的人物給了她，不僅我感到意外，所有來參加排練的同學都不理解。由此我對秦弦先生的眼力產生了懷疑，我幾乎要站起來表示異議。特別是那些自恃甚高的女生，一個個側轉身去，以示蔑視，其中有一位美人兒白靜怡的淚水已經在眼眶裏旋轉了。我暗自以爲這次排練肯定要失敗，情緒十分低落，對臺詞之前沒有一點心思去做準備。但使我眞正意外的是，她，這個討厭的張冠玉，僅僅讀了一段獨白就使所有的人刮目相看了。只有白靜怡依然用熱淚盈眶來顯示她的憤慨，其實，她內心的情緒已經有了很大的變化，從本來的委屈到現在的妬恨。我發現張冠玉原來是另一個人，她並不是張冠玉，她就是劇中人邵芳，秦弦先生正是爲她寫的，也許臨摹的就是她。她的美並不在於她的外貌，在於她的靈魂。她讀出的臺詞絕不是聲帶的彈動，而是心靈的迸發。她肯定曾經是邵芳式的人，否則她怎麼可能會那樣恰如其分地傾吐自己內心深處的思索？每一個最微弱的音都是那樣清晰，與那些火焰一樣激情明朗的疊句一樣使你感到震動，包括那一聲輕輕的嘆息，都能讓我陣顫不已。她的語音裏沒有一絲方言的痕迹，這也使我驚訝和欽佩，是的，是欽佩，而且還有些懼怕她。當我該回答邵芳的問話的時候，竟忘了詞兒，導演給了我提示，我一開口就成了一個口吃的人，羞得無地自容。從排練到演出，我一直處於緊張、不自在和莫名其妙的自卑之中。正式演出的第一場，第三幕開始，按照劇本規定，應該是我和她手拉着手從後臺走向前臺，我竟沒敢伸出手來，反而是她把手伸給了我，她的臉上還是那種心不在焉的微笑。一到臺前，她的身上立即光芒四射，美極了！一切都被她的聲音和姿態照亮了。舞臺上的佈景好像就是她生活了很久的家，那樣自如、瀟灑和隨心所欲，一舉手、一投足、一顰一笑，就是她，就是劇中的邵芳。她讓我羞愧，又讓我緊張，還讓我苦惱。她是光，我就是陰影。我開始打聽她的身世，了解她的家庭。我經過處心積慮地了解，才知道她的家就住在本城，所以她沒住校，走讀。於是，我偷偷在放學以後跟踪她，——當時男生們的切口叫做「開汽車」。我做得非常隱蔽，不僅張冠玉不知道，同學們也不知道。我跟着她走進一條只能兩人並肩通過的小胡同，她消逝在一扇小黑門裏，門牌是三號。她家對門並不是一戶人家，而是一個石頭砌成的拱洞，洞裏是一口小井，井口只有臉盆那麼大，井兩旁有兩個供人坐的石凳。這是一個居民很少、僻靜的小胡同。我三次在返徘徊都沒碰見一個人。我實在不敢冒昧地去叩她家的小門。聽人說：她的家庭是一個最小的家庭，除了她，就是她的媽媽，媽媽是第一小學的教師。她有過父親，父親是一個東北軍軍官，戰爭使他越走越遠，走到遙遠的西北，他在西北又組成了一個家，這就意味着，他和原來的妻子和女兒斷絕了關係。這樣的故事在當時非常多，也非常一般。我經常好像不經意地穿過那條又窄又短的胡同，那扇小黑門總是關閉着，像謎一樣。門內是個什麼樣的院子？栽了花嗎？相依爲命的母女倆在一起談些什麼呢？誰做家務？誰出來打水。

我曾大膽地摸過她家門上的小門環，但不敢讓它發出響聲來。第一次在她門前和她的巧遇，嚇了我一跳，那扇門冷丁地開了，她和我撞了個正着，她提着一只帶繩子的小木桶，我窘極了，期待很久卻又是不期而遇的狹路相逢。我結結巴巴地告訴她：我……偶然經過這兒，你……原來就住在這兒？——眞是此地無銀三百兩。她臉上還是那種心不在焉的微笑，讓你猜不透她的含意，是相信我的話？還是不相信？是輕蔑？還是隨和？我後悔說了謊，還不如告訴她，我不是偶然經過，是特意……也許她壓根就不猜測我的動機，我只是從她眼前飛過的一只金殼甲蟲，嗡地一聲就飛過去了，過去就過去，甲蟲會有什麼目的?!她很快挽了一小桶水，一步就跨回去了，雖然我還在她門前，她並未邀請我進屋去坐坐，只冷冷地看了我一眼就關上了門。我很沮喪，我們曾經同臺演戲，扮演的是一對情侶，她怎麼會視我如路人？我只好勸慰自己：也許她眞的以爲我偶然經過，也許她母親急於用水，也許她不好意思和我單獨相處，不好意思請我進她的家門……我只好從一個「也許」跳到另一個「也許」，否則我怎麼辦呢？我開始寫詩，像許多詩人的少年時代一樣，第一首詩就是悽悽慘慘戚戚的情詩。公然抄在作文本上，當着正式的作文送交給秦弦先生。他一眼就看出了我是寫給誰的，在課堂上，他把作文本發還給我的時候，臉上掛着含意不明的笑。我打開作文本，秦弦先生用紅鉛筆在我的詩上做了一行潦草的眉批：愛情不是一個人的自憐，你了解她嗎？她知道你在爲她痛苦嗎？讓我知道有什麼用呢？看到這批語，我很生氣，認爲這是對我的揶揄，秦弦先生太不了解我的痛苦有多麼神聖了！但顯而易見的是，秦弦先生說的是實話，他在指導我。我不能說我很了解她，她也不知道我正在爲她而痛苦……是應該讓她知道。可用什麼方法呢？通過什麼途徑？我只敢在舞臺上、在劇本規定的情景內，使用劇中臺詞大膽地傾吐愛情的渴望。在校園裏，一男對一女地談情說愛，太可怕了；同學們和老師們的眼睛都會噴出火來，能把相向傾心交談的一對男女活活燒死。何況我們不同班，我又不敢走進鋼琴專業的教室，那樣我會在十分鐘之內成爲緋聞的主角傳遍全校。接着就是訓導主任的緊急召見，訓誡之後，在全校晚點名的大會上再一次指名批評，第二天公告欄裏會貼出一張記大過的通告。在全城也將是一件重大新聞，張冠玉無罪受害，不堪千夫所指之苦，從此輟學……我絕不能採取這種鋌而走險的下策。後來，我終於找到了一個可行的辦法。那時我不斷能從秦弦先生那裏得到最新的激進刊物，都是秦弦先生的朋友們從北平、上海寄來的。張冠玉不是讀書會成員，她不可能讀到那些風中之火般的文字。給她送幾本文藝性強些的政治刊物，對！這樣我就可以理直氣壯地走進她的家門，又可以和她探討當今中國乃至國際大事，這種帶有地下活動性質的交往能使我們增加一層特殊的親近。我一把就抓住了她家的門環，雖然天黑得伸手不見五指，我太熟悉了！我大膽地叩了兩下，立即聽到應門的聲音，是她，隨着門就打開了。她看見我既沒有意外的驚奇，又沒有意中的喜悅，臉上仍然是心不在焉的微笑。我有點失望，但腋下夾着的一包刊物鼓舞了我，我大聲向她說明了來意，把刊物交給她，她接過去，點點頭，看不出她有邀請我進門的意思。我只好說：那我就不進去了，我希望你看完以後再聽聽你的感想。她又點點頭。我很不情願地轉身快快離去。但我並沒絕望，我相信刊物中那些文字會點燃她對我和革命的熱情。我特意在那些有關社會主義、民主、理想和愛情的篇章裏，選了一些可以藉以傳達我自己的觀點和情緒的語句，用紅鉛筆明顯地畫了出來，加上簡短的眉批。我想她在讀完之後，至少會明白兩點：我在對她進行革命的啟蒙，同時又在對她傳遞愛情信息。革命加愛情是所有年輕學生都熱衷的羅曼蒂克壯舉，誰都會從躍躍欲試到赴湯蹈火。我耐心地等了一個星期，那個星期恐怕是我少年時代最漫長的一個星期。星期六的下午，當她抱着一疊琴譜和我在走廊上錯肩而過的時候，我裝着在地上拾起一張紙片，追上她叫着：張冠玉！這是從你手裏掉下來的……她接過紙片，給我的還是那種心不在焉的微笑。我在那張紙片上寫着：星期天上午九時到府上拜訪，聽聽你的感想。我注意到她看完以後夾進琴譜，但沒有回頭看我。星期天上午九時我準時到了她家，這次，她沒有把我拒之門外。一進門就是一個狹窄的長方形院落，面對着富貴鄰居寬濶高大的後牆，一排矮小的平房，三小間外加一間當廚房的破屋。貼着高牆有一座窄長的花壇，沒有栽花，種的是一叢翠竹，一根青篠在高牆上繪了一片綠色的雲霧。在她家完全聽不見喧鬧的市聲。堂屋裏有一條長几，兩頭擺着兩只大磁瓶，中間掛着一幅立軸，畫的是一叢蘭草。一架風琴擺在右側，一架蝴蝶牌縫紉機擺在左側。她帶我走進西屋，看得出，這是她媽媽的臥室，她媽媽似乎在等我。她是一位很文靜的太太，面色蒼白，卻有一雙善於揣摩孩子心事的眼睛，我一進門，她就胸有成竹地看着我，似乎在說：你爲什麼來，我一眼就能識破。這間臥室的牆上掛着她自己年輕時的放大照片，一個三十年代的典型女學生打扮，童話頭，斜大襟的白色校服，眼睛和現在的一樣，居高臨下地打量着我。單人床上潔白的床單，潔白的棉被，很像是醫院裏的病榻。只有一只薄薄的枕頭上繡着一行藍色的英文字——Good Morning，這種樣式的枕頭在當時的女知識份子中很流行，一般都使用紅色，唯有她使用的是藍色，素淨得可怕。四只不算很高的靠背椅圍着一張小圓桌，都是核桃木的。小圓桌上整整齊齊地擺着我借給張冠玉的那些刊物。我一看見這些刊物就有些不愉快，因爲我是借給張冠玉的，並沒有借給她媽媽。無論是革命，還是愛情，都是我和張冠玉之間的事呀！我喊了一聲：

「伯母！」

她再一次上下打量着我。

「請坐，你就是秋葉先生吧？」

「是的！」我的臉立刻紅了，從我生下來，這是第一次聽見別人稱我爲先生，而且是一個長輩。「伯母，您不必客氣，就叫我秋葉好了。」我坐在她的對面，張冠玉坐在我的左側，我偷偷看了她一眼，看不出她在想什麼。她媽媽把早就沏好了的一杯茶推到我面前。

「我原以爲你很大了，看來還小。」

「不小了，伯母，滿十五了。」

她抿着嘴笑笑說：

「你關心的事可太大了。」

「……」我知道她說的是什麼，我不知道該怎麼回答。

「你覺得那些事有那麼重要嗎？」

她提的問題使我有些生氣，對於一個激進青年來說，這是一個原則性的問題，我不能不回答。我盡量讓自己溫和些。我反問她：

「伯母！您說不重要嗎？」

她很從容地回答說：

「我指的是對於一個個人來說。」

我實在按捺不住了，立卽以激昂慷慨的聲調向她說了一大段話，我把從許多時事和政治小冊子上讀來的關於當前的形勢，諸如美蔣勾結、四大家族對中國的掠奪、國民政府的腐敗、接收敵僞逆產的醜聞、一觸卽發的內戰危機和現代青年的使命……等等。關於愛情，我則避而不談。我相信任何一個中國人聽了我的一席話，都會跳起來爲我鼓掌。結果，她只冷冷地說了一句讓我十分狼狽的話來，她說：

「秋葉先生，你在學校裏參加過演講比賽嗎？」

我完全知道她話裏的含意，我還是回答她說：

「沒有，伯母。」

她站起來對女兒說：

「留秋葉先生多坐一會兒，在我們家吃晚飯，我去去就來。」

我沒有表示推辭，因爲我希望和張冠玉單獨談談。但眞的我和張冠玉單獨相對的時候，又拘束得好一陣子沒說出話來。我擔心冷場太久，只好反客爲主地先開口，我脫口而出地叫道：

「冠玉！這些刊物你都翻了嗎？」

她點點頭。

「你覺得怎麼樣？」

看來她再也不能用點頭來回答了，她說：

「滿好，滿好……」這是一個模糊的回答。

我翻開一本刊物，指着那些用紅筆畫過、我認為至關重要的革命觀點問她：

「這些你都能懂？」

她點點頭。

我又指着那些用紅筆畫過、我認為可以表達愛情願望的句子問她：

「這些你也注意到了？」

她還是點點頭。

「你沒有感覺到一點什麼？」

她搖搖頭。

「我是說你沒覺得我想要……表示……一點……內心的……什麼來？」

她又搖搖頭。

我實在沒有當面說出求愛詞句的勇氣……我只好裝着成熟革命家的樣子，感慨地說：

「你應該多讀書，認眞讀幾本理論書籍，多關心時事，國家的命運，人民的飢苦……」

我十分耐心，用輕柔的聲調啟發她的覺悟，最後我比較直白地說：「我不知道你對我怎麼看，從我們同臺演出了『大後方』以後，我打心底裏把你當成我的……妹妹，我希望你在以後能成爲我……我們志同道合的朋友……」我說到這兒，自己都受到了感動，鼻子酸酸的，眼睛充滿了淚水。我抬起頭看看她，我以爲她至少不再微笑，正在嚴肅地傾聽我眞誠的傾吐。讓我難以理喩的是：她臉上仍然掛着心不在焉的微笑。我還想說點什麼的時候，她媽媽走進來了。我立卽站起來，抱着那些刊物向她們鞠躬告辭。雖然她媽媽眞摯熱情地挽留我，我還是堅決地走了，甩了一下我的頭髮跨出她的房門。張冠玉把我送出大門，我沒回頭看她，我知道她的臉上不會出現另一種微笑。雖然我特意讓她感受到一點傲慢和矜持，我並沒放棄對她的追求。每天我都給她寫一封長信，把我的讀書心得和我對她的痴戀無保留地寫出來，在夜裏塞進她的門縫。我想，如果把這些信都丢進她門前那口小井，井水一定會爲我的熱情燒乾。一個學期快要過去了，終於收到她的一封沒封口的回信，是通過秦弦先生轉交給我的。我知道這不是喜信，當着秦弦先生的面，我把信抽了出來，只有一張紙，沒有稱謂，也沒有署名。信的全文是：

您來過我們家，見過我的母親……

我們什麼也沒有，也不需要什麼……

我們沒有力量，也不願去改變什麼……

我們的小院裏沒有風，如果它能夠算得上是個小院的話……

那叢竹影從來都是靜止的，像印在牆上……

戰爭中我們都聽不見槍炮聲……

謝謝您的眞誠，信全都退還給您……

我實實的負荷不起您對我的厚望……

我從秦弦先生手裏接過一大捆我寫的信，我幾乎要哭出來，我問秦弦先生：

「您看……怎麼辦？」

「不要再給她寫信了，丟失了很不好，而且危險……」

「她……爲什麼會是這樣的人呢？」

秦弦先生沉吟了很久以後發出了一聲嘆息：

「唉！人各有志……」

「是呀！」這一下珍妮似乎找到了一個相反的例證。「在中國不是也有人這樣很個人地活着嗎？雖然你這個頑皮鬼總想去掀起一陣風，吹亂她們小院裏的那叢綠竹。」

「珍妮！怎麼說好呢？……」我停頓了片刻以後才繼續說下去。一年以後，解放軍攻打這座小城的時候，我已經是解放軍中的一員了。國民黨守軍的頑強，招致猛烈的炮火轟擊，貼着張冠玉小院的那座高牆背後是守軍的臨時指揮所。一顆重型迫擊炮彈落在那條小胡同裏，彈着點在井和門之間，三間單磚薄瓦的平房全都震塌了，填平了小井。我是隨着先遣營進城的，一種不祥的預感驅使我特意去找過她們，我在瓦礫堆上看到她媽媽的肖像殘片，只剩了一只眼睛，還是那樣打量着我，只不過我和她的地位完全倒了一個個兒，她仰望着我。小院從全封閉中完全敞開，東南西北的風完全可以盡情地搖撼那叢竹子，竹子像瘋了似地呼天搶地、悲痛欲絕……人呢？我當着戰友們的面痛哭失聲，我無法按捺我的悲傷……」

珍妮默默無言地看着我。

8

足足有兩公斤重的一捆情書被退回來，我受到的打擊是深重的。我多次向秦弦先生提出請求，請求他把我送到華北，送到「山那邊」，當時我們私下裏說的「山那邊」就是「解放區」的同義詞。有一首激進歌曲的第一句就是：「山那邊呀好地方」。秦弦先生勸我安心留在學校，當時最有說服力的理由就是「革命需要」。他要我留下來做同學們的工作，使他們從渾渾噩噩的讀死書的狀態下醒悟過來，吸引更多的同學走革命的道路。我只好強迫自己安下心來，這時，我才發現我有十幾份作業都沒有交，其中包括木炭素描和水彩寫生。西洋畫教師孫青先生和秦弦先生是莫逆之交，知道我參加課餘活動太多，也就沒認眞督促我。孫青是個天才論的信奉者，他認爲庸才苦練一生，也只能是個畫匠，天才偶一爲之就能成就爲一個藝術大師。但我自己很清楚，素描是未來創作的基礎，天才必須腳踏實地。失戀使我寧靜下來，首先想到的就是作業。

傍晚，太陽像一位濃妝的貴夫人正在步入紅色的盛宴，小城外是一條清淺的小河，對岸是一片繁華豔麗的秋天的樹林，樹林中伸出一座耶穌教堂白色的尖頂，尖頂上豎着金色的十字架。青色的遠山浮游在白色的雲霧之上，晚歸的鳥羣遲遲不願在林中投宿，留戀着彩色的天空，鳴叫盤旋不已……景物明中有暗，虛中有實，濃中有淡，沉中有浮……我立卽支好畫架，快速調好顏料，在紙上開始濡染、勾勒，準確而不拘泥，大膽放縱卽興的筆觸，聽任色彩的自然溶合，好像只有一會功夫，一幅畫就完成了。待我再去尋找夕陽的時候，夕陽早已沒入山巒背後了。紅霞變成了紫霧。我很滿意，因爲我的作業並未荒疏，我高興得唱起來：「郎里個郎，郎里個郎，老板娘，怪模樣……」當我圍着我的畫架旋轉的時候，我才發現我的身旁站着一個女孩。她就是我在前面提到過的美人兒白靜怡，她是全校男生心目中五名校花候選人之一。

「你，白靜怡！」我第一次這麼近地看着她，立卽聞到從她身上散發出一股香味，我猜想是香水，那時候身上灑香水的女學生幾乎絕無僅有。我在理智上很排斥，但在感性上又不反對，覺很很好聞。

「畫得如醉如痴，人家在你背後腿都站酸了，你都不知道！」

「對不起！不過，你們在彈琴的時候，同時還能注意到你背後的男生嗎？」

「我還不知道你有這麼油一張嘴，女生們都說你在張小姐面前連一句完整的話都說不完……」

我的臉立卽發燒了，白靜怡這麼厲害！她抿着小嘴，偏着腦袋看着我，笑得使我無地自容。她的確很漂亮，藍旗袍上套着一件紅毛線背心。比她在學校裏美多了，因爲在學校裏必須穿校服，實際上就是又寬又大的大兵服。由於衣裳很合身，越發顯示出她的豐滿和豔麗。在此之前，張冠玉在我心目中的地位太顯赫了，所有的女生都在她的陰影裏。白靜怡並不因爲我的狼狽而善罷干休，繼續用刻薄的尖聲攻擊我。

「張口結舌說明什麼？說明你眼前的人太讓你神魂顚倒了；油嘴滑舌又說明什麼？說明你眼前的人太微不足道了，是不是？秋葉！」一副咄咄逼人的樣子。

「你……你怎麼……能……這麼說……」

她看我結巴成這個樣子，不由得大笑起來，我隱隱地覺得她的笑聲中有一種說不明白的滋味，是勝利？不完全是。是怨艾？有一點兒。還有終於等到了的痛快。

「停戰！」她竟然立卽止住笑。「對不起，秋葉！跟你開個玩笑，鬆快鬆快，說眞的，你這幅畫眞精彩，你看這輝煌的樹林，我親眼看見，只一筆，豐富的色彩就出現在紙上了，一片立體的秋天的樹林，河水完全是動態的河水。想不到你在課內課外那麼忙，合唱團、話劇團，還要……」說到這兒，她克制住了。「你的功課並沒荒廢。」

「我……有很長一段時間……沒畫寫生了。」

「你是天才。」

「又……又諷刺我了。」

「不！」她嚴肅地說：「這是眞話，我爲什麼要諷刺你呢？我今天眞幸運，能夠看着你畫成這幅畫。」

「我們可以讓你們看我們畫畫，你們就不能讓我們聽你們演奏鋼琴……」

「爲什麼不可以？」

「你們每人手裏只有一塊畫出來的琴鍵，我們聽什麼？」

她笑了。

「走，你要聽我彈琴嗎？到我家去。」

「到你家去？」我非常驚訝，因爲我爲了寫生，走遍這座小城的大街小巷，除了教堂，從來都不知道哪一戶人家擁有私人鋼琴。

「不願去？是因爲我家門前沒有一口小井吧？」

「白靜怡！又來了，你饒了我好不好！你明明知道……」

「我從來不刺探別人的隱私……」

「走吧，」我爲了打斷她的話題。「我很願意到府上去。」

「歡迎賞光，謝謝你。」

「怎麼你還要謝我呢？」

「說眞的，」她的聲調突然變得十分輕柔，我立即感覺到她聲音裏有一絲難言的憂傷。

「我早就想請你到我家做客了。」

「是嗎？」

「你懷疑嗎？」

「不，我只是沒想到。」

「你當然想不到……」近乎悲哀的自語。

紅色基調的天空和大地漸漸轉爲藍色。她幫着我收拾了顏料、畫板、畫架，一起到河邊洗涮了畫筆。

「把畫箱給我，我幫你提。」

「哪兒能呀！我自己來。」

她還是把畫架搶了去。

她拉着我的手臂，而後又不知不覺地挽住了我的手腕，我也就不知不覺地接受了。夜的確可以讓人變得更眞實，如果在白天，我即使敢於接受，她也不敢把手伸過來。在路上，她問我：

「我兩次提出要參加你們的讀書會，過了很久才得到回答，說：學校裏根本就沒有讀書會……我覺得很奇怪，沒有讀書會？何必跟我說假話呢？」

這是一個我無權回答的問題，我知道這件事，但不知道秦弦先生為什麼拒絕她。至於學校裏有沒有讀書會，這好像不應該隱瞞她，我們的讀書會已經是公開的秘密了。我只能對她說：

「白靜怡，你也知道，當前國內形勢很複雜，讀書會只是組織同學們讀些好書，如果知道的人太多，會引起誤會……我再幫你問問。我想，一切願意讀書、願意進步的同學都可以加入我們的讀書會……」

「我也是這麼想，總不能把追求進步的同學拒之門外吧？秋葉！」

「那當然。」

我們走着說着，說着走着，就像兩條連在一起的小舟，只有一條小舟上有舵、有槳，我只是傍着她在游動。她沒帶我向城內走，相反，我們是在向着遠郊，越走越偏僻。她家住在鄉下？我沒來得及細想，也沒來得及問她。穿過一片黃葉飄落的楊樹林，一所坐落在幾棵高大橡樹蔭護之中的中式別墅顯露出來，白牆青瓦，朱門花窗。走近了才發現圍牆上裝有鐵絲網，我當時只考慮到鐵絲網太煞風景，並沒意味到別的。大門迎着我們好像是自動地敞開了，這才使我有些詫異。一個軍人姿態卻身着便服的中年人在門前恭敬地叫着：

「小姐！回來了。」

「告訴丁媽，有客。」

一座小巧、曲折的院落，所有的花格窗櫺裏都放射着燈光。她帶着我走進一間坐落在水池上的廳堂，廳堂裏吊着一盞雪亮的汽燈。我第一眼就看見了光芒四射的鋼琴，擺在顯眼的正中間，兩側是四組紅木靠椅，在四張茶几上擺着粉團團四盆白菊花。四壁掛滿了不同尺寸的紅木鏡框，鏡框裏全都是字，沒有一幅畫。有正楷，有行書，有狂草，有漢隸，我注意到有一幅鄭板橋，有一幅米南宮。我們剛剛走進廳堂，腳跟腳進來一個乾乾淨淨、清瘦秀氣的老婦人，手裏捧着兩杯茶，玻璃杯是給我的，青泉蓋碗是給白靜怡的。大約她就是丁媽。當丁媽退出以後，白靜怡對我說：

「我並不喜歡我的家，遲早我都要和我的家一刀兩斷，它的富有和罪惡都與我無關。我和我父母的血緣關係不是我自己能够選擇的，如果我自己能够選擇，我會投生在一個工人家庭裏。但未來的路，我可以選擇。」

我很高興，因爲我理解她的心情，好像也能明白她爲什麼要向我做這樣的表白。

「白靜怡，你一定讀過很多書吧？」

「不太多，只讀過一些淺顯的小册子，像：《社會發展史》、《階級與階級鬬爭》、《中國近百年反帝反封建鬬爭史略》……」

「眞不簡單！」在馬列主義書籍不能公開出版發行的國家裏，她能够讀到這樣幾本啟蒙小册子也是非常不容易的。

「你準是看見我在這個家庭出生，才說這句恭維話的。」

「不！至少有百分之五十的同學不如你，他們不關心這些最迫切、最重大的問題……」我說到這兒立卽很痛心地想到張冠玉，如果她能像白靜怡這樣該多好！算了，正像秦弦先生說的那樣：人各有志。「白靜怡，我眞沒想到你是這樣一個有心人，否則，我不至於這麼晚才認識你。」

「相見恨晚，是吧？」

「可以這樣說！」

「可我早就注意你了，你說多奇怪！」

「是嗎？我是個再平常不過的人了，我有什麼和別人不一樣的特點嗎？」

「你很敏感，所以你無論在哪裏都很生動，朝氣蓬勃、熱情洋溢，我遠遠看着你就能對你有所了解，你不會掩飾自己，說謊之前你的目光已經預先告訴別人：我要說謊了！」

「啊？」我不能不承認，她像是一面鏡子。

「請原諒！」她的聲音有些顫抖，眼圈有些發紅。「我跟踪過你，爲了一個很善良的目的，也許你覺得很卑鄙，我是一廂情願，但我是誠懇的……說起來你別笑話我，上學期我生了一場重病，很怕會死掉，因爲你還不知道有一個儍女孩曾經那樣迷戀過你，如果眞的死掉，那就太寃枉、太悲哀了。我偷偷寫了一封長信，病好以後正要交給你的時候，我發現你正在去張冠玉家的路上，我立卽把信燒了……我也沒想到，死灰還會復燃……」

她說到這兒，我又覺得她太情緒化了，用當時在激進青年中常用的時髦口吻來說：小布爾喬亞情調太重了些。但我很樂意在接受她如火般革命熱情的同時順便接受她如水般柔情。我隔着茶几把手伸給她，她用兩隻手握住並貼在她沾有淚水的面頰上，我禁受不住她一洩千里的激情。我輕聲說：

「靜怡！你忘了，你請我來不是讓我聽你彈鋼琴的嗎？我很想聽……」

她這才放開我的手，站起來，走過去打開琴蓋，坐下，開始按了一下中間C鍵。她並不開始彈，向窗外叫道：

「丁媽！叫人來把汽燈拿走，拿兩只蠟燭來。」

「就來！」丁媽的聲音剛落，一個男僕就拿了一張架梯來，站在架梯上摘了吊在天花板上的汽燈，等「絲絲」發響的汽燈剛剛拿出廳堂，丁媽將一對放在銀燭托上的蠟燭端了進來，擺在鋼琴上。等丁媽退出去，虛掩了門，白靜怡對我說：

「給你彈一首蕭邦的『革命練習曲』，好嗎？」

「什麼都可以。」過了很多年以後我才知道，蕭邦這支「C小調鋼琴練習曲」是他一八三一年居住在斯圖加特時聽說波蘭起義失敗，俄軍重新佔領華沙，憂憤交加，寫下了這支又名「華沙的陷落」（Fall of Warsaw）的鋼琴曲。三十、四十年代的中國年輕學生總把一切革命都混爲一談，「革命」二字非常摩登，只要敢於說出來，就有一種自豪感，把它加在任何東西上都會熠熠生輝。

我靜靜地以十分虔誠的心境去傾聽，我只覺得很流暢，演奏者很投入，比我想像中的革命柔和得多。演奏結束後，我和她才發現廳堂門前站着一位穿暗藍色寢衣的紳士，年齡大約在四十五歲至五十歲之間，我首先看到的是他那雙隼似的眼睛，好像審視了我很久。當他發現我在看他的時候，他才有了一點笑意，兩撇修飾得很整齊的髭子顫動了一下，塗了髮臘的頭髮又黑又亮，中分線直而清晰。白靜怡明顯的變得很不高興，沒有站起來，也沒看他，向左向右一揮手，用最快的速度介紹說：

「我爸爸，我同學！」

我從椅子上欠身站起來。

「這孩子！」他解嘲地指了指女兒，然後走向我，向我伸出手，自我介紹：「白景雲，您先生？」

「秋葉，白靜怡的同學，學繪畫。」

「啊！」他的眼球轉動了一下，又把目光的焦點集中在我的額頭上。「請坐！」

在我重新坐下的同時，他也坐下了，坐在我的旁邊，側着身子面向我。白靜怡賭氣似地並不轉過身來，而且把手肘連同頭一齊擱在琴鍵上，鋼琴發出一聲轟鳴，餘音久久不散……

白景雲好像沒聽見，他對我說：

「歡迎你，靜怡從來都不帶同學到家裏來，其實我很喜歡少年才俊，願意和你們交朋友。」

「爸爸！」白靜怡猛地抬起頭，呼地一聲合上鋼琴蓋，煩躁地說：「秋葉是來聽我彈琴的，你來攪和什麼呀！」

「好的！」白景雲站起來笑着說：「你們談，我也有事要辦，秋先生，靜怡這孩子可是任性得很啊！」他走過去拍拍白靜怡的頭，就走出了廳堂。

「眞掃興！」白靜怡餘怒未息。「對不起，秋葉！」

「這有什麼！」我覺得她過份了些。

白靜怡站起來，氣沖沖地把窗帘全都拉上了。她重新坐在鋼琴前，爲我又演奏了一首蕭邦的鋼琴曲，就是那首使人聯想到波濤起伏的「Ocean」——又是一個C小調鋼琴練習曲。當起伏的波濤漸漸平靜之後，她的氣也消得乾乾淨淨。我誇讚她的演奏。

「眞好，特別好，靜怡，我該回校了，我們住校生，晚了要翻牆，軍訓教官看見了要記大過的……雖然我願意一直聽下去，聽一夜……」

「才這麼短的時間……」她又變得十分溫柔了，有點撒嬌地走到我面前。

「以後……以後再來……」我結結巴巴地說着站起來。

她在我面前一動也不動，像是不知道我就在她面前，近得不能再近，她低頭不語，我能聽見她漸漸在加快的呼吸。我和她都停留在窘迫和被按捺住的衝動之間。我想提醒她從我身邊閃開半步，不然我是走不出去的。但我的嘴唇發乾，沒有力量張開。不知過了多久，我掙扎着輕輕喊了一聲「靜怡」就被她抱住了，她把臉埋在我的胸前，她和我都能聽見我的心臟如鼓一般咚咚鳴響。又過了很久，她突然踮起腳尖，摟着我的脖子，我低下頭。我的臉從來沒有和任何一個女孩子的臉離得如此近迫，她的眼睛緊閉着，屏住呼吸，把抱住我的雙手用力往下一拉，她的嘴唇貼住了我的嘴唇，我立刻想到：這大約就是吻。我們發明漢字的祖先在創造這個字的時候就含有警戒的用意，口字邊是個勿字，是否可以解釋爲「口勿與口輕易接近」呢？在此之前，我以爲吻只是嘴唇與嘴唇相碰，沒想到原來不是那樣。她那貼近我嘴唇的嘴唇輕輕張開了，一張一合地吮吸着我，我也學着她的樣子，她狂喜地伸出舌尖來……繼而她緊緊地——緊得不能再緊地摟住我，一雙腳懸離地面，整個身子的重量都掛在我的脖子上，無休無止地吻我，使我透不過氣來。我慢慢地彎下腰，她痴痴地看着我，斜臥在地板上，雙手仍然箍住我的頸子，不情願地搖着頭。我重又把她抱起來，告訴她：

「我必須走了……」

她緊閉了一下眼睛，只一秒鐘，當她重新睜開眼睛的時候，她似乎清醒了。鬆開我，說：

「我送你回校。」

「不！你送我回校，我能放心你自己回來嗎？送到門口就可以了。」

「好吧……」她抱住我撒嬌地說：「我聽你的。」

我們走到大門前的時候，那個中年男僕給我們打開門。白靜怡陪我走進樹林，踮着腳悄聲在我耳邊說：

「你太好了……」

「我太傻了。」

「你太純了……」

「我太蠢了。」我止步告訴她。「到此為止，再見。」

她看見她們家的大門還在洞開着，那個中年男僕站在門邊靜候着她。她握握我的手。

「再見。」她跳着旋轉着跑回去。

我眞的在戀愛了？和上一次完全不同。這一次沒有痛苦過，沒有期待過，也沒有追求過，愛卻等在一幅我畫就的風景畫裏。第二天我自己做了一個鏡框，把那張風景畫裝進鏡框，掛進我的蚊帳，我一進宿舍就躺進蚊帳呆呆地凝視着那幅水彩畫。同學們都伸着頭來看，個個都說：我還以為是一張裸體美女哩！原來是一張水彩風景寫生。他們怎麼能知道，我的愛人是在那幅畫裏向我走來的，只有我能看見我未曾畫進畫幅中的那個人。我和她從那裏穿過晚霞的餘暉進入蕭邦旋律，到達一個陌生卻是甜蜜的境界……這甜蜜，是不是包含着毒素？會不會渙散革命的意志？會不會妨礙對崇高理想的追求？——和愛情的喜悅相伴隨的不安隱隱地折磨着我……

9

珍妮在我講故事的時候給我剝了一大堆花生米。

「我吃得比你多，快吃……」

「別替我剝了，自己剝着吃好像更有意思。」

「不領情？我一口氣全吃光了？」說着她抓了一大把花生米就要往嘴裏扔，但她並沒眞的往嘴裏扔，卻轉而把花生米送到我的手裏。「還是得給你，少點剝花生殼的樂趣，多點對友情的理解，不好嗎？」

「當然，非常感謝！」我接受了她的盛情。「珍妮！爲什麼這個故事講完以後你沒有評論呀？」

「要評論嗎？」她狡黠地笑着在燈光的陰影裏看着我。

「要呀。」

「在這個故事裏，你並沒有愛，只是在被愛，她才是愛，不是嗎？」

「那時候我以爲我也在愛……」

「因爲你太小，小得分不清什麼是愛？什麼是被愛……不過，現在你應該暫停講話，十分鐘，至少十分鐘。嘴的功能是說話、吃喝、接吻，但不能同時。」

「你……」我忍俊不已地笑了。

她用兩根手指按在自己嘴上，表示禁聲。

我眞的很聽話，埋頭苦吃了十分鐘。

去白家的第二天夜晚，我就去找秦弦先生，說服他能允許白靜怡參加讀書會。由於我的迫切、熱情而肯定的語氣，和對白靜怡的溢美之詞太多，加上我充滿幸福的神情，秦弦先生一下就猜到了我和白靜怡已不是一般同學的關係了。他沉默了很久，反問我：

「對於她的要求，你知道我爲什麼一直躊躇至今沒有答覆她嗎？」

「因爲你對她並不了解……」

「不！我怎麼會不了解呢？她很愛讀書，思想進步，來自大都市，她的初中是在上海讀完的，比一般同學見多識廣，性格開朗、坦率熱情……」

「這些還不够嗎？秦弦先生。」

「現在該我來說你了，你對她並不了解……」

「我？」

「你見過她的父親嗎？」

「見過一面。」

「我沒見過，但我對他有一點了解，你知道他是什麼人嗎？」

「頂多是有閑階級的一份子。」

「頂多？」秦弦先生嚴厲地看了我一眼。「有閑階級?!」

「他是……？」我有些驚駭，因爲我從來沒見過秦弦先生這樣銳利的目光，說它有點兇狠也不過份。

「他是國民黨軍統特務機關在中原戰區的頭子，他掌握着幾十個軍統行動小組……」

我的靈魂像是從頭頂上飛走了似地，我只剩下了一個軀殼。秦弦先生的聲音突然變得非常遙遠。白景雲那雙隼似的眼睛越來越向我逼近。

「你和她的關係很危險……後果非常嚴重……你必須和她立即割斷關係，不管你們是什麼關係。你本人也必須立卽離開這裏，這不但是你個人的安全問題……」

立卽是什麼意思？秦弦先生好像能聽見我的內心獨白。他說：

「立卽就是現在，馬上，就是刻不容緩，而且不能讓任何人知道……」

至少白靜怡應該知道我是自己出走的，而不是失踪！給她一個暗示也好呀！

「絕對不能給任何人留下什麼暗示，尤其不能讓白靜怡知道……我現在就給你寫信，你拿着我的信到洛陽城北二十公里的金莊，去找一個姓盧的小學教師，他會幫你渡過黃河……」

看樣子，走——迫在眉睫了。我曾經多次請求過到「山那邊」去，可我沒想到會是這樣去，因爲出了這樣的事，如此倉惶地去！我都矇了！一時無法梳理清楚我到底爲什麼這樣沮喪？是情感的急劇跌宕？還是對可能造成的後果的恐懼？秦弦先生把寫好的信連同一疊紙幣交給我。

「我在信上什麼也沒寫，只告訴盧先生：秋葉是我的學生，請幫他謀一個鄉村小學教師的職位。盧先生一看就明白了……」

「……」我茫然地看着他。本來，能夠去「山那邊」是一個多麼讓人自豪的機遇，我會跑到一個沒人看見的地方去跳起來大喊大叫。本來，得到愛——早熟的愛，我會陶醉，而且正在陶醉中。現在，一切都蒙上了陰影，變得黯淡無光。在革命面前我是個什麼人？在愛情面前我又是個什麼人？什麼都不是！白靜怡，一個美麗、熱情、溫柔、率真的少女，頃刻之間變成爲戴着面具的狡猾、陰險、做作的怪物。我原以爲會永遠留在我記憶中的燭光和琴聲驟然間消失。她的吻使我聯想到蛇的毒液，此時，最迫切的願望是找一個僻靜的角落去徹夜嘔吐。我的脖子從此將永遠留下被蛇纏繞過的痕迹。想到這兒，不禁得得地打着寒凜，我好像看見倒臥在地上的她是盤成一團的蛇。

我把信和紙幣塞進貼身的衣袋。秦弦先生驀然很親切地摟住我的肩膀，輕聲對我說：

「愛情和革命相比，一個是鴻毛之輕，一個是泰山之重，懂嗎？秋葉同志！」秦弦先生從沒對我稱呼過同志，一個既神聖而又陌生的字眼，使得我的心突發陣顫。

「我懂。」

「我送你走。」

「您？」

出門的時候他把自己的夾大衣披在我身上。

「帶去吧，黃河邊很冷……」

秦弦先生抱着我的肩膀，以最小的聲音哼着「國際歌」。深秋的風撩起他的長髮，時時飄拂在我的臉上。我眞想哭出來，喊出來，一種崇高的感覺把個人情感上的諸多絲縷一掃而光。我們向城北五公里以外的一座小火車站走去，因爲只有那樣的小站才沒有圍牆，夜晚也沒人看守，可以自由出入，不須買任何票。

「山那邊會溫暖得多……」我當然懂得秦弦先生的暗示，兩行熱淚立卽從眼眶裏滑落在面頰上。他接着朗誦了幾句可能是他自己寫的詩句，他的朗誦非常精彩，以眞摯和含蓄打動人心，全校同學都喜歡聽他的朗誦。我永遠也忘不了他那深厚親切的男中音。

在那裏可以大聲吶喊，
在那裏可以盡情歌唱，
在那裏可以編織夢境，
在那裏可以自由飛翔……

我們走進空無一人的小站，立候在站臺上。很快就有一列夜行貨車緩緩駛進小站，而且停了下來。

「你看，秋葉！你的專車到了！」秦弦先生托着我的一隻腳，把我送上一節空蕩蕩的無頂車箱。眞巧，我剛跳進車箱，車就移動了，我舉着一隻手，他也舉着一隻手，兩隻高高舉起的手越來越遠，我許久都沒有放下來……一切，童年和少年時代的一切，愉快和不愉快，課堂上的窘迫，考試的緊張，課餘的多彩活動，以及一次錯誤的與蛇糾纏都留在列車車尾的黑夜中了。「山那邊」是個新世界，我將進入英雄式的成人時代！過去那些不堪回首的由於幼稚造成的羞慚全都被撲面而來的風吹得毫無踪影，我走向戰場！

我以爲身後的道路像嬰兒的臍帶一樣是可以剪斷的，多麼天眞！誰知道十年、二十年、三十年後或更長的歲月以後，往事會重新以一種你意想不到的面目回到你的面前，使你目瞪口呆。一九四九年中華人民共和國建國以後，歷次政治運動，實質上都是自上而下對每一個人的審查，審查的核心是：你是否對黨忠誠？最後變成：做爲國家名義上的主人，你對名義上的各級公僕是否忠誠？每一次都要迫使你把你的歷史由你或別人掀開，事無巨細，不管你願意不願意，一律曝光。接受無限期的懷疑、審訊、誣蔑和恣肆的羞辱……握有權柄的人可以任意把你歷史中的任何一頁顚來倒去、胡塗亂抹。我原以爲我曾經有過光輝的一頁，那麼幼小就投身於用鮮血去染紅太陽的事業。但每一場運動都要被誣指爲內奸和投機者，而且迫使你自己承認。爲此，經常會有外調人員來調查我與秦弦先生的關係。當我第一次聽到秦弦先生由於「歷史問題」一直關押在獄中的時候，我幾乎不相信我的耳朶。秦弦先生是我的革命引路人，是年輕學生崇拜的偶像，他會有問題?!後來，外調人員找我的次數多了，我也就習以爲常了。無從解答的問題只好動用那個萬能答案，卽：相信偉大、光榮、英明、正確的黨。黨總是不會錯的，問題一定出在他自己身上。但每一次交代與秦弦先生的關係時，不可避免地都要提到一個我不願聽到的名字，那就是：白靜怡。我的回答總是：據我所知，秦弦和白靜怡除師生關係之外沒有別的關係。我的回答每一次都被認爲不老實。我說：至少在我離開「白區」之前他們沒有關係，秦弦先生根本不許她參加讀書會。我所以不得不立即出走，就是因爲和白靜怡有過一次親密的接觸。（每一次我都得從那天傍晚寫生開始交代，接着是對話的詳細內容，鋼琴曲目，接吻的時間和擁抱的方式，以及與她父親有關的一切細微末節……等等。沒有比面對一個或幾百個陌生人去追憶往日的隱痛更悲哀的事了，屈辱得讓你渾身痙攣。）無論多麼細緻誠懇的交代，都不能滿足那些居高臨下的人們的要求，因此而受到恫嚇、辱駡，直至挨打罰跪。以致我自己都說不清我自己的歷史，也弄不清我到底是個什麼人了！

一九八三年秋天，我在長江中游的大都市武漢舉辦個人畫展。觀眾中突然走出一個小老頭，向我笑，那笑容比哭還難看，所有的皺紋都集中在小而紅的鼻子上。他身上穿着一套簇新的人造卡嘰布中山裝，料子很硬，尺寸過大，就像披了一身有角有棱藍漆的鐵皮一樣。

「您是秋葉先生吧？」我發現他嘴裏有一半牙齒已經脫落了。

「是的，您……？」

「您還認識俺嗎？」他的一隻手不停地病態地抽搐着。

「對不起，我實在不認識您……」

「……？」他的眼睛可憐巴巴地看着我。

「我想我不認識您。」

「……？」他的目光驀然黯淡下來，非常悲哀地眨巴了幾下。

「過去我沒見過您……」

他從我的眼神裏看到了自己的變化，看樣子，他曾經不相信自己會有如此可怕的變化，自信我無論如何都會記起他，但我所傳達給他的眼神是陌生的。他用絕望的聲音告訴我：

「俺……是……秦弦……」

他是秦弦？人老了，怎麼會身子都縮短了呢？他那往日的瀟灑、沉着和浪漫的藝術氣質都到哪兒去了呢？連語言和語音都改變了。

「你去參軍的時候是俺送的行，披上俺的夾大衣……」我立即緊緊地抱住他瘦骨嶙峋的背，不讓他再說下去。

「我認出來了！秦弦先生！」其實我仍然不是認出來的，可除了他，誰也不知道他給我披過夾大衣這件事。不是他還能是誰呢？我扶着他走進休息室，把他按在沙發上。

「俺眞沒想到，會在這兒遇到你。」淚珠一串串地落在他那溝壑縱橫的臉上。「更沒想到，你有這麼大的成就。」

「唉！」我嘆息着回答說：「最美好的時光都寫了檢討，近幾年才把丟了多年的畫筆拾起來。您怎麼樣，這麼多年是怎麼過來的？秦先生！」我的問題提得很蠢，但我不提這個問題提什麼問題呢？

「八個字：一言難盡，命若琴弦，也許俺的名字起壞了，一九五〇年五月入獄，兩個月之前剛剛出獄。」

「剛出獄？這怎麼可能？」

「可能？在偉大的中華人民共和國活着，什麼事是不可能呢？」他啞聲痛心地笑了——又是那種比哭更難看的笑。「被他們忘掉了，俺還算是幸運的，壓在堆積如山的檔案裏的死靈魂多得很，連他們自己都記不起什麼時候入獄，爲什麼？很多囚犯和自己的檔案袋分成兩處，成了一些沒有靈魂的號碼。俺的那份檔案從長江南跟到蘇北灘塗，再從蘇北跟着俺發配到北大荒——青海——新疆……總算沒有丟掉，沒有被撕碎，沒有被滯留在某一座勞改農場的地窖裏，也眞算運氣好！這一輩子還能碰上一個奇蹟！」他的臉上這時才泛起一點血色。

「多年來我都惦記着您，秦先生！您是我的啟蒙老師……」

「別……別這麼說……」他低着頭，痛苦地擺着手。

「秦先生！您到底爲了什麼，這麼多年……」

「爲了什麼？」他像在問自己，而自己又難以回答，張着嘴，茫然地看着我，很久才說：「俺到現在都不知道爲什麼。出獄的時候，他們告訴俺：你入獄前檔案裏只有兩個字：特嫌。現在呢？現在給你把這兩個字一筆勾消就是了。俺問他們：特嫌二字就可以把俺關上三十多年，大筆一揮就可以出來……這中間就沒有個責任的問題嗎？譬如說：特嫌二字是誰給寫上去的？不知道，旣沒署名，又沒蓋公章……」

我和他都沉默了……大約有一刻鐘之久，似乎又不是在想什麼，因爲沒什麼好想……我問他：

「爲什麼每一次找我來外調的人都要查問你和白靜怡的關係呢？」

「當然，當然，」他連續說了兩個當然。「這個可憐的女孩！俺這次來武漢，就是爲了找她。」

「找她？她在武漢？還活着？」

他點點頭。

「你見到她了？」

「還沒有，好不容易才找到她的地址，也了解了一下她近三十幾年的情況……也是一本書……」

「可你爲什麼剛剛出獄就急着找她呢？」

「是俺要找她，也是政府要找她。」

「為什麼？你代表政府？」

「也可以說是……」

我幾乎笑了出來。剛剛出獄，剛剛穿上一套完整的衣服，就成了政府的代表。他該不會是在信口開河吧……

「老弟！賞俺一頓晚飯吧！」

他的這句話一出口，我的眼淚立刻就奪眶而出了，我連忙說：

「當然，秦先生，您想吃點什麼？只管開口，我都能辦到。」

「一碗糊辣湯，半斤鍋魁。」

「什麼？」我大叫了一聲。鍋魁是一種直徑一米、厚三公分的大餅。這兩樣東西可能是他幾十年監獄生活中夢寐以求的美味佳餚。「我怎麼會請你再去吃那種東西呢？」

「糊辣湯、鍋魁不是很頂飽的嘛！」

「您就別管了，跟我走。」

我扶着他從側門走出展覽館，攔了一輛出租汽車，是一輛黑色的豪華「豐田」，我給他拉開車門，他遲疑地看看我，問我：

「這……讓咱坐？」

「當然，這是出租汽車，誰給錢就讓誰坐。」

他雖然很矮小，頭還是碰在車門的框子上了。他對小汽車太生疏。在他入獄那年，中國省一級的高官才有權乘坐小汽車，大部份中國人見都沒有見過。身爲囚犯，雖然轉移過多次，行動起來，大多是使用自己的兩條腿，有時還得帶着腳鐐。坐過火車，從來沒有坐過有座位的客車，總是密封得像罐頭一樣的貨車廂，囚犯像沙丁魚一樣擠。坐過汽車，也是密封得像罐頭一樣的專用囚車。可能連乘小汽車的夢都未曾做過，沒有乘小汽車的經驗，在夢中卽使見到了小汽車，也不知道怎樣去打開車門。出獄之後，頂多也只是乘坐過長途大客車和火車的硬席車廂。所以他在小汽車裏很緊張，對於他，車速太快了，坐墊也太軟。他身不由己地牢牢抓住我的手。

10

我特意選了全市最高級的一家涉外飯店，也許我有一種受壓抑想宣洩一番的心理，讓他從最黑暗的底層一下飛騰到陽光燦爛的高空。當我們在電梯裏往頂樓餐廳向上升起的時候，秦弦先生抱住我，像個孩子似地，把臉貼在我的懷裏，我能感覺到他由於旋暈和恐懼正在顫抖。

領座小姐穿着側衩很高的旗袍，一雙修長的玉腿很有彈性地迎着我們走來。秦弦先生無異於進入了廣寒宮，他痴痴地看着這姑娘耳垂上掛着的金耳環，很長的兩串金葉子，熠熠生光。這是四九年以前資本家的少奶奶才戴的東西。領座小姐給了我們一個臨窗的臺子。坐下以後，我請秦弦先生往窗外看，他用手抓住臺子，只敢把頭伸向玻璃窗。大江如帶，飄然東逸，武漢三鎭盡在眼底。漢水和長江交匯處的船隻密集，輪船的汽笛聲隱隱傳來……

「你想吃點什麼？秦先生！」

「老弟！」他乞求地說：「別問俺，今兒俺把俺自己全交給你了，說實在的，三十多年前一個中等學校的進步教師，幾乎沒下過小館，中學時代讀的是流亡中學，大學時代讀的是流亡大學，吃的都是學生食堂，有時候連青菜葉子湯都喝不上，在監獄裏就更不用說了，別說是菜，正經糧食也沒吃過。糊辣湯和鍋魁是俺出獄以後在漯河車站吃到的一頓最美最飽的飲食了！俺不知道還有啥比糊辣湯和鍋魁更好吃的東西……」

「那好，我來點。」我按照自己的經驗，長期的飢餓之後，特別渴望油膩和味道濃烈些的食物。我點了五菜一湯：一是四色冷拼盤，兩葷兩素。二是冰糖肘子。三是氣鍋鷄。四是乾燒對蝦。五是紅燴海參。西湖純菜湯。外加蟹殼黃小燒餅，小籠包子和冰淇淋。我特別注意到菜的價格，越貴越好。

「秦先生，喝酒嗎？」

「酒？」他大睜着混濁的眼睛。「沒喝過，不過，俺看見過同號子一個酒鬼喝酒的樣子，他買通獄醫得到過一小瓶高粱酒，是裝在二〇〇CC藥瓶子裏帶進號子來的。他恨不能連瓶子都吞進去，剩下的空瓶子捨不得丟掉，半夜三更經常放在嘴上吮呀吸呀的像個抱着奶瓶的嬰兒。連俺這個從來不沾酒的人也有點饞着慌，真的喝了，也不見得就好喝……」

「那就來點試試吧，來瓶好喝的，白葡萄酒……」我要了一瓶「王朝」，那是天津和法國合作生產的一種新酒，一出廠就很暢銷。由此可以說明，東方人也能接受西歐的口味。

首先送上來的是拼盤和酒，酒瓶的一半埋在冰桶裏，小姐先倒了小半杯請我嘗嘗，我沒接，示意她把酒杯交給秦弦先生，她有點詫異，因爲她無法從外貌上看出秦弦先生的職業和身分。特別是當她把酒捧給秦弦的時候，秦弦吃驚而又不知所措地把手伸出來又縮回去，縮回去又伸出來。使得小姐困惑不解。秦弦先生以爲酒很辣，皺著鼻子，閉著眼睛像是吞火似地抿了一口酒，讓他大爲意外地是：不僅不辣，而且清涼可口，微微有些酸甜。他吧嗒吧嗒嘴笑了，又是那種很難看的笑。

「涼颼颼的，好喝，好喝！」

小姐想笑又沒敢笑出來，因爲秦弦先生的樣子可憐的成份比可笑的成份更多些。

三杯酒下肚，秦弦先生臉上似乎變得光滑多了。他吃菜飲酒的速度很快，我猜測他並沒品嘗出每一道菜的味道，他只滿足胃的貪婪的需要，而越過了味覺，飢餓的恐懼依然控制着他的所有器官，那雙顫抖不已的雙手和不停眨動的眼睛表現得特別明顯。這麼瘦小的一個人，能塞進這麼多食物！一瓶酒的四分之三被他喝掉了，也難怪，乾白葡萄酒入口很順，對於不會喝酒的人來說，就像乘船東去一樣，順流而下，不知走了多遠。他有些醉了，苦笑着在座位上搖晃，話多起來。當我問到他的家，他說：

「老弟，俺壓根就沒成過家，俺這樣的人在中國不算少數，也好，俺們這個種族不知道家破是個什麼滋味。文革第二年父母雙亡，俺只收到過一張二指寬的通知書，爲啥死的？誰送二老入土？全然不知道，通知書上只有一行字：二〇七八號祖籍某某省某某縣公安局戶籍科來文，其父母已於某年某月某日雙雙亡故。問誰去？能來個通知已經算是大恩大德了。雙雙亡故，可以想見，不是被打死，就是絕望自殺。你不知道，同時二字給了我多大安慰，比單獨去好，先去一個，另一個會孤單、傷心，無人照應，同時，好，二老結伴同行，好！好！……」

我沒有給他空洞的安慰，因爲在那麼黑、那麼深的洞裏爬行過如此漫長歲月的人，要的不是安慰。

「老弟，這一輩子，剩下的，俺只有一件事要辦了……」

「是不是你自己的工作？」

「不是。」

「婚姻？」

「更不是！」

「恢譽名譽？」

「名譽？在這個世界上，誰還認識俺？誰都把俺忘掉了……連老弟你都認不出俺來……」

「那……」

「只有一件事要辦，辦完這件事就功德圓滿了，然後就自殺。」他說到自殺二字的時候就像說到吃飯、上厠所一樣平淡，好像他沒覺得自殺只能是一次性的行爲似的。「這件事不辦好，俺是不會去的……」

「秦先生，你說的到底是件什麼事呢？」

「唉——！」他長嘆了一聲。「那得從頭說起，說來話長呀！你看，這些打扮得俏模俏樣的小姐總盯着咱們，她們是不是要咱們趕緊走呀？不走，她們就得像些送靈的紙紮人似地立着，怪累着慌的……」

「那……我們再找個地方，六樓有個小酒吧，喝點咖啡，邊喝邊談，怎麼樣？秦先生。」

「行，反正今兒一直到晚上，俺把俺自己全交給你了。」

我結了帳，扶着他走進電梯，從頂樓降落到六層。酒吧裏幾乎沒客人，也許是時間還早。每一張臺子上有一朵燭光。我們在角上找了一張臺子，這個角正好在一棵室內橡樹的蔭護下，顯得特別安靜雅致。秦弦先生坐下以後小聲告訴我：

「這兒眞好，誰也聽不見咱們的談話。」他就像是上一世紀的人，他哪裏知道，現代化的優越性之一就是：想聽你談話的人不必在你身邊，他們可以在另一座房子，或另一座城市裏，還可以在另一個時間。

我們只要了咖啡。秦先生不等我催促就開始說了。

「老弟！那年把你送走以後，俺就向上級黨組織報告了把你送走的原因，萬萬沒想到的是，上級黨組織並不認爲俺的決定是正確的決定，批評俺沒有先請示再把你送走，問俺能不能想辦法把你追回來。那時候想把你重新追回來是辦不到的，因爲你去的地方正是敵我雙方犬牙交錯的戰區。即使找到你，你已經不能回校了，校方在你無故曠課一週以後就把你除名了，回來，你怎麼解釋長期曠課的原因？上級黨組織很惋惜，俺不明白。他們告訴俺，上級黨組織正想找一個合適的人去接近白景雲，對他進行策反，讓他放棄反動立場，爲共產黨工作。你恰恰是再好也沒有了的一個人選，結果是俺把你送走了……俺一聽也很後悔。忽然靈機一動，自告奮勇，毛遂自薦，請求代替你去接近白景雲。他們問俺有什麼條件？俺告訴他們白靜怡曾經向俺多次提出參加讀書會的要求，俺都因爲白景雲的身分太特殊，沒敢答應。上級黨組織認爲俺太不靈活了，共產黨既重視出身成份，又不唯成份論。白景雲的女兒要求參加的是讀書會，又不是共產黨。許多調查材料都說明，這個女兒是白景雲的掌上明珠，要俺盡快通過白靜怡去接近白景雲，爭取白景雲。俺這才明白，這就是先取得虎子的好感，然後隨着虎子進入虎穴，最終降服老虎的策略。俺當然也想到過危險，可這是任務，即使是犧牲了，不正好是死得其所嘛！那時候黨的信任就是最高的榮譽。你也知道，白靜怡求之不得的就是向咱們靠近，但她對你的無端失踪，既怨恨又痛苦。俺不敢把眞情告訴她，也假裝着百思而不可解。她曾經懷疑過她父親，認爲是她父親把你秘密處決了。俺只能對她說：他們不會把秋葉看得那麼重要。漸漸俺對白靜怡有了更多的了解，加上國共兩黨的軍事力量發生了根本的變化，國民黨軍由重點進攻變爲全面防禦，各個戰場都在節節敗退。當白靜怡向俺提出到「山那邊」去的要求，俺開門見山地告訴她：你不能去，你不去比你去的作用可能大得多。開始她不明白俺的意思，俺只好坦率地告訴她：你應該爲黨做大貢獻，就是說服你父親棄暗投明。她很吃驚，因爲她從來都沒做過這方面的考慮，她既不相信她父親可以轉變立場，又不相信共產黨會允許她父親放下屠刀，立地成佛。她讓俺允許她愼重考慮考慮。一星期後她告訴俺：她父親願意和中共方面的代表做一次非常機密的會見。俺一聽就興奮得幾乎跳了起來，俺沒想到她這麼快就動搖了她的父親。俺對她說：俺就是中共地下黨員，俺可以代表中共和他會見。這時俺沒辦法立卽和上級黨組織聯繫，只有俺自己鋌而走險，這是一個機會，是一個錯過了就無法追悔的機會。光榮的時刻竟然會撲面而來，要麼，俺會成爲一個無名英雄；要麼，俺也可能會成爲一個無聲的烈士。俺和白景雲約定在白公館門外的楊樹林會見，他裝着正和女兒做晚飯後的散步，俺偶然經過那片樹林，和他們父女巧遇。由白靜怡介紹，讓俺和白景雲相識。後來的會見正像事先的約定一樣，俺和白景雲認識以後，白靜怡故意和我們拉開一段距離，一方面是方便俺和白景雲談話，另一方面是爲我們把風。白景雲和俺見面時只哼了一聲，除了眼睛以外，臉上任何一塊肌肉都像是僵死的。他停頓了五分鐘才說話，他把聲音壓得很低，問俺：你難道不知道被我們投入監獄的共產黨人生還的機會幾乎等於零？秦弦先生！俺說：知道，數以千計的共產黨人和熱血青年落到你們手裏，被你們殘酷地殺害了……但你不會逮捕俺。他說：你就那麼有把握？爲什麼？俺說：因爲你是一個審時度事的人，你對今天內戰戰場上的形勢發展比俺更清楚。他用鼻孔冷笑了一聲：你，秦弦先生，勿庸諱言，戰場上的國軍開始在後退，但還不是無處可退！至於我，屬於權力金字塔塔尖上的少數人，任何時候都不會落到很狼狽的境地。俺反問他：可你是個明白人，你再往前走一步，就是中華民族的歷史罪人；轉過身來，你就是中華民族的歷史功臣……他沒等俺說完就狠狠地說：歷史罪人？以成敗論功過？成敗還沒定哩！談到歷史，更爲遙遠了！說實話，我關注的是眼前，我是個功利主義者，個人主義者，個人功利主義者。共產黨不講功利嗎？不講功利會讓你通過我的女兒來拉我倒戈嗎？俺說：即使白景雲先生只考慮功利，咱們也有交換意見的基礎，只要你轉向人民這一邊來，首先是你個人的生命財產會得到絕對的安全保證，現在屬於你的一切，未來仍然屬於你，不管你重視不重視，共產黨還會按功行賞，給你榮譽和尊重，這些，俺可以全權代表中共。他從牙縫裏吐出一個字：你？接着他用打火機點亮了一根香煙，逼近俺猛吸了一口，借着香煙火的微光認眞地審視了俺一秒鐘，突然把脊背轉向俺：我現在只要喊一聲來人啊！立卽就會有好幾枝槍頂上你的前胸後背。他的話使俺身不由已地打了個寒噤，他當然能說到做到。俺心裏也淸楚，摸黑走路，對付戴着鬼臉嚇唬你的人，最好的辦法是也戴上一副鬼臉，而且比他那一副要猙獰十倍。俺說：俺會告訴那些槍手，俺正在和白景雲討價還價。他轉過身來：沒想到你這個白面書生還有一手呀！可有一點你沒想到，在你沒開口的時候你的身上已經成了蜂窩了。俺說：俺想到過，從俺加入中共那天起就想到過死，橫死，這有什麼?!你打死了俺，白靜怡會和你決裂，在社會上揭露你，她會堅決和你拚命！她已經是中共外圍組織——讀書會的一份子了，她的性格，你比我更了解。她絕不會認爲有你這樣一個好父親感到榮耀。除非你把她殺掉！白景雲把手裏的煙頭扔在地上，用皮鞋尖狠狠地擰滅，好像那顆煙頭上的火星就是俺的眼睛珠子。沙着嗓子說：我沒見過你，你也沒見過我……說罷他匆匆走向他的女兒。第二天，白靜怡來學校，告訴俺，她父親通宵都坐在書房裏抽煙，早晨一定要讓女兒給他彈點什麼，她給他彈了一首舒伯特的小夜曲。白靜怡問他：你對秦先生的印象如何？他只說了七個字：共產黨確有人才。別的就沒說什麼了。俺把進一步說服白景雲的任務正式交給了白靜怡，白靜怡感到很神聖，含着淚告訴俺：我絕不辜負黨組織對我的信任！赴湯蹈火，在所不辭。不久，主戰場從華北推進到中原，白景雲的地位更加重要，公務更加繁忙，思想也更加紛亂，時間對於雙方都很緊迫。白靜怡給她父親下了最後通牒，何去何從，必須當機立斷，否則，不僅中共要拋棄他，女兒也要拋棄他。白景雲中年喪妻，愛女如掌上明珠，不管調到哪裏，女兒總帶在身邊。白景雲這才下決心秘密轉向，向中共地下組織提供眞情報，對南京方面則提供假情報。而且在製造的越獄案件中，縱逃中共要犯……應該說，他爲中共立了汗馬功勞。一九四九年白景雲父女留在大陸，等待酌情錄用。半年之後，白景雲突然被捕，白靜怡一直認爲這是一個誤會，四處奔走，爲她父親申辯，願意出庭作證，但這種案件，從來都沒有庭審一說，全都是秘密審訊、秘密處置。白靜怡在父親被捕的第二天就開始尋找秦弦，她以爲找到了俺，一切都迎刃而解，因爲秦弦就是中共，秦弦代表中共做過莊嚴的承諾。她哪裏知道，在白景雲被捕的同一天，俺也被捕了。俺當然可以證明白景雲不僅無罪，而且有功。可誰來證明俺呢？俺的直接領導人在接受審查，俺的直接領導人的領導人也在受審查……無人證明秦弦，所以秦弦的證明就毫無意義！也許人的本性如此，一夥人共事，事成之後，對於別人的貢獻總是視而不見。而且很容易懷疑別人的忠誠。一夥人是這樣，一個政黨也是一夥人，只不過是一夥數量很多的人罷了。接下來就是對被懷疑的人逼、供、信，代替他們編故事，用嚴刑和誘騙來迫使他們自己編故事，使所有的事實失眞而變得更加複雜，像一團亂蔴似的無法解開……很快，白景雲就做爲罪大惡極的特務份子處以死刑，他的罪狀中有一條就是：拉攏和收買中共地下黨員秦弦入夥。由於他的被處決，與俺相關聯的紅黑兩條線都斷了，澄清無望。俺被長期關押，既不審判，又不許申訴。俺還是年年寫書面申訴，結果是：如同石沉大海。五年之後，俺也就沒申訴的欲望了。不但各個監獄和勞改隊的領導不知道俺的原始罪狀，連俺自己也忘了俺是爲了什麼落到這步田地？俺原本是什麼人？沒想到三十多年後會被人從公文堆裏翻出來，既沒安排工作，也沒給任何經濟補償，一出獄就交給俺一個重要任務：要俺找到白景雲的家屬和後人。說這是黨交給你的任務。這個黨字使俺號啕痛哭起來。黨還承認俺是黨的人，黨還放心把任務交給俺！俺又是中共黨員了，又還俺一身清白了！先不安排工作，行！先不定級別，行！先不安排房子，行！先不成家，行！去找白景雲的後人，行！行！行！」

「找白景雲的後人做什麼？」我問秦弦。

11

「說是白景雲的問題已經審查清楚，屬於錯案。雖說三十多年才搞清楚，能够給他平反昭雪也很不簡單，因爲他畢竟是黑的時間長，紅的時間短。說明黨開始有了一點求實的精神，俺很感動。黨組織把白景雲的平反證明和給武漢市黨委的介紹信交給俺的時候，俺眞想高呼萬歲萬歲萬萬歲。有生之年，這大約是俺能够做的唯一的、也是最後一件事了。在武漢各方了解的結果是：白靜怡還活着，只能說還活着，三十多年，沒有結過婚，從一個少女到一個老婦人，因爲她不是普通的殺、關、管對象的後代，她是一個大特務的女兒。俺也能想得到，無論當初她有多麼美麗，只要知道她的出身，就立刻在人們眼裏變成妖魔鬼怪了，誰也不敢招惹她，在政治高壓之下，中國人大多數都缺乏浪漫主義風采，爲了愛情去撲火的人太少了，許多人連《孔雀東南飛》裏的焦仲卿都不如，因爲焦仲卿雖然不敢反抗，還敢於嘆息。」

他說到這兒，也許是無意地看了我一眼，我很羞愧，因爲眼中的美人突然變成毒蛇的經驗我也有過。第一個和白靜怡冷峻決絕的人就是我。

「她從沒固定的工作，爲人家當女傭，一旦主人發現了她的身世，立卽面無人色，厲聲把她辭退。在中國，身世和身分是聯繫在一起的，中國共產黨領導下的中國，最值得別國政府學習的是戶籍工作，比許多使用電腦的先進國家都完善，誰想隱瞞自己的面貌和思想都很難辦到。後來，她一直都在當臨時工，都是很重、很髒的工種：如：掃大街的環境衞生工，街道工廠裏的澆鑄工，建築隊裏的泥工，公共廁所裏的清潔工……每當政治運動一開始，形勢一緊，連臨時工也當不上，誰也愛莫能助，只好在菜市場爲人殺鷄，甚至拾菜皮度日……原打算明天和她見面，把給她父親平反昭雪的證明書交給她。實際上：死者已矣！還不是爲了活着的人嘛！讓人能抬起頭來做人，她的額頭半輩子都貼在泥地上。俺相信：她會非常意外，非常高興！」

「是的，前年我看見一個多年受委屈的老幹部，一聽說他的問題已經澄清，哈哈大笑起來，笑得心臟病復發，倒下去就再也沒爬起來。」

「沒想到，」秦弦苦笑着說：「沒想到，俺這輩子還會給別人帶來一點高興……秋葉！你明兒有沒有事？沒有事跟俺一塊去看看她，不管時間長短，你們總算是有過……」他爲選擇用辭停頓了一下。「……有過友情……革命的友情……」

「當然，就是明兒我有事也可以不做，我應該跟你一起去，祝賀祝賀她……」

「那就太好了！……」他把杯子裏的咖啡倒進嘴裏。

「你住在哪兒？秦先生！」

「車站小旅店。」

「到我那兒去住吧，也是個旅館，比你住的可能要好一些，眼前我也是光棍一條，咱們可以抵足而眠……」

「怎麼？你也是光棍一條？」

「是，我雖說沒吃你那麼多苦，可故事比你曲折得多，要很多時間才能說清楚，以後再說，太晚了，跟我走吧。」

「不了，俺一躺下就鼾聲如雷，讓你沒法合眼，小旅店雖說是六個人一間屋，別人的鼾聲絕沒俺的鼾聲大。在勞改隊，二十五個人一間屋，俺照睡不誤。明兒俺一早來叫你，再管俺一頓早飯，咱們一起去看望白靜怡……」

「也好！」我攙着他走出飯店，爲他叫了一輛出租汽車，先付了車錢，把他託付給司機，再把我的住處地址交給他。送走了他，我獨自在深夜的人行道上緩緩地走着，我想在夜風中靜靜地把交錯糾纏着的今日和昨日梳理清楚。心中的悲涼和深秋的夜風內外夾攻，我好幾次不得不扶着牆歇息片刻。紛亂而倒錯的歲月是無法梳理清楚的，最使我驚駭不已的是：

我發現我的眼睛從來都沒有攝取眞實客體形象的功能，一切景物和人都會在政治觀念的作用下變形、失色。譬如說，我心目中的白靜怡，今天又奇蹟般復原爲掛在我脖子上的小姑娘，純眞、激情，爲愛而沉醉。對於她，我負荷着深重的、終生都難以補報的內疚。在軛下爬行了三十多年的白靜怡如今到底變成了個什麼樣子呢？僅僅爲了讓她最後過幾年舒心日子，如果她能接受，我會毫不猶豫地重新走向她。今天的她才是本來的她！今天的我是本來的我麼？當我想到明天，我和秦弦先生出現在她面前，給她一個意想不到的驚喜的時候，我不僅感到欣慰，而且有一種高尚的英雄情懷。我能想見，白靜怡三十多年來，在這個世界上是個最弱的弱者，任何人給予她無論多麼大的欺凌，她都不能不接受，她所能佔有的生存空間一定是很惡劣的。我和秦弦的出現，給她帶來的是一個從地獄到人間、起死回生的轉變，我似乎能看到她狂喜得手足無措、淚如湧泉的樣子，我也哭了，爲她的狂喜而落淚，百感交集……

我從不否認我是一個富於想像的畫家，但我和秦弦找到白靜怡的住處的時候，我只能承認我的想像力非常貧乏。我們走進一條叫倉家巷的胡同，這裏全都是被城市房屋管理部門忘掉或有意忘掉的危房，我以爲白靜怡就住在其中某一間房屋裏。秦弦告訴我：不是。從倉家巷拐進一條更小的半截胡同，它有一個很可疑的名字：待幣弄。我懷疑它原來的名字肯定是待斃，而不是待幣。後來人們覺得雖然名副其實，卻過於殘酷才改爲待幣的。可是待幣二字和無產階級思想相詩卻沒有被革命風暴吹掉，想必是這裏太背風的緣故。待幣弄是一個盲腸巷。只有四戶人家——這是從四扇門來推斷的。沒有一面平直的牆壁，不是東倒就是西歪，不是挺胸就是凹肚。秦弦先生叩響了三號的門，應聲開門的是一位駝背老人，他很困難地仰望着我倆，用目光訊問：找誰？

「我們是來找白靜怡的。」

他這才說話：

「她叫什麼？白淨姨？她還有個名兒？我只知道她姓白，人家都喊她白婆子，白婆子上早班去了，還沒回來，這是她的家，也是我的家，也是張婆子的家，你們可以進去等她一會兒，她就要回來了。」

我原以爲小門裏是個院落，原來連一平方米的天空也沒有，也沒有房子，只是搭在斷牆上的一個棚子，棚子上蓋的有洋瓦，也有土瓦，還有油毛氈，幾塊破碎的玻璃向下投射着酷似舞臺演出的光柱，使我立即想到高爾基的名劇〈底層〉的佈景。棚子，我只能稱它爲棚子，以破爛家具、報紙和蛛網爲界，分爲三個不規則的部分，靠門處有一小塊約三平方米的公共租界，擺着三個煤球爐子，算是各自的能源基地。駝背老人的領地在右側，他回到自己的領地，借着一縷陽光繼續補着一條褲子。左側另一個空間裏，有一位一邊念念有詞、一邊用顫抖不已的手糊着紙盒的老婦人，她大約就是那個張婆子。白靜怡的「家」看來在正面的縱深處。我倆沿着駝背老人和張婆子共同的邊界——幾張硬紙板連綴的夾道走進去，白家沒有桌椅，只有高低不等的四個破木箱。單人床上蓋着一層已經老化破裂了的塑料布。床底下塞滿各色各樣的紙箱和瓦罐。找不到一件和白靜怡以往的生活有關聯的東西。我隔着蜘蛛網問那駝背老人：

「老先生，白靜怡在哪兒上班呀？」我說話的聲波震得蜘蛛網微微飄動，驚動了盤坐在網中央的那個大蜘蛛，它嚇得迅速撤退到一個角落裏去了。

「在哪兒？」老人停住手裏的針線活。「白婆子就在左近一些小胡同裏……」

「幹什麼工作呀？」

「倒馬桶、刷馬桶，很不錯了，有三十多個馬桶哩！」

我沒有再問了。老人把頭埋在一件破褲子上。我當然知道什麼是倒馬桶和刷馬桶，不僅髒，而且非常吃力，倒掉糞便以後，還得用水清洗，用竹片刷狠勁地刷。在沒有下水道的街區，沒有比這工作更低賤、更辛苦的了。

門響了，我和秦弦有些緊張地站起來。推門進來的是一個步履蹣跚的老婦人，門口一股極細的光柱剛好落在她身上，她手裏提着一個竹片刷和一塊濕抹布，灰白的頭髮和一身灰色的褲褂，很協調，我們還看不見正在陰影中的臉。

「你家來人客了。」駝背老人說話的時候沒有抬頭。

「我家會來人客？」」她氣沖沖地回答，語氣非常尖刻，不知道是諷刺自己還是諷刺我們。「鬼客吧？人客！」我從她的聲音裏找不到任何熟悉的東西。

她慢慢舉着竹片刷向我們走過來，像是對待兩隻鑽進她房子裏的老鼠。她走到我們面前，灰色的臉上皺紋縱橫，只有那雙眼睛仍然非常明亮，上下打量着我們，沒有問好，也沒有讓我們坐下。她只顧觀察我們，從敵意到茫然，她猜不出我們是誰，說明我們的變化像她一樣。她眞的很用心地在回憶中搜索了個够，最終還是茫然的。秦弦滿面笑容地叫她：

「白靜怡！你還認得出俺是誰嗎？他是誰？還能想得起來嗎？」

白靜怡那張枯桑葉般的臉一沉。說：

「你們是誰？找我幹什麼？我沒空，還得去幹活兒。」

秦弦很激動地對她說：

「俺是秦弦呀！他是秋葉，你認不出了？」

白靜怡的臉先是不易覺察地抽搐了一下，接着立即恢復了她原有的死灰色。我不由自主地打了一個寒顫。她再也不看我們了，把臉轉向牆壁。問：

「找我有什麼事？」好像我們倆就是正貼着牆爬行的兩隻壁虎。

秦弦結結巴巴地說：

「組織上……讓……讓俺代表黨……來找你，你……你父親的問題已經清楚了……從即日起，按離休病故革命幹部待遇，補發撫恤金，同時通知民政、勞動部門給親屬子女以適當照顧，不再以階級敵人子女看待，可以儘快就業……」他哆哆嗦嗦地從衣袋裏掏出一張蓋有大紅印章的平反昭雪證明書來。「這是平反昭雪證明書，你可以配個鏡框掛起來……」秦弦雙手捧着那張紙，等着她轉過身來接過去，棚子裏非常靜，張婆子喃喃自語的聲音顯得特別清晰。

「紙盒子、木盒子、鐵盒子、銀盒子、金盒子、寶盒子，人人都在爲自己糊盒子，不管你有多高的位子，多正的根子，多紅的派司，多大的架子，多美的面子，都得鑽進小盒子……紙盒子，木盒子……」

白靜怡突然轉過身來，我的眼前閃了一下她往日的身影，她厲身大叫：

「你代表黨？呵！」一聲使人毛骨悚然的冷笑。「這張紙，這張紙能還給我什麼？必須承受的我全都承受了……你也沒問問，我要不要這張紙……你們以爲我很可憐？不！告訴你們，我一點都不可憐！可惡！可恨！可憎！」她一把奪去那張紙，三把兩把撕得粉碎。她用那飄散着糞臭味的竹片刷子指着秦弦、指着我喊着：「給我走！你們給我走——！」應該承認她此刻的臉不僅可憎，而且可怕。

秦弦似乎想試着向她做些說明、解釋和勸慰，但她手裏的竹片刷幾乎戳到了我們的臉上，看來毫無妥協的餘地，使得我們不得不退避三舍。我逃到門口才回頭看看這堂佈景裏的三個人物。張婆子仍然在喃喃自語：

「紙盒子、木盒子……」

駝背老人正專心致志地穿針，很艱難地仰着臉，借助着一縷陽光，在明察秋毫的陽光下，我能看見他的眉毛上落滿了灰塵。

白靜怡依然惡狠狠地瞪着我們，高舉着她的武器——竹片刷。

逃到了街上，秦弦似乎縮小了一倍，滌卡中山裝顯得更硬、更大了。他小聲自言自語地說：

「她爲什麼會變得這麼惡呢？……」等了一會兒，他又大聲自言自語地反駁自己。「你難道不知道有多少比她惡一千倍的人當她的教師嗎？教了她幾十年……」

「你在跟誰講話呀？」

「跟你呀！」

「我還沒說過話哩！從那棚子裏走出來……」

「是嗎？」秦弦嘆了一口氣。「唉！看來，俺這一輩子要做成一件讓人痛快的事是不可能了……」

「是呀！她怎麼會對我們不理解、也不諒解呢？」

「理解不理解，諒解不諒解，都一樣。為什麼要別人理解？要別人諒解？她是對的！……可笑的是咱們，十分可笑，非常可笑……再見！」秦弦在我還沒來得及弄清是怎麼回事的時候，跳上一輛公共汽車，走了。

從此，我再也沒有見到過他，一年後聽到兩則截然相反的傳聞。第一種說法是：他自殺了，死得很慘，嘗試過五種自殺的方法，最後投身於石灰池，只剩下一架白骨。第二種說法是：他回了原籍，娶了一個幼小的農家女為妻，練就一身氣功，為人治病、看風水、占卜、預言吉凶禍福，據說十分靈驗。至於哪一種說法是眞實的，恐怕都無關緊要了，而且都有可能。借用他的話來說：都一樣！

12

「那位小姐呢？我說的是那位老小姐……」珍妮問我。

「連傳聞也沒聽到過，可能在這個世界上壓根就不會有關於她的傳聞，誰也不會走進那條待幣弄，除非他們三個中的某一個死了，戶籍警領着火葬場的收屍人捂着鼻子進去一次，頂多三次，那個門牌號就可以勾消了。」

「……三個小盒子……」

「也許連小盒子都不會有，因爲沒處存放，保留小盒子做什麼呢？」

接着她和我都不再說什麼了。在快要到阿爾蒙索街的途中，她問我：

「我可以直接送到你的門口嗎？」

「當然。」

車停在我的公寓樓下，她照例從車裏走出來，但這次她沒有和我握手，她問我：

「可以送你進去嗎？我……」

「太……太晚了點吧？」

她幽默地說：

「不能說太晚，只能說太早了，現在已是淩晨兩點了。」

「啊！不過……你送我進去，我不是還要送你出來嗎？」

「我不要你送。」她鎖上車門。

「那就請吧！」

我和她走進大樓，乘電梯上到第六層，走到我的門前，我對她說：

「謝謝你，晚安！」

「怎麼，不請我進去坐一會兒？」

「說眞的，珍妮！我的房間太不像樣了，所以我……」

「難道比白靜怡小姐的房間還要不像樣子嗎？你呀！秋葉！人像不像個樣子和房間像不像樣子，往往是不能畫等號的！」

我非常窘地打開房門，她打量着我的房間，沒等我讓，她就坐下了。

「喝點什麼？」我問她。

「自來水。」

「我只有自來水。」

「我就知道你只有自來水，你就不該問我喝什麼，應該問我：喝不喝自來水。」

她就像在剝我的內衣。

「對不起，珍妮！我只有一個杯子。」

「正好，共用一個杯子不是更親切嗎？」

我給她拿了一杯自來水。她呷着自來水看着我發笑。

「你好像很不自在？能不能設想一下，在中國大陸，一個女人和一個男人凌晨兩點走進單身男人的房間，房間外會發生什麼故事？」

「房間外一定有人把耳朶貼在門上，門裏的人不一定有什麼故事，他準能卽興創作出許多故事來，並廣爲傳播。這還是比較客氣的。」

「比較不客氣的呢？」

「他會坐在你門前守到你開門出來，然後羞辱你……」

「守一夜？」

「再加一天也會守。」

「有人給他發獎金？」

「沒有。」

「白辛苦？」

「這也還算是客氣的。」

「最不客氣的會怎麼樣呢？」

「會砸開你的門，要挾你：要去化驗床單……」

珍妮突然爆發出一陣大笑，笑得前俯後仰。爲了怕驚動了隣居，她撲到我的身邊，把臉貼在我的背上，讓笑聲減弱到最低限度。她好幾次想停止都沒能停下來，就像海邊上間歇的潮水，息而復湧。我只好背負着她，耐心等待她平靜下來。

她終於不笑了，但她的臉仍然貼在我的脊背上，靜靜地，像是在想，好一會才說：

「如果我是白靜怡，這個故事是個什麼樣子呢？……」

「說說看，珍妮！」

「你願意聽嗎？」

「當然。」

「不累？」

「不累……」其實我已經很累了。

「我可是有點累了。」她裝着很疲倦的樣子，在我的背上扭動。

「你不累，我知道，如果你累，就沒有編故事的欲望了。」

她站起來，回到沙發上坐下，喝了一大口水。

「如果我是白靜怡，那天晚上我會給你彈孟德爾松，當你要告別的時候，我會留下你……」

「你忘了，你家裏有一個做情報工作的父親。」

「我可以跟你一起走。」

「去哪兒？」

「到你在學校裏的宿舍。」

「我在學校的宿舍，三十個人住一間大屋……」

「去汽車旅館。」

「汽車旅館？」我大笑起來。「中國到現在也沒有那種旅館。」

「那……我可以和你一起離開家，離開學校，離開那個城市……」

「到哪兒？——還是這個老問題。」

「找一個風景美麗的田野……」

「風景美麗的田野裏只有貧困的村莊，那裏的人們會反過來把你當做怪物。對於革命，他們像深秋的枯草，正像毛澤東所說：星星之火，可以燎原……」

「我不相信就找不到一小塊和政治絕緣的地方……」

「可以說找不到，連古廟都是軍隊的據點，不是屬於這一方，就是屬於那一方。」

「我們投奔大自然，離開人……」她很得意地看着我，好像她終於想出了一個良策。

「吃什麼？住在哪兒？」我是一個不得不俗氣的人。

「多帶點三明治。」

「帶多少？——就算當時中國所有的城鎮都有三明治。」

「很多很多！」

「且不說我們能不能背得動，很多很多三明治存放在什麼地方？三天就會長出一寸長的綠毛來，你敢吃？」

「放在大冰箱裏……」

「你怎麼忘了，投奔大自然，連電都沒有，哪來的冰箱呀！」

「自己種糧食，蔬菜，吃新鮮的……」

「地呢？」

「開荒地。」

「工具？種子……不可避免又要和既能讓你生、又能置你於死地的社會發生聯繫……」

珍妮似乎被難住了，閉上眼睛想了好一會兒，忽然大叫起來。

「我跟你一塊去參加革命！」

「那就更熱鬧了，這樣的故事你編不了，還得我來幫你編，編出的故事你也聽不明白，你會提出十萬個爲什麼……我只能說一句話：結局是你絕不比現在的白靜怡更好，我也許不會吃這麼多苦，——早死了。」

「我不管結局，只要和你在一起。」

「那太羅曼蒂克了，卽使你願意和我一起下地獄，他們也不會把你我放在同一層。」

「爲什麼？」

「我很難揣摩那些有權決定弱者命運的強者的心態，我有很多現成的故事，不！是一些人的眞實經歷，比編的故事有說服力得多。」

「是你的故事？」

「不是，因爲白靜怡沒有跟我一起參加革命，你那時候還沒出生，更不可能……」

「不是你的我不要聽……」

「爲什麼？別以爲只有你才能向我提出爲什麼，我也要向你提出個爲什麼，爲什麼？」

「聽你講別人的故事就像讀小說一樣，要通過你的話去接近書中人，聽你講自己的故事就完全不同了，你就在我眼前，而且是你的自述，我得到的印象要深刻得多，因爲我們已經不是陌生人，我很容易就會和你一起走進你經驗過的生活……」她情不自禁地拉住我的一隻手，把手放在她的面頰上，激動不已地說：「……如同身受。」

「謝謝你。」

「秋葉！眞叫人悲哀，我以爲我如果是白靜怡一切就會迎刃而解，原來也……」

「是的，珍妮！中國人在動盪的歷史大潮中，或沉或浮，或先沉後浮，或先浮後沉，回過頭來看，似乎並無定數，又確有定數。不管是赫赫威名的大人物，還是沒沒無聞的生民，不管你介入得深還是淺，個人在歷史中的主觀能動力是很有限的……」

「如果我是白靜怡……」她還沒有從假設的體驗中醒過來。「如果我是白靜怡，不是可以和你一起到美國來嗎？不是嗎？」她的眼睛裏閃爍着得意的光，咄咄逼人地抓住我的領口。

「珍妮！你又錯了！」

「又錯了？爲什麼？」

「那個時代你讓我投奔資本主義陣營？投奔美帝國主義？除非你用手槍頂着我的後腦勺，再五花大綁，把我綁架到美國，還得一直和你用一副手銬子銬在一起；任何力量，任何物質利誘都無濟於事，我絕不會動心。那時候道義的上風在另一邊。讓我背叛崇高的理想？讓我離開如火如荼的革命鬪爭？我對你的愛——如果眞的是在愛着，也會立卽變爲十倍、百倍的恨，甚至可能把你殺掉。你會說：你不可能那麼殘酷。事實是我一點都不覺得那是殘酷，反而引以爲光榮，多少人因爲能够大義滅親成就爲堅定的革命家，這種故事千千萬萬。再說，我們古老的民族文化遺產之中，無比優秀的精華和無比卑劣的糟粕千古並存，我常常對它愛得發狂，又常常對它恨之入骨，但不幸的是我自己又植根其中，難以自拔……」

「你後悔過嗎？想一想再回答我……」

「不！沒有！」我立卽回答了她。「我以往爲之奮鬪的理想和大多數人公正的願望是一致的，就像一條條純潔清淨的泉水，奔向光明，奔向太陽，萬里迢迢，未知的大海吸引着億萬條江河溪流，至於眾水所歸而形成的大海爲什麼會旣暴虐，又苦澀、喜怒無常？難道禍根是那些清白無辜的清泉嗎？」

「你講得很美，說明你思索過這個問題……」

「何祇千百次……對於歷史有準確預見的人太少了。」

「因爲預測屬於玄學一類，而中國是玄學的祖國呀！易經、八卦，神乎其神，諸葛亮不是預言過魏、吳、蜀鼎足三分嗎？諸葛亮之後就失傳了。」

「我不相信玄學，諸葛亮的道袍是後來的戲曲家給他穿上的，他從來都沒預言過什麼，而只是審時度勢進行人性的分析，分析的結論被人當做預言罷了。」

「人性的分析？新名辭，本世紀上半葉就沒人進行過人性的分析嗎？」

「當然有過，但追求夢想的人怎麼會去聽呢？怎麼會承認人性還有惡和卑劣的那一半呢？再說，理想主義者在沒有進入夢境之前就已經是夢遊者了。」

她有些憂鬱地看着我，半自語地說：

「差不多一個世紀……千千萬萬個夢遊者歡天喜地、前赴後繼地去追求一個夢想……多麼悲壯而又美麗的景象啊！……」她說完以後就陷入閉目沉思之中了……

「珍妮！你累了吧？」

「秋葉！」她睜開眼睛看着我。「我知道你問我的不是累不累，一定是：你該走了吧？」

「不！珍妮！」我連忙口是心非地否認。「我怎麼會趕一位小姐呢？而且是一位漂亮的小姐。」

「謝謝！我眞的漂亮嗎？」

「不僅漂亮，而且聰明。」

「你這就言不由衷了，一個『假如我是白靜怡』的故事都編不下去，還聰明哩！」

「珍妮！這和你的聰明沒有關係，假如海明威還活着，他也編不下去，不只是海明威，任何一個沒有中國大陸生活經驗的作家都編不下去，我們近幾十年的生活經驗太獨特了！」

「也難怪，西方大多數人知道東方有個中國，但並不知道那塊土地上的人怎麼生活，我很留意有些西方學者對中國的判斷，往往距離事實的發展很遠，就像我一樣，即使去編一個中國人的故事，也是謬誤百出，何況去編十億人的故事。」她笑着停了一會，狡黠地看着我。「我可是一個冒險家，想走進中國人的故事裏，扮演一個局內人的角色，秋葉！你覺得可以嗎？」

「那就要看你進入的深還是淺了……」我漸漸捉摸出一點微妙的味道來了。「珍妮！你是獵奇？還是……？」

「我非常眞誠。」

「有時候一時衝動也是眞誠的……」

「我不知道，也不管是一時？還是長遠？我只知道是不是強烈？是不是迫切？」

「那……你是不是覺得……」

「我覺得很強烈，很迫切……大概你又要給我什麼忠告了吧？」

「我？爲什麼要給你忠告呢？」

「告訴你，秋葉！這件事，我不會聽任何人的忠告，包括你的……」

「這麼說，珍妮！你是不信任我嘍？」

「No！正像我編不了你的故事，你也編不了我的故事，即使這是兩個人的故事，你可以編你的一半，我可以編我的一半，但願像我們的祖先用手搓蔴繩那樣，兩股能合成一股，成爲一個故事……」

「我還不太懂……」

「你會懂的，秋葉！」

我想躲開這個話題。

「珍妮！你的精神既然這麼好，我繼續給你講下去，怎麼樣？」

「我求之不得。」

「我接着要講的故事，涉及到性，但又說不上是愛情故事……」

「啊！太好了！你還願意講到性……？」

「我只是說涉及到……」

「我原以爲你從來都沒涉及到過性……講的時候會有顧慮嗎？你只當我是個男人，好嗎？」

「可以，珍妮！雖然你非常非常女性……」我覺得我必須這麼說，而且說的是眞話。

「謝謝你的誇獎，我以爲在你的眼裏我是一個非常非常男性的女人。」

「哪能呀，你又在說笑話了？」

「如果是笑話，也是苦澀的笑話。」

我沒有接着她的話頭說下去，因爲我不知道說什麼好。

珍妮！你可能從我現在的樣子很難看出我曾經當過兵，我眞的當過兵，入伍的時候才十六歲。我永遠都會懷念那個時期的軍隊，那是一支世界上獨一無二、英勇善戰的軍隊，沒有薪餉，衣食簡樸，官與兵只是四個上衣兜和兩個上衣兜的區別。誰也不能侵犯老百姓的利益，軍紀中有一條是：不拿羣眾一針一線。人人都是健康的青壯年男人，但不許對婦女有任何觸犯，包括所謂「調戲」。這是全世界任何一支軍隊都無法做到的。團級以上的軍官才可以和出身貧苦的農家女人或女幹部結婚，婚後妻子不能隨軍，全都集中在家屬學校，在比較穩定的戰爭的間隙，家屬學校才能開往前線，與她們的丈夫見面，星期六是夫妻同宿的法定夜晚，其它時間妻子仍然要到家屬學校集中。正因爲這個軍隊有嚴格的軍紀，每一個軍人又都具有很強的克制能力，和當時執政的國民黨軍隊形成鮮明的對比，使得國民黨軍隊完全失去了城鄉羣眾的同情和幫助，由不合作到仇視。正因爲這樣，青年農民紛紛加入解放軍，使解放軍迅速壯大……總之一句話，每一個軍人都是一條純淨的清泉，奔向一個共同的方向……

我參軍才一個月，遇到一件讓我非常震驚的事。一個露天軍事法庭的宣判大會，這個大會的參加者至少有十個連隊和五百多個男女農民。

秋天的中原戰場，鵝黃色的楊樹葉剛剛在飄落，草地上是最後一場繁華，很小很小的野花還不知道多之將至，競相爭豔。白粉蝶兒眩耀着最後的妖冶。五花大綁的罪犯就跪在粉蝶紛飛的草地中間，低着頭，我無法看清他的臉。鴉雀無聲，連農民都沒有一個人交頭接耳，也沒有一條狗在人前走動，所有的生靈都似乎能感覺到：一個非常的時刻卽將到來。我很想問我身邊的班長：那人是誰？但我從班長鐵板一樣的臉上看不出他會回答我。當旅政治部保衛科王科長做爲軍事法庭審判長出現在我們面前的時候，村民們才有了一陣悄聲細語。王科長咳嗽了一聲，悄聲細語立卽戛然而止。王科長從衣兜裏掏出一張揉得很皺了的紙，慢慢用手把它攤平，用很難懂的山西方言念着判決書：

「張鎖柱，山西省陽城縣人，一九二七年出生於一個貧農的家庭，一九四四年自願參軍，歷任戰士、班長、副排長……」下面的話我就聽不清了，因爲他就是我們排的副排長，一個很快活、很勇敢的人。五天前，攻打一座土圍子的時候，他第一個爬上雲梯，一隻腳剛跨上寨牆，守軍士兵猛推雲梯，把他連同雲梯一起掀了起來，他立卽用雙腳勾住雲梯，飛身撲向並抓住一個守軍士兵的雙手，喊着：夥計！要下咱們一起下！嚇得那個士兵面無人色，往後一掙，雲梯又靠上了寨牆。他一躍而上，後續部隊接着源源躍上城頭。他上了寨牆之後，從一個敵軍號兵手裏奪過軍號，一陣亂吹。敵人原計劃在我軍萬一登城之後，聽號音「關起門來打狗」。張鎖柱的號音使得敵軍摸不着頭腦，一片混亂，結果還是「關起門來打狗」，只不過不是他們打我們，而是我們打他們。晚上的慶功會上，張鎖柱把白天的攻堅戰鬪編成了快板，在聚餐宴席上唱了出來。兩副呱嗒板在他手上耍得天花亂墜，眉飛色舞，他成了歡樂的中心。我第一次看到農民的機智和幽默。看樣子，他是全團的明星。漸漸我又聽清了王科長的聲音：

「……雖然張鎖柱作戰有功，但其罪行嚴重，實爲軍法所不容，經軍事法庭調查核實，判處死刑，經旅黨委批准，即日執行！」

張鎖柱在這時抬了一下頭，我仍然看不清他的臉。他是那個在雲梯上飛翔的張鎖柱嗎？他是那個城頭上奪號的張鎖柱嗎？他是在聚餐宴席上打快板的張鎖柱嗎？我隱隱約約能看見他的臉是青色的，充血的眼睛茫然地看了一下活着的世界。是他嗎？他似乎從來都沒怕過什麼，現在，他的頭垂下去了，一雙被捆綁在背上的手緊握着。

王科長扶了一下自己折斷了的軍帽沿，向後退了一步。一個行刑者走上他的位置，我注意到那個行刑者是犯人的搭檔，我們的排長、神槍手蘇金娃。張鎖柱曾經在一顆炸彈爆炸之前一秒鐘把蘇金娃推倒，伏在他的身上，救過他一命。蘇金娃緊緊地咬住自己的下嘴唇，露着一排恐怖的白牙，手裏扶着一枝捷克式步槍，待命。他的目光越過張鎖柱的頭，平視着前方，落在一棵小楊樹上……

「舉槍——！」一聲沙啞的、毛骨悚然的命令。

蘇金娃以最標準的軍人姿勢舉起槍，槍托擱在右肩上，瞇着眼瞄準着那顆已經變得十分陌生了的頭顱，本來他是非常熟悉的……這時，就在射擊命令下達之前，一聲喊叫：

「慢——！」一個披着破布衫的瘦巴巴的老農民，搖搖晃晃地跑到槍口和那顆頭顱之間，搖着雙臂：「俺是那妮她爹！」這時我才意識到這種人命關天的事，和一個姑娘有關。這個老漢是那姑娘的父親，算是一個當事人吧，他說什麼呢？他說：「……這後生不該……可他是個後生，後生，日子還長！讓俺爲他求個情吧！留下他打敵人，立功贖罪！」最後一句話完全是喊出來的，聲音特別大，大得讓人難以置信，大得使他自己站立不穩。王科長跑過去抱住老漢想把他拖走，但他拖不動，老漢那紮着褲腳管的一雙腳像是揷進了青草地。很快又來了兩個保衛幹事，三個人正要一起拖他的時候，他跪下了。三個人只好把他抬起來。

槍口又對準了那顆頭顱。

我被老漢的行動所震動，很想像他那樣，做同樣的事，說同樣的話，但我在一個月之前已經是個軍人了。軍人沒有口令絕對不能離開自己的隊列，必須像站在森林中的一棵樹，否則，除非被砍倒。我相信，場上所有的人——包括宣讀判決書的王科長在內，誰都不願聽到最後的那聲口令，那聲「放！」因爲口令之後就是一聲槍響，一個活生生的人的死亡。但誰都必須豎着耳朵等待那聲「放！」

首先出現騷動的是那堆農民，他們吱吱喳喳地小聲說着什麼，同時把臉轉向村子的方向……接着戰士們也都把臉轉向村莊……

一個披頭散髮的女孩號叫着從村子裏奔出來，奔向刑場。她，個子不高，一身深藍色土布褲褂，浮腫的臉加上淚涕和塵土，看不出她美不美。想是美的，因爲她很年輕，青春就是美。不然，我的副排長怎麼會冒死去……她跪倒在槍口前，頭垂在青草上。農民堆裏吱吱喳喳的聲音突然消失了，誰都能聽清那姑娘低低的哭訴。

「別殺，別殺他……是俺寃枉了他，別殺他……不該殺他……」她忽然抬起頭用最大的聲音哭叫着：「是俺……是俺的錯！」她捶着自己的胸。「是俺，是俺相中了他，不是他的錯，別殺他，留下他，你們不要他，我要！……首長！只要給俺留下一個活人……俺給你們磕頭！」一說着她的頭在地上磕得砰砰響。我的眼淚首先破壞了軍紀，從眼眶裏滑出來，又從臉上滑落在前襟上。很明顯，那姑娘此時此地說的不是事實，她最初提供的證詞並非誣告。

看來，當初她沒想到結果會如此嚴重，會是一個人的被殺死！現在，她能够在眾目睽睽之下走出來，推翻自己的證言，等於當眾供認自己是個壞女人，一個勾引男人的女孩，她會因此一生一世嫁不到一個好人家，走到哪兒都要被人指着脊梁溝子罵。但她還是走到人前來了，還是喊出來了。她的勇氣絕不亞於衝進槍林彈雨。

村民們也一齊擁到槍口前，七嘴八舌地爲死刑犯求情，喊成一片，誰也聽不淸他們說的是什麼。如果不是在刑場上，如果不是一個生命的危機，這些人，這些農民會是什麼樣呢？維護一個生命的善良願望壓倒了他們曾經恪守不渝的倫常道德。一個健康的青春生命卽將被迫死亡，只是因爲他侵犯了個一女孩。對於這結果農民們卻不能接受，其中包括那女孩，女孩的父親、親人、隣里……這絕非理性思考的結果，而是人的本性在糾正神聖的理念，並解脫了一出生就強加在他們身上的觀念桎梏。想到這兒，我失聲痛哭起來，只一聲就被我身邊的班長制止住了，他用手肘狠狠地碰了一下我的腰眼兒，我立卽用手捂住嘴。鎭靜下來以後我才發現，像我這樣失態的戰士並非我一人。

「別殺他，別殺他！」那姑娘爬着抱住我們排長的腳。

王科長走向農民，揮着手向農民喊叫着：

「老鄉們！軍事判決是嚴肅的，老鄉們！軍法不是兒戲！違犯軍紀的戰士必須受到懲罰！不然，我軍必然會在羣眾中失去威信，失去威信的軍隊怎麼會打勝仗？羣眾怎麼會支持我們？我們整個革命事業就會失敗，老鄉們！……」

一個老漢走到王科長面前，抓住他正在揮動的手臂，對他說：

「你看看這姑娘，你看看這姑娘，連她都來求情了！你們，你們還不能手下留情嗎？」

「老大爺！這已經不是情的問題了，你們再求情都沒用，我們沒有權力手下留情……」

「首長！你告訴我，哪個首長有權力，告訴俺，俺去找他……」

「哪個首長也沒這個權力。」

「可這是誰決定的呢？」

「決定的人只有決定他死的權力，沒有決定他活的權力。」

農民們的嘴被堵死了。但那姑娘還不甘心，她爬到王科長腳下，叫着：

「你們不就是要殺死一個人嗎？來！殺俺！殺俺！沒有俺就沒有這個事……把俺斃了吧！」

「姑娘！起來，怎麼能殺你呢？這樣吧，鄉親們，請退後幾步，我再去請示一次旅黨委，看旅首長們怎麼決定吧，請老鄉們把這姑娘攙起來……」

農民們把姑娘攙起來，一起都退到原來的位置。草地中間一邊是我們的排長蘇金娃，一邊是我們的副排長張鎖柱。一個站着，一個跪着。蘇金娃的影子很長很長，影子的頭剛好伸在張鎖柱的腳下。

一塊塊軍人的方隊佔了兩個方向，左和中，散亂的農民們擠在右邊。那姑娘伏在父親的胸前，看得出，她還在抽泣。

王科長去找旅首長去了，是騎着馬去的，隨着他的馬蹄聲的消失，場上也漸漸靜下來了。我不知道張鎖柱此刻在想什麼，也許什麼都沒想，是一片眞空。那姑娘的抽泣聲是場上唯一的聲音。蘇金娃焦躁的看着自己的影子漸漸在縮短，離張鎖柱越來越遠了。他扶着步槍的姿勢始終不變。如果我是他，我也許會丢了槍逃開，任憑受什麼處份也不執行這個命令。可如果我眞的是他，我敢眞的逃開嗎？怕也未必敢……

馬蹄聲還很遠的時候，人們都豎起了耳朶，包括跪在地上的張鎖柱。所有的人都很自然地把頭轉向馬蹄聲傳來的方向，那姑娘從父親胸前轉過臉來，面頰上有淚、也有希望，希望隨着越來越響的馬蹄聲而顯得更加強烈。希望在她的臉上顯現出柔和的光亮，這時我才看出她很美，嘴唇微微抖動，期待着轉機的表情使她顯得異常動人。場上人都在期待轉機，我特意環顧左右，都很動人。

王科長從汗淋淋的馬背上滾下來，正步走到草地中央，在蘇金娃的右側站定，除了張鎖柱和蘇金娃以外，所有人的眼睛都注視着王科長，想早一分鐘從他臉上看出結果。王科長停了一分鐘沒張嘴，想是在等待自己的喘息平復。

「同志們！老鄉們！我請示了旅首長，旅黨委對鄉親們的請求進行了很愼重的討論、研究，並做出了新的決定……」人們從他說的那個新字裏似乎找到了一點幸運的暗示。他又停頓了兩秒鐘，下面的話快得就像機槍掃射那麼快：「維持軍事法庭的正確判決，立卽執行，舉槍！放！」

蘇金娃就像一架聽命令的機器，舉槍、瞄準和射擊幾乎沒有分節動作，在五十分之一秒的時間裏全部完成了。那槍聲並不大，給我的驚嚇卻遠比重磅炸彈還要厲害十倍，我的心幾乎跳了出來。張鎖柱一頭栽倒在草地上，那棵小楊樹上的葉子全都被震落在地上了。我用手緊緊抓住班長的胳膊，他立卽把我甩開。

隨着一聲尖叫，那姑娘倒在她父親的腳下，農民們立卽擁着、攙着她匆匆離開刑場，一片唏噓感嘆之聲。

所有的連隊都原地肅立不動，不知道有多久，那時候有錶的人很少，我只覺得那是一個痛苦的無限……我不敢去看那個已經成爲死屍了的人，他的血一定已經淌完了，那塊草地一定是黑色的。他那充滿活力和機智的靈魂在槍聲響過以後會飄向何方？那靈魂還會思想嗎？

他會對短暫一生的得失怎麼看呢？他一定會後悔，後悔僅僅由於一時的衝動傷害了那姑娘，又葬送了自己，他的死又第二次傷害了她，雖然死者已經無能為力了，但這一切的緣起都在他身上。

「秋葉！為什麼讓你們長時間看着一個被處死了的人呢？」

「珍妮！我想，這是為了充分達到示眾的效果……不過，我連一眼都沒看……」

「太殘酷了！」

「殘酷是必要的，那時候，我所以能夠平靜下來，就是努力強迫自己認識到殘酷的必要性。否則，我們就不會取得人民的信任，就不會取得全國範圍的勝利，那麼快就建立起一個新的政權。」

「不僅殘酷，而且很不公平……」

「如果你是當時的軍隊領導人，你也會那樣做……」

「我不會。」

「你會。」

「我絕對不會。」

「因為你不是當時的軍隊領導人，也不可能打贏一場奪取政權的戰爭，因為你壓根對掌握政權沒興趣……」

珍妮忍俊不已地笑了。

「秋葉！」她忽然問我。「你不是說要給我講你自己的故事嗎？這個故事和你有什麼關係呢？」

「當然有，這只是我的故事的一個引子，如果我不先講這個引子，你就聽不明白正文。」

「是嗎？這麼說，聽了半天，沒白聽？」

「可不。」

14

兩個月以後，入冬的中原落了一場初雪，每一片雪花在落地之前就溶化爲雨點了。道路非常難走，泥濘，上軟下硬，一步一滑，夜間行軍更加艱難。士兵們誰也不知道正在開向何處？爲什麼？敵人在哪兒？其實，敵人的行軍序列正在我們的行軍序列中不斷重合交叉。在沒有月亮和星光的夜裏，身邊走過的人只是在黑暗中閃過的人影，比夜色稍稍的淺一點。雙方都以爲另一支隊伍也是自己人，因爲雙方都是中國人，身上散發的氣息一樣，身上帶的煙葉都是一塊泥土上長出來的，咳嗽、說話也都差不多，雙方並行或互相交叉，在錯覺中相安無事，絕無衝突。夜行軍總是走走停停，不是停下來換嚮導，就是遇見了障礙，或是中途得到的敵情。原則上絕對不能議論、猜測、發牢騷，總之，不能出聲。傳達口令都是用極小的聲音一個人貼着另一個人的耳朵傳下去。我怕掉隊，班長讓我在他後腰皮帶上塞一塊擦槍布，那塊白布晃着，發出一團微弱的白光，我必須目不轉睛地盯着它，一大意就找不到了。我猜想，不少新兵都採用過這個權宜之計。

「往後傳，原地休息……」班長把嘴貼在我的耳朵上傳達了這個口令。我立即轉身把嘴貼在身後一個戰士的耳朶上，把口令傳達給他。剛傳達完，我就把背包從背上放下來，立即枕着背包、抱着步槍側臥在泥濘的路邊，抓緊時間休息。好在雪已經止住，我一閉上眼睛就人事不知了。在運動戰中，連續行軍作戰，沒日沒夜，不知道哪裏是陣地，也從來不在村莊裏駐紮，好長時間都沒解開過皮帶，好不容易有個原地休息的命令，可能是五分鐘，也可能是五個小時，反正睡一分鐘是一分鐘，走的時候班長會叫我，我會叫我背後的那個兵。等到叫我的時候，我會一個咕嚕爬起來，第一秒鐘就可以繼續前進，跑或者衝擊。行軍間隙中的酣睡很少有夢，也不翻身,像死過去一樣。那次，不知道睡了多久，等我被雪粒打醒的時候，抬頭一看，雪已經把田野和道路完全覆蓋住了，我身前身後的人都埋在雪裏。我正想重新倒下繼續再睡的時候，迎面走來一個人，他走着擦亮了一根火柴，這是違犯夜行軍準則的。我想喝斥他又忍住了，因爲喝斥會出聲，出聲也是不允許的。這時，他用雙手捂着點亮一支香煙，就在火柴閃亮的一瞬之間，我看見他頭上戴的是一個綴有國民黨黨徽的大蓋軍帽。我一時不明白爲什麼在我們隊伍裏會有一個國民黨軍官?他的皮靴就擦着我的眼睫毛走過去，我借着雪的反光確認無誤，是皮靴，沒錯，只有國民黨軍官在戰場上才穿皮靴，我倒抽了一口涼氣坐起來，立即想弄明白這是怎麼回事，一個孤零零的國民黨軍官怎麼敢在我們的隊伍裏緩緩走動呢?我的第一個想法是向班長報告，當我伸手去推班長的時候，班長只哼了一聲翻個身又睡着了。這很反常，因爲班長睡覺不會這麼死，像豬一樣。而是輕輕一碰他就會跳起來。再一聽，鼾聲很陌生，我爬過去用手拂去他臉上的雪，一看，不認識。再拂去他帽子上的雪，露出的國民黨徽。這時我才意識到：不是一個國民黨軍官在我軍的隊列中漫步，而是一個解放軍士兵在國民黨軍的隊列中睡大覺。這一驚非同小可，大雪天出了一身冷汗。我們的隊伍是什麼時候走的呢？他們爲什麼沒叫醒我？也許班長碰過我，以爲一碰我就會醒，站起來就跟着走了。也許他碰的不是我，以爲是我，不管是什麼原因，結果是我沒有醒，沒有走，獨自一人睡在路邊上。國民黨軍又走到這兒，在我們休息過的地方停下來原地休息，在我的身前身後躺倒，一倒就都睡過去了。我重又躺下來：怎麼辦？要是他們中間有一個人發現了我怎麼辦？他們會立即把我捆起來，羞辱我，拷打我，讓我供出我軍的動向。想到這兒，我打了一個寒顫，我不知道我禁不禁得住他們的酷刑……不！我手裏有槍，沒等他們捆我，我就自殺。我聽老兵講過，用步槍自殺的方法只有一個，就是脫了鞋襪，用大腳指摳住扳機，槍口對準自己的下巴頦，用腳一蹬，轟地一聲就完了，據說毫無痛苦。而且可以想見，這一聲槍響之後的情景，敵軍會亂成一團，各級指揮官都會爲愚笨的下級大發雷霆：「一個共產黨的小兵會睡在我們中間，跟我們一起行軍，你們竟然會沒發現！」許多年以後我都爲自己在險境中的幼稚的奇想感到可笑。我很冷靜地脫了右腳上的布鞋和線襪，那種僥呼呼的從容不迫眞讓事後的自己難以置信。當我正想把右腳大指伸進扳機的時候，剛剛從我身邊走過的軍官回來了，他發現了我——準確地說是發現了我的那隻光光的右腳。他壓低嗓門對我喝斥說：

「你想幹什麼？想把腳凍爛住後方醫院？」

「我……我的腳癢……」我竟會及時說出一句謊話。

「穿上鞋襪，平時不講衛生！」他居然信了我的話，踢了我一腳就從我身邊走開了。這時我才想到：爲什麼不腳底板抹油——溜呢？同時想到戰國時代的孫子，三十六計走爲上策。我穿上鞋襪，抱上步槍，就地一滾，就滾進路邊的雪溝裏了，再悄悄從溝裏摸到地裏，在地裏匍匐前進，爬了二百多公尺以後我才敢站起來開跑，跌跌撞撞地跑了好一陣，這時候才知道怕。一個村莊像是從地底下冒出來一樣，驟然矗立在我面前，也許是哪路神仙幫助我，用縮地術把一個村莊快速移到我的面前來搭救我。我正要冒冒失失進村的時候，忽然多了一個心眼：村子裏有沒有敵軍呢？我以很標準的低姿勢慢慢去接近村子旁邊的枯樹、草垛、破牛車……在我視線之內，看不見軍用馬匹、炮車，甚至也聞不到軍旅的氣息，軍隊不管在哪兒紮營，都會有一股子大兵味，馬糞、人汗、皮革的臭味和草料的香味混合在一起形成很厚的氣息層，一公里之外就能聞到。現在，只有雪的冷香。看樣子，不會有敵軍，也不會有自己的隊伍。有沒有老百姓呢？我不敢貿然敲響任何一扇門窗。我躡手躡足地向前移着腳步，忽然，我看見一面巴掌大的窗戶上閃動着微弱的燈光，米黃色，在雪夜中，既鮮明，又柔和，使我立卽感到渾身發冷，得得顫抖起來。冷，接近溫暖，這是非常自然的欲望。我一步跨到那扇窗前，小窗是古樸的冰紋木格，糊着薄薄的桑皮紙，我像劍俠小說中的英雄那樣，用濕熱的舌尖舐破一個小洞，再把一隻右眼貼在窗櫺上。我看見那是一盞擱在地上的高腳瓦燈，油燈裏只點了一根燈草。一個年輕的婦人坐在紡車前紡紗。我從她頭上的髻看出她是個小媳婦。她的左手搖着紡車輪，右手捏着棉花條，從錠子上把細紗抽起來，翹着蘭花指，拉到手臂上舉的極限再落到反轉的錠子上，一起，一落，紡車發出一陣陣均勻的嗡嗡聲，我一下就忘了戰爭、炮火、死亡、逃跑……我都看呆了，這時，紡車突然不動了，我過於敏感地以爲她或許聽到了我的響動。再一看，她的臉上並沒有凝神傾聽或警覺的樣子，而是丟了手裏的紡車柄和棉條，打了一個哈欠，往上伸直雙臂，同時把盤着的雙腿直直地伸出去，長長地舒了一口氣。我以爲她是困乏了。接着她用自己的雙手伸進棉襖，開始撫摸着自己，從隆起的胸撫摸下去，腹和腹下，腹和腿之間……她像是很痛苦，又像是無可奈何地呻喚着。當時我眞的以爲她是犯病了。我不自主地叩了一下窗框，只一聲就驚了她，很短促的一聲尖叫，她把叫聲的一半捂在嘴裏，她用左手慢慢扣上大襟上的鈕扣，從小板凳上站起來，看着窗戶，好一會沒有動。我又輕輕叩了一下窗框。她端起燈盞，走到窗前。

「誰？」

「老鄉！是我……」

「你是誰？」

「一個掉隊的解放軍戰士。」

「解放軍？」她的語氣裏含着明顯的懷疑。

「是的，不信你看嘛……」

小窗打開了，她用手擋着燈火朝着她的一邊，只看了我一眼就重又關了窗戶。我只看她一眼就能感覺到她有一雙很亮的眼睛，她有一種很強的自信，只要用一秒鐘就能看清一個人的外貌和心地，同時也做出了判斷和結論。我知道她一眼就看清了我，我是最容易看懂的人，那時候我是個圓臉，一臉的孩子氣，只要不挨打、挨罵，總是一副笑容可掬的樣子。我聽見門響了，我從窗前走到門前，她拉開門，我鑽進屋。進了門才感覺到耳朵凍了，像許多刀刃同時在割着耳輪，我不由自主地打了一個冷顫。她關上門，加上頂門扛，回過身來往我的薄棉襖上一摸，小聲叫起來：

「俺的娘呀！都濕透了！快脫下來，俺幫你烤烤……」

「不！」我不肯脫，她哪裏知道，我穿的是空心棉襖。

「脫下來，快，不怕，鑽到被窩裏。」說着她就來幫我解扣子。

「不！」我不讓她解。

「瞧你，俺是你嫂子！」

她這一說我才正眼看看她，看樣子是比我大，大不了多少，頂多三兩歲。她的眼睛不僅很亮，還很狡黠。個頭和我差不多高，兩頰上的酒窩兒在喜俏的臉上時深時淺特別美。還得再說說她的眼睛，仔細看才能看到它們的基調是溫柔。她總是斜着眼睛看着你，打量着你，猜測着你，讓你不自在。可能我禁不住打量，也沒什麼好猜測的，她才不再把目光停留在我的臉上。她的任何一個局部都很普通，除了那雙眼睛，經常在農村姑娘的身上都能看到，但總起來看，她很特別，特別是動態中的她。舊藍布衫子裏罩着的是一件水紅棉襖，黑布薄棉褲，褲腳上紮着青絲帶。她推着我的身子，轉了一個一百八十度，我看見那張墊了很厚麥秸的大木床，床上的粗布帳門撩得高高的，被窩像是她剛剛睡過，長長的繡花圓枕頭上還留着一個壓凹的小坑。看來她是睡不着才起來紡紗的。

「那你就自個兒脫吧，當了兵，還像個大姑娘似的，快脫了鑽進被窩。」

我只好背過身去，飛快地脫了棉衣棉褲，跳上床，鑽進被窩。果然，被窩裏還留着她的體溫。

她忙着在地上攏了一堆棉秸火，用凳子架了我的濕衣裳，她坐在火堆邊上，一邊翻着，一邊同我說話。

「還扭揑！這身衣服掛在身上非凄出場大病不可。」

我不知道說什麼好，把被頭拉起來遮住眼睛。

「你是城裏出來的學生娃兒吧？才當兵沒幾天吧？」

她的眼睛眞厲害，我只好在被子裏承認：

「哼！」

「俺一眼就看出了，身上白的就像雪揑的一樣。」

我脫得那麼快，她還是看見了，我好一陣子不自在，在被子裏翻來覆去。

「解放軍也就是好，不然，城裏的學生娃兒怎麼能來入夥呢？」

「不叫入夥！」我露出臉來。因爲入夥讓人聯想到土匪隊伍。

「對，不叫入夥，叫投軍。」

「也不叫投軍，叫參軍。」

「參軍，對，叫參軍，嬌生慣養，只會喝墨水的學生娃兒都心甘情願來吃苦。」

「不苦……」我本想向她宣傳革命道理來着，總也說不出口，因爲她好像不需要聽什麼道理，她能這麼親近地照顧我，不正說明她很懂道理嗎！我問她。「國民黨的隊伍來過你們村嗎？」

「來過，昨兒個剛剛打俺村經過，俺沒瞅見，躲起來了。你放心睡吧，他們來了也不怕，有處躲，裏屋通地道。」

我比較寬心些了，有了一點睡意，這睡意是溫暖的被窩招來的。她繼續對我說着。

「俺不是本村的，去年才嫁到這個村來，結親才一個月，俺男人就給國民黨軍隊抓去挑炮彈去了，一去就沒回頭，有人說回不來了……唉！」她有些黯然，半響沒再說話了，我也不好接着說什麼。睡意越來越濃，我渾身都鬆弛了下來，眞想美美地睡一覺，眞想閉上眼睛，什麼也不想，什麼也不管，睡！睡！……她又說話了。

「今兒多巧！睡到半夜，煩的慌，這一陣子，睡不安穩的夜晚越來越多了，睡不着就爬起來紡線，俺把紡線當做一劑藥……」

我漫應着，我一點都不明白她煩的是什麼。

「你嫂子白天難熬，夜裏更過不去，唉！又是兵荒馬亂的年月，要不是這年月，俺早走人了……苦呀！兄弟！」

多年以後我才懂得這些話裏話的含意，當時我以為我聽懂了，強打精神勸她。

「嫂子，那是一方面，從另一方面來看，一個人倒也乾淨俐落，一個人吃飽了全家都餓不着，也是一種日子……」我也不知道我這是從哪個老兵油子嘴裏學來的，放之四海而皆準的老生常談，半睡半醒地就說了。一方面如何，另一方面又如何……等等。我這番話說得她一愣，她說：

「兄弟，瞧你說的，多輕巧，舉根燈草……除了俺，沒個人兒的日子咋過呀？」

我實在不明白她說的那個人兒指的是什麼，世上的人還少嗎？到處都是人，回娘家有娘家人，進城有城裏人，留在鄉下有鄉下人。我哪會知道她說的人是一個專有名詞，是個單數呢？好多日子都沒光着身子，雙腿伸得直直地睡過覺了，總是衣不解帶、足不脫鞋、懷裏抱着桿冰冷的步槍，一驚一乍地蜷曲在凍土上。光身子躺在熱被窩裏比任何有效的鎮靜劑都要效力大，我真想告訴她，別再說什麼了，我要睡。這時候，她「得兒」地笑了，我只好睜開眼睛，矇矓間看見她正對着我在笑。

「兄弟！你瞧你的臉暖得紅撲撲的，比俺們鄉下抹了胭脂粉的大姑娘都好看……」

我立即把頭往下縮了縮。

「還害羞哩！嫂子不看，別捂着蓋着的，像個小妞兒。」她獨自不住地笑個沒完。

太累了，太溫暖了，太舒服了，太寧靜了。我那麼快就遠遠離開了血與火的戰場，緊張、驚悸的神經完全放鬆了下來。正因爲此刻的氛圍和戰場上的廝殺反差太大，我才無法抗拒地沉睡了。

不知道過了多久……

我似乎沒有完全睡着，總覺得那堆火在向我移動，那火苗伸向我的背，但毫無炙痛的感覺。火焰像是一種柔軟光滑的物體，漸漸圍住了我的身子，後背、臀、腿……火焰輕柔地舔着我身後的每一部分，那是一種快樂的燃燒……好舒服呀！在火焰中被灼燒原來這麼好受。但不久，有一種特別生疏、又特別刺激的感覺使我一陣顫慄。我最敏感的那個器官被什麼東西撥弄得亢奮起來。那火焰又轉到我的身前來了……漸漸我的聽覺開始甦醒了，有一種奇怪而又撩人的嚶嚶的聲音，我驟然被火焰高高地舉了起來。當我眞切地感覺到兩片濕熱的嘴唇貼着我的嘴唇的時候，我隨卽也意識到擁抱着我的不是火焰，而是另一個人的赤裸裸的身子，一雙很有力的腿緊緊地夾住我。我被恐懼猛烈地搖撼着，完全清醒了。高腳瓦燈盞不知何時移到床頭一張方凳上，顯得特別亮。我發現我自已在她身上。她那雙熱切的眼睛可憐巴巴地看着我，一對不完全相等的乳房挺着粉紅色的乳頭。我被這情景嚇得呆住了。很快，我還沒弄明白這一切的時候，她的臉幻化爲另一個女人的臉，那是誰？那是誰？我努力想記起她是誰。很快就記起來了，她就是在青草地上用頭叩地出聲的那個姑娘。這一奇特的聯想就像一場傾盆大雨，一下就澆熄了正在快樂地燃燒着我的火焰。我立即顫抖起來，上下牙齒磕碰得發出很響的聲音。她再伸手去摸那個剛剛還非常亢奮的器官，已經迅速縮小得難以掌握了。她用四肢更緊地箍住我，小聲叫着。

「兄弟，兄弟！別怕，是俺，是你嫂子，是你姐，俺是你親親的親人，別怕，啊！看看俺，摸摸俺，親親俺，你就不陌生了，你就不怕了。兄弟！我的親親的好兄弟，看看俺的身子，多好、多光溜的身子，你不看你會後悔的，摸摸俺，你摸摸俺……你不是個當兵的嗎？兄弟！啥陣仗你沒經見過？怕啥，俺是個女人，能叫男人舒坦的女人，兄弟，好兄弟……」她抓住我的手，讓我去撫摸她的乳房……

眞怪，我在她激情熱切傾吐的同時聽到的是另外那個姑娘的聲音：

「別殺他！別殺他！別殺他……」

兩個女人的聲音重疊在一起，時而又像是一個人。我掙扎着想從她身上爬起來，但我不知道她哪來那麼大勁，我使盡了力氣也動彈不得。繼續用她和另外那個姑娘的聲音不斷折磨我，同樣都以最大的激情而一個是天堂花園中的渴望，一個是地獄門前的乞求。我只好求她：

「放開我，讓我歇會兒，我透不過氣來。」

她這才稍稍鬆開些，我立卽轉過身去，把背對着她。她把前胸貼在我的背上，拉着我的手，要我的手聽從她。我把雙手緊緊地扣在一起，她無法扳動。她用嘴咬我的背，咬我的腰、臀和腿，一小口一小口地咬。我相信她一定能感覺得到我一直都在索索顫抖。我竭力把被子裹在自己的身上，她被晾在被子外面。但她並沒試着重新鑽進被窩，而索性跳下床，站在我面前，叫我，叫了無數聲兄弟，好兄弟！我只好睜開眼睛，剛一睜開眼，目光正好落在她的腹肌上，一小片微微凸起的、光潔的三角地，滑向芳草叢生的幽谷。我必須向上天承認，我有些心醉神迷，是那種忘掉一切、在所不惜的迷醉。呼吸急促、目光恍惚，手足癱軟……地上那堆爲我烘濕棉衣的火早已經成爲灰燼，空氣很冷，她的皮膚上很快泛起一層鷄皮疙瘩。我猛地掀開被子，向她伸出雙手，她狂喜地哭叫着投入我的懷抱，我把被子盡量拉向她。就在這時，被子的一角把床頭方凳上的高腳瓦燈打落在地，「啪」的一聲，驚得我喊叫着從床上跳了起來。她連忙對我說：

「不怕，是燈盞子打碎了，不管它……」

我也明明知道是瓦燈盞子碎了，但在我聽來，它落地的聲音和那聲槍響一模一樣，是那聲處決張鎖柱的槍響，讓任何人都說不出話來的那聲槍響，使人毛骨悚然的槍響。我匆匆穿上烤乾了的棉衣棉褲，我知道她爲了烤乾我的棉衣棉褲，要在火堆邊坐很久，還要不停地翻來翻去。她不再叫我了，痴痴地看着我，任我紮起子彈帶，抱着步槍坐在冷卻了的灰堆前。我默默地坐着，讓自己從迷醉和驚懼中平靜下來。屋子裏還比較暗，我不知道是什麼時間。我走到小窗前，原來小窗上蒙着的是她的粉紅棉襖。我取下來，窗外是一片刺目的晴雪，已是近午時分。我把棉襖送到床前，給她搭在被子上。她側臥着，臉色就像那堆燃盡的柴灰，我對她說：

「我……走了……謝謝你……」謝她什麼呢？「謝謝你爲我烤衣裳，費了那麼多柴火……」

「你……」她喃喃地說：「你說，俺……俺是個壞女人？是不？是個壞女人？」她向我提出了一個很難回答的問題，我沒有回答她，她眼淚汪汪地看着我，等待我回答她，我沒有回答。我聽見隣村有軍隊的歌聲，齊唱着：

向前，向前，向前，
我們的隊伍向太陽——！

這是我軍的軍歌，一下就忘了她在等待我回答一個很重要的問題。我不能再留在這兒了，必須立即去找部隊。我殘酷地拉開門衝出去了，那時候我並不知道我是多麼殘酷無情，把一個對於她來說，極為嚴重的問題留給她自己，長久地折磨着她。雪原上的陽光刺得我的眼睛酸酸的，等我習慣了這強光之後，很高興地看見雪地上還沒有一隻腳印。我向傳來軍歌的村莊走去，用沉重的腳步踏出了一行淺藍色的腳印……

珍妮近於敵意地大聲問我：

「Why？why？為什麼你不回答她，難道你認為她是個壞女人嗎？」

「是的，從那時候，一直到很多年以後，我還認為那是場醜惡的夢，她是個壞女人！」

「Poor Man！Poor Woman！你怎麼會認為他是個壞女人呢？」

「那是以前，現在我已經不那麼認為了。」

「那麼，你現在認為她是一個什麼樣的女人？」

「她是一個很正常的女人……」

「What？」

「她是一個心地善良的女人……」

「What？」

「她是一個可愛的女人……」

「What？」她咄咄逼人地指着我。

「她是一個純潔而又不幸的女人……」

「她的最大不幸是遇見了一個殘忍的士兵……」

「我並不殘忍，珍妮！在戰場上，從我槍膛裏射出去的子彈高度都在人的頭頂以上。」

「可你不敢拒絕去扮演一個殘忍的角色，你承認嗎？」

「我承認，但那時我還小呀！」

「小？不！應該說那時候的你很老，現在才很小哩。」

「Why？」我學着她的口氣。

「我不回答，你自己慢慢去想吧！」她打了一個呵欠。「該睡了，秋葉！」

「是的，我們還沒睡過覺呢！」

「秋葉！」她貌似認真地說。「我要是留在你這兒睡，一定會給你創造一個好機會，讓你第二次在沒有腳印的雪地上踏出一行腳印，好浪漫呀！……我才不哩！我該走了，回去洗個澡，用我的粉紅色的棉襖擋着窗戶上的光，製造一個黑夜，不過你放心，我什麼都不會想，倒頭就睡！」

「珍妮！你忘了，洛杉磯從來就沒落過雪。」

她站起來就走，我反而覺得她走得過於突然了，她走出去帶門的聲音又是那樣響……

15

聖特·巴巴拉有一家坐落在海邊棧橋上的鄉村式的海鮮餐廳。

我和珍妮寧肯坐在室外一張笨重的餐桌旁的條凳上。十點鐘的陽光，很溫暖，我完全忘了季節，以爲還是夏天。珍妮只穿了一條露背的連衣裙，很淺很淺的湖綠色。她的白色短袖羊毛外套乾脆扔在車裏。露天餐桌、金色的陽光、藍色的海、白色的鷗鳥在無色的風中飄浮，加上我們的好興致，眞是千金難買。當侍者把我們點的海蟹、鮮蠔和葡萄酒拿來的時候，我們周圍的欄杆上已經蹲滿了美麗的不速之客——海鷗。我們剛剛把手伸向盤子，兩隻海鷗已經飛到我們的頭頂上了，一隻老海鷗不宣而戰，從高空直直地俯衝而下，在盤子裏搶走一片蟹背。珍妮尖叫着站起來威脅那些以親善之名行刼掠之實的盜賊。海鷗們這才退回到它們的突擊出發地——棧橋的欄杆上，毫不隱諱它們的野蠻目的，所有的眼睛都盯着我們的盤子。我說：

「珍妮，我們轉移到掩蔽部裏去吧……？」

「不，秋葉，這樣不是很好嗎？它們和我們搶着吃，我們吃得更香。到屋裏，雖然得到了安靜，卻丟掉了陽光、風、海浪……而且還有臨陣脫逃之嫌，讓它們覺得我們是連飯碗都保衛不住的喪權辱國者，太不光彩了。」正說着，一對很幼小的海鷗向我們發起進攻，當牠倆飛臨我們的領空的時候，兩隻老海鷗向他們衝過去，攔截住牠倆，開始了激烈的空戰。雖然我們明明知道牠們都是侵略者，我們還是感到高興，這場混戰在客觀上延長了我們的和平時光。正當我們笑着鼓掌的時候，一對咬得難解難分的海鷗幾乎墜落在我們的盤子上，給我們桌子上留下十幾根雪白的羽毛。珍妮不僅不惱怒，反而很高興，跺着腳大笑，向着那兩隻停在欄杆上修整羽毛的老海鷗叫道：

「勇士們！謝謝你們！爲保衛我們的領空進行了一場英勇卓絕的戰鬪，請接受我的獎賞。」她把一隻大蟹鉗扔到空中，一隻看起來最遲鈍的老海鷗衝上去就啣住了它，立即向遠方飛去，牠大約要找一個沒有爭食者的冷僻角落，去細細地掏空鉗子裏的肉，再把硬殼啄成粉末嚥下去。

我對珍妮說：

「你看，牠比我們聰明。」

「可我們比牠自信，堅守陣地，抗戰到底！」她剛呼完口號，一隻海鷗從她的腋下鑽進來，偷走了一隻蠔。氣得珍妮跳起來罵。「強盜！卑鄙！……」她忽然停住，改用英語繼續叫罵。我想她的這一改變是很正確的，美國南加州的海鷗當然聽不懂中國話。

由於那隻海鷗偸襲成功，不斷有海鷗鋌而走險，牠們還採取各種不同的戰術。如：先用一隻海鷗正面佯攻，再用一隻海鷗側翼強攻。又如：三隻海鷗飛臨空中，好像要俯衝的架式，另五隻海鷗低空突擊……好在我們越戰越有經驗，分工防守，有時也採取主動出擊。邊戰邊吃邊喝。當我們吞進最後一隻蠔以後，把殘存的一切都施捨給了我們的敵人，以消閑淡泊的態度，冷眼看着牠們爲了桌上的蟹殼展開的一場血戰，激烈得叫人瞠目結舌。一隻沒有搶到一丁點殘渣的老海鷗，凶狠地扭斷了一隻小海鷗的腿。因此一個哲學思考油然而生：在大風景中的海鷗是那麼美麗，完全是和平、善良的象徵。當你把鏡頭推近的時候，你才知道，恰恰相反，牠們的凶殘、好鬥、貪婪和醜惡不亞於人類。看來，海鷗對酒毫無興趣，也許是牠們從來都沒品嚐過，不知道酒的滋味，如果牠們染上酒的嗜好，牠們的爭鬥會更爲凶猛。好在牠們對酒沒興趣，全都離開了我們。我們周圍又變得淸靜、祥和起來，遠遠看去，那些在海浪上翻飛的海鷗又恢復了美麗、善良的形象。是不是沒有了利益就沒有爭鬥呢？可能是。但沒有利益一切生物就不能生存了，因爲利益首先是和生存聯繫在一起的，這就是問題癥結之所在。

我和珍妮分別去洗了手，重新坐下來，慢慢啜飲着葡萄酒，就着陽光。我感慨地說：

「看來，人在一貧如洗的時候，連賊都不會親近你。」

「是的，秋葉！你貧窮嗎？」

「相對來說，我很貧窮。」

「No！你很富有。」

「我？富有？你是指我的畫可以賣點錢？」

「No！no！我以爲你的財富主要是你的個人命運是在一個偉大民族的苦難和解脫苦難的願望之中。」

「……」我很注意地聽着。

「你必須承受苦難、承擔責任，同時還有嚴肅的思考。並不是所有人都能在承受苦難和承擔責任的同時，還有嚴肅的思考。我只是覺得你的靈魂和肉體附着得太緊密了，因而也和肉體一樣沉重。肉體只是靈魂的載體，有時候它可以像雲朵一樣飄浮起來，自由去留，任何附加給它的重量都不能接受，可以眷戀一個優美的山谷，可以俯瞰着一朵隨水漂流的落花……」

「珍妮，你是在朗誦詩吧？」

「No！我在說話，你以爲詩是什麼？詩就是浸透着眞情的語言，我並不是對任何人都能說出這樣的語言……」

「謝謝你，我眞高興，你太看重我了，珍妮！也許這又是你的一個錯覺。」

「錯覺？是錯覺也只好認了，人類不是往往把一個美好的錯覺當做崇高的理想嗎！只要你不知道它是錯覺，你會永遠去追求，甚至付出一切也在所不惜。」

「珍妮！你的話不僅是詩，還是哲理，你太可愛了！」

「是嗎？」她笑了，笑得很開心。「我最喜歡從你嘴裏聽到這樣的誇獎了，謝謝！」

「那我以後可要叫你可愛的珍妮了？」

「好呀！我可是要叫你可恨的秋葉。」

「謝謝！可愛的珍妮！」

「可恨的秋葉！你今天怎麼變得活潑起來了呢？」

「我想是因爲今天天氣好。」

「天氣好？瞎說！南加州的天氣天天都好。」

「今天最好。」

「狡辯！你眞可恨！」

「你眞可愛！活潑點不好嗎？」

「很好，即使是假裝的，會假裝，就說明你有表演才能，對了，你演過戲，說明你小時候很活潑。」

「是的。」

「有些人怎麼也不會表演。在中學讀書的時候，我有一個同學安東就是一個這樣的人，爲了校慶，我們班排練了一部獨幕歷史劇，寫的是南北戰爭時的故事。老師派給他一個非常次要的角色，一個被北佬俘虜的南軍士兵，全部舞臺生命只有幾秒鐘：他被押上軍事法庭，一個北軍上尉問他：你在俘虜營裏生活得怎麼樣？他笑着回答說：我很快樂。又問：是實話嗎？回答：是的。然後就被押下去了。同學們對他都不投信任票，認爲他一定連這點戲也演不好。老師堅持讓他鍛鍊鍛鍊，希望他通過演出能變得活潑些。經過一次又一次的排練，都很成功。老師很滿意，同學們的非議也就風平浪靜了。在正式演出的時候，當他將要被押上法庭的時候，他看見全校師生的眼睛都在仰望着他，他無論如何也走不出去，越是走不出去，那些眼睛就越是可怕。押解他的北軍士兵着急了，使勁把他推了出去。北軍上尉問他：你在俘虜營裏生活得怎麼樣？他氣沖沖地回答說：我抗議！臺上的演員們全都愕然了。扮演北軍上尉的同學很靈活，隨機應變地改了詞，大叫一聲：拉下去槍斃！安東一聽更加氣憤，大聲叫道：你們辦不到，因爲你們的槍都是假的。這一下就更糟了，臺下的觀眾看出了破綻，笑得死去活來，只好落幕停演。氣得幾乎休克了的老師在後臺問他爲什麼擅自修改劇本？在排練的時候不是演得很好嗎？他回答說：在排練的時候並沒捆綁我，我當然是很快樂的。今天不僅捆綁了我，而且捆得特別緊，還用那麼大勁推搡我，我當然要抗議！我抗議了，他們不僅不道歉，反而要槍斃我，他們怎麼槍斃我，槍全都是假的，其中有一條還是我在勞作課上親手製作的，我說錯了嗎？老師！這個理直氣壯的回答氣得老師眞的當場休克了。」

「唉！」我沒笑，嘆息了一聲，認眞地說：「如果演出的時候都用眞槍就好了，至少安東會老老實實被押下舞臺……」

珍妮聽了我的話，哈哈大笑起來。我佯裝不明白，問她：

「是你的故事可笑？還是我的話可笑？」

這一問，她笑得更厲害了，她立即把頭伏在桌子上，從抖動的肩膀可以看得出，她在狂笑。我想向她解釋：

「我……」

我剛一張口，她就用手在桌子上拍着大叫：

「你！別再說了！」

我不敢再說什麼了。她捂着臉奔進洗手間，很久才出來，她雖然洗過臉，又重新畫了眼影，塗了口紅，臉還是漲紅的。我小聲對她說：

「珍妮！對不起，我是故意逗你的！」

「你眞可恨！沒想到，你不僅會表演，完全是天才演員。」

「應該想到，珍妮！在中國大陸，安東這樣的人幾乎絕迹了，連剛剛會說話的小孩都會表演，卽使是面對眞刀眞槍也能演得很精彩……」

「所以你……」她又想笑，爲了不再笑，迅速從我身邊走開，走到另一邊的欄杆旁，慢慢用手梳理着在海風中飛舞的秀髮。海浪緩緩地湧上來，又緩緩地退下去，從一次到一千次，每一個浪谷到峯頂幾乎都是等距的。我背向她，漸漸被海水的色彩所吸引，想着怎樣處理海水和海浪之間的色彩關係，怎樣表現浪尖上那銀樣的反光，海面上、陽光中絢麗多姿的雲朵中有多少層次，多種顏料同時在一滴水裏溶合的速度，和在紙上落筆的效果……一直到珍妮拍拍我的肩膀，我才轉過身來，看見她的臉色已經恢復正常了，而且故意裝着很嚴肅的樣子。我再也不敢先開口了。她說：

「走吧！可恨的秋葉！」

「去哪兒？可愛的珍妮！」

她挽着我的手臂，指着左側遠處那塊長長的弧形海灘。

我們在停車場取了車，沿着海岸公路向北緩緩馳去。她打開收音機，正在播放古典輕音樂。岸邊每一棵高高的椰子樹都在舞蹈，而且和汽車裏的音樂節奏巧合，徐緩地搖擺着她們的長髮，爭着向下午的太陽獻媚。

我們在夏日游泳場停下來。珍妮建議我們都脫了鞋襪，用她的話來說，就是「解除足下的桎梏。」細而潔淨的沙灘，非常溫情地托着我們的光腳。從一排排鎖起來的更衣室能夠想像出夏天的繁華。她和我並肩坐在用腳可以接近浪花的沙灘上，浪花像是和我們逗着玩似地悄悄接近我們的腳，熱烈地親吻一下就逃走了，一次一次重複表演着這簡單而又不厭倦的愛情遊戲。

「你能說說你現在的感覺嗎？」珍妮問我。

「要我說眞話，還是戲劇臺詞？」

「秋葉！你又想逗我笑是怎麼的，還用問嗎？」

「珍妮！我覺得太奢侈了……」

「什麼？」

「這清閑，這美好，讓我覺得內疚，也很矛盾，在一個陌生的國家裏，很安全、很自由、很愉快……但很內疚、不安，你明白嗎？我說不淸楚……」

「我明白……」

「也許不能說是奢侈，或者可以說是過份……我曾經長期失去自由，強迫勞動，挨餓、挨凍，在暑熱中暈倒，但那時候我覺得很安心，認爲恰如其份。我眞的很多年都不羡慕別人的所謂幸福了，幸福是什麼？那些坐在權力的頂端，掌握着別人的命運的人幸福麼？據說他們是很幸福的，他們如魚得水，表演藝術很高明，臺詞也很簡單，只要把少數人對大多數的專政說成大多數對少數人的專政就行了，要一個淺顯的數字遊戲就能取得極大的成功，就可以理直氣壯地排斥異己，把妨礙他們的人抓起來，處以重刑，甚至不宣、不判、無限期關押……他們幸福嗎？都說他們很幸福，我總是打心眼裏不同意這種看法，每一分幸福都附着一分罪惡和一分虛僞會是眞正的幸福嗎？對別人，人沒有那麼大的權力，沒有，絕對沒有！我們這一代人，不少人都是爲了平衡這種大傾斜才走上戰場去赴死的，可還是這些人，他們中的倖存者又有人重新加大了這個傾斜度，形式還是古老的形式，只是權力兩端的人倒了一個個兒，使歷史構成一個無休無止的惡性循環。所以我寧願在傾斜的最低處，痛苦，卻與罪惡絕緣，我覺得輕鬆。」

「你感到輕鬆的正是沉重，和苦行僧一樣，正因爲苦行僧知道和他同在一座廟堂修行的還有酒肉和尚，才律己更嚴，對不對，秋葉？」

「對……」

「還對哩！」珍妮猛地把我推倒在沙灘上，壓在我的身上告訴我。「我的本意是不讓你時時刻刻念念不忘沉重的歷史和不幸的社會，回到人的自然狀態，你不但大談起歷史的惡性循環、社會的無限憂慮，而且還進入了一種類似宗教的境界……」她把雙手挿到我的腋下，咯吱我，使得我大笑、狂笑不止，在沙灘上翻滾躲閃，足足有三分鐘她才罷休。在我喘息的時候，她從我身後擁着我，我能聽見我的心跳和她的心跳幾乎是同步的。很久才平靜下來，我慢慢從她的懷抱裏坐起來，我正要開口說話，她立即伸出手來威脅我。

「你再說，你再說……」

我用手抵擋着她。

「你不是要聽我講故事嗎？」

「講故事可以，但不要再講殘酷的故事。」

「我一點都不覺得我講的是殘酷的故事。我小時候常常看見撲燈的飛蛾，看見牠們愚蠢地飛向死亡，透明的翅膀在一瞬之間就熔化了，身子墜落在火焰中，先還能看見爪子的彈動，只一下就都變成了黑灰。我覺得很殘酷，可牠們自己看到的是光明，投身於光明，獻身於光明，與光明溶爲一體……」

「現在又輪到你作詩了，雖然你說的還是政治，不過挺美，也有說服力，這次我不懲罰你。」

16

我平生第一次看見大海是在一場夜戰之後，那是一個六月的清晨，追擊潰逃的敵人，冒冒失失的，我把團隊遠遠拋在背後了。天亮的時候我才發現自己是孤身一人，同時，也看見了海，那是中國的東海，眞正的海比我夢中的大海要美得多，也更加神秘，海浪興高采烈地追着我舒卷，同時托出一輪碩大無比的紅日。近旁，浪花如雪；遠處，無邊的藍色之上，全都是一朶朶跳躍不停的金色火焰。這整體的燦爛輝煌，使我對那艘停在海中的灰色登陸艇和零星的跑得跌跌撞撞的潰兵視而不見，登陸艇還在我的步槍射程之內，還沒來得及駛向深色的遠海，它的船體外牆上還吊着幾十個抱着繩索往上爬的敵軍官兵。他們在逃跑、泅水時已經耗盡了氣力，每往上引身一寸都是困難的。艇上亂成一團，好像發現了我，他們也許很詫異，爲什麼只有一個共軍士兵追到海邊，他們肯定也知道，有一個就會有大隊人馬，他們有些緊張，因爲還有些敵兵正在水中，還沒有接近他們，所以沒有啟錨。其實，我什麼都看見了，但我已經不很明確這一切和我是什麼關係，好像我看到的是某一個時期的紀錄片，那一個時期對於中國已是過去了的歷史，黑夜和在黑夜中猖狂了很久的那個腐敗、專制的怪物已經被海水沖走了，那艘登陸艇就是那個怪物縮小了幾萬倍的身軀。我竟然是第一個在東海迎接黎明的人，我把卡賓槍斜掛在背上，我不想再使用它了，它已經完成了自己的歷史使命。我知道，全軍上下都知道，再過幾個月，一個嶄新的、按照人類最美好的理想締造的國家就要宣告成立，我們在用腳步迅速開拓新國家的領土。驀地，那艘船上和吊在外牆上的敵軍喊叫起來，那些找不到踏腳處的腳在空中踢騰着，錨鍊在向上收縮，氣輪機已經發動。我回過身來一看，才明白那些亡命者慌亂的原因，大隊追兵已經趕到我的身後了。

登陸艇開始搖晃，引擎聲在加大，吊在船體外的士兵不斷有人跌落在海水裏，有的死拉着繩索不放……敵軍爲了潰逃而以攻爲守，突然用機槍、步槍、迫擊炮向岸邊扇形射擊，他們要傾其所有，竟然組成了一陣猛烈的暴風驟雨。

「臥倒！」不知道是誰大喊了一聲，戰友們都臥倒在沙灘上。我沒有臥倒，我不覺得有臥倒的必要。從現在起，中國將擺脫自己身上的羞恥、貧困、愚昧，進入一個新的理想的時代，雖然這個全新的時代並不具體，但我堅信它一定就像眼前的天空和海洋，除了舒心的湛藍，就是純淨的雪白，再也沒有暴風驟雨了，這是最後的一場暴風驟雨。我高舉雙手，向着海浪和彈雨奔去。我希望，不！我渴望有一顆或許多顆子彈擊中我。那麼密的炮火，總會有一顆子彈擊中我。在我的思維裏，痛苦和死亡毫無關聯。

「臥倒！你！你怎麼……」我的戰友們怎麼不能理解我呢？他們異口同聲地喝斥我，要我臥倒，在炮火中臥倒是一般的戰術常識啊！我當然知道。我以爲人與人是很容易理解的，你們應該理解我呀！一代又一代智勇兼備的先行者前撲後繼、夢寐以求、爲之白骨盈野的理想在我們這一代實現了！這時倒在初升的太陽下，在金黃色的沙灘上淌一泓鮮紅的熱血，多好！海風眞的有點鹹，我讀過一篇關於海的散文裏有這麼一句話：「微鹹而又沉重的海風吹得那棵孤獨的蘆葦伏在沙丘上……」多美！我也會像那棵蘆葦一樣，倒伏在沙丘上……但子彈越來越稀疏，越來越無力，越來越遠，最後，全都落在海水裏了。敵人的登陸艇已全速向東南方駛去。

雨點一般的子彈，沒有一顆擊中我。

我曾經對你講過：我追求死，古人說：視死如歸。死，又像赴會、赴宴一樣。在我之前，無數先行者從容赴死，慷慨赴死，遺恨赴死……我卻是雀躍着去赴死。那麼多子彈，在我的上下左右，每一顆子彈都帶着尖厲的呼嘯，但我卻活着。

雨點一般的子彈，沒有一顆擊中我……

中華人民共和國成立之後，我就從軍隊裏復員了。按照我的志願，進美術學院深造。長期失學和戰爭中的生死搏鬪，終於又當上了學生，着實讓我興奮了好一陣子。同學們都覺得素描課太呆板，時間太長，野外寫生太苦，政治課太枯燥，睡眠時間太短，早晨起床鈴響得太早。我則相反，覺得一切都很輕鬆、新鮮，在孜孜不倦的基本功練習中有了明顯的進步，興趣隨着有增無減。美的視野日漸開濶，通過一些印刷得很差的複製品，結識了全世界各大流派的美術大師。

我的故事應該從一個女模特兒講起。在美術學院畫人體，本來是很正常的事，就像和尚念經一樣天經地義。但中國從第一個西洋式美術學校開辦之始，各個歷史時期都要受到社會道德家的指責和政府的取締。我入學的時候，學校當局採取了一個很聰明的辦法：首先是對社會保密，那時候的師生都很聽話，領導上說保密，大家都能做到保密。現在就不行了，即使是中共中央政治局常委會的決議也保不了密。裸體寫生室是一間特別的教室，進入這間教室要通過長長的一條甬道，穿過兩重柵門，除上裸體課的師生以外，任何人不許入內。課程表上也不注明裸體寫生，而稱之爲素描課A組。社會上不知道，也就沒有什麼議論和指責了。我看到的第一個裸體女模特兒只有十六歲，那一刹那，我並沒出現內心的騷動，也許因爲她的軀體很小，身高只有一米五十七，短頭髮，一雙天眞無邪的大眼睛，根本無視那些目瞪口呆的新生的存在，皮膚非常白嫩，幾乎沒有皮膚的質感。笑起來很甜，很貞潔。小而圓的乳房才剛剛開始顯現，乳頭極小，像兩粒紅豆。因爲腰很細，瘦窄的臀顯得並不難看。腿比較長，並不豐滿，整體看來很勻稱。腳趾張得很開，說明童年時有不穿鞋襪的歷史。右鎖骨處有一顆小黑痣。你不會認為我不正經吧？看得這麼仔細。因為我要畫她，她身上的每一個細部我都要用點和線細緻入微地描繪在紙上。我曾很多次結合着解剖課、透視課和色彩課，從各個不同的角度描繪過她。我和同學們一起經常在畫和人之間探討過她身上的所有的部位，以及在不同光線下的變化。對待她和對待一尊石膏像完全相同。後來，她不在我眼前，我也能畫出她來。有一次，我提前進入教室，畫了一張她從未擺過的姿勢。當她進來時，還沒有一個人進來，她既驚訝又高興，她問我叫什麼名字，我告訴了她。這是我第一次聽到她的聲音，北京話講得很流利，我想當然地認為她是一個北京妞兒。我隨便問了她一聲：

「你叫什麼名字？」

「我叫佐藤美子。」

「佐藤？你……是日本人？」

「是的，戰後我很小，父母都不在了，我是留在大連長大的……」

「啊……！」這時，同學們和老師都來了，我和她中止了交談，她匆匆脫了衣服，按照老師的要求擺了一個側臥的姿勢，她向我微笑了一下，似乎表示我們已經相識了。一般來說，學生和女模特兒從來不交談什麼，也不打聽相互的身世和來歷。從這天起，她在我眼睛裏又從一尊石膏像恢復爲一個人，一個小女孩，一個會說話的小女孩，一個日本女孩。這堂課我只畫了她的胸和頸子，下課時，她披着寢衣特地走到我的身邊看看我的畫，她由衷地抿着小嘴笑了，小聲說：

「秋葉，我有這麼美嗎？」

我怕同學們聽見覺得很反常，以更輕的聲音回答說：

「當然，佐藤美子……」

她嫣然一笑，飄然轉身走進更衣室。

那時，我在北京只有一個去處，就是西城雨花胡同，那是一條北京少見的彎弓形的小胡同，弓背上有一座小小的四合院。那是我在軍隊裏服役時一位戰友靳星的家，靳星沒有轉業，還在西南邊防軍中工作。北京家裏有一位六十多歲的老母親，一位四十多歲的哥哥靳明，在廣播電臺工作，他的妻子幸子在廣播電臺擔任日語廣播員，三十歲上下，兩個小兒子在上小學，小女兒還不到入學的年齡。他們家的街坊隣居都是近兩年才知道幸子是日本人，原來人們只知道她叫靳幸，廣東人。因爲幸子的北京話總帶着奇怪的腔調，北京人誤認爲凡是帶有奇怪腔調的話都是廣東話，並且一直保留着古老的北京中心的觀念，不知道廣東有多遠，只知道那裏產猴子，把廣東人一律稱爲廣東猴子。街坊隣居從來沒懷疑過幸子不是中國人。抗戰前靳明在日本早稻田大學讀書，和幸子戀愛結婚，回國後抗戰爆發，中國人抗日情緒高漲到了頂點，如果左隣右舍知道靳明帶回來的是個日本女子，人們一定會把她和日本貨一起燒掉，靳明也要被當做認敵爲親的漢奸處置。事後隣居們都很諒解，而且讚美幸子在日本佔領北京時期忠實於丈夫、家庭和中國。她完全可以向日本佔領當局求一個很掙錢的職業，她不僅沒有這樣做，而且在任何情況下都不暴露自己是日本人。日本憲兵多次搜查過靳家的四合院，她只要說一句日本話就會得到庇護，還會得到一張日僑證，不再吃難以下嚥的雜和麵，可以得到大米、白麵、肉、蛋……等等的廉價配給。但她不發一言，只以憤怒和沉默對抗那些日本憲兵，甚至還挨過他們的巴掌。

不外出寫生的星期天，我都要到靳家去串門兒。靳家伯母是蘇州人，會做一手精緻可口的蘇州菜。像又香又嫩的紅燒獅子頭、冬筍子鷄、糖芋奶、清炒蝦仁、糖醋小排骨、清蒸鱖魚……有時候還會蒸幾籠湯包，都帶點甜味。那年夏天剛剛結束，新學年剛剛開始。第二個星期天的下午，我走進雨花胡同靳家的小四合院。一進門就是好一陣熱鬧，三代人都要和我寒暄一番，問這問那，問個沒完。如：暑假到哪兒去寫生了？有女朋友了沒有？帶來給我們看看。家鄉有信來嗎？老母親還好呀？——這問題最難回答，母親養了那麼多子女，晚年只落得孤單一人，頂着個地主份子的帽子接受羣眾專政，好像已故的父親和地主階級的所有罪過都應該由她來承當。我不能去看望她，一個月寫一封很冷淡的信，不僅不能表達母子的親情，每次都得在信上說：「要老老實實地接受羣眾教育改造，不要有抵觸情緒……」，現在一想到這些我都忍不住淚如湧泉，我太對不起她了，她在文革開始時去世的時候，我根本不敢去奔喪，連哀慟的表示也不敢有，只能蒙着被子痛哭一場。卽使這樣，我還經常被黨組織批評爲：「階級界線不淸，立場不穩。內心深處同情剝削階級，從骨子裏不滿，隨時都想奪回失去的天堂……等等等等。」她死得很突然，很慘，當一羣帶着紅袖箍的造反戰士湧向她的時候，她一頭栽倒在石板路上，再也沒爬起來。——對不起！那是後來的事了，我還是應該回過頭來講五十年代初的事，剛才說到靳家一家人對我的各種詢問，最小的女孩靳玲把我拉到院子的一個角落裏，非常嚴肅認眞地告訴我：

「一會兒要來一位很重要的客人……」

「是嗎？誰呀？」

「現在不告訴你。」

「是大人？還是小孩？」

「不告訴你。」

「是男的，還是女的？」

「不告訴你。」

正說着，有人在拉門鈴。小靳玲奔過去開門，一會兒，她陪着一位穿藍色工裝褲的姑娘，第一眼我竟沒認出她是誰。

「秋葉！」她先叫我。

我這才認出她就是佐藤美子，因為我從沒看見過穿得整整齊齊的她，我更熟悉她的裸體。

她走過來抓住我的手：

「你！佐藤美子！」

靳家全家人都從屋裏走出來，又是一陣熱鬧。

「原來你們認識！」靳幸抱住她。

「怎麼會這麼巧呀！」靳家伯母原以為會給我一個驚奇。

「世界眞小。」靳明說：「不過也應當想到，佐藤也在美院工作。」

我想他們未必知道她是美院的女模特兒，無論怎麼說，一個女孩子的職業是脫了衣服給人畫，在當時，許多人都難以接受。

由於我和美子是熟人，全家都很高興。只有小靳玲很失望，因為失望而對我很生氣，好久都不理睬我。

在吃飯的時候才聽幸子說，她和美子是暑假期間相識的，在一個留華日本人的集會上，她們一見如故。當幸子知道美子是孤零零一個人的時候，非常同情她，歡迎她每個星期天都可以到家裏做客。幸子很神秘地和我耳語：

「我們無話不談。」言下之意我當然知道，就是說美子做模特兒的事她也知道。

接下來話題很快轉到日本，幸子讀了一位日本聽眾寄給中央廣播電臺國際部的一封信。他曾經是侵華日軍的一個士兵，他用很悲觀的口吻描寫到日本在戰後的動盪，普遍的貧困和嚴重的失業，某些人爲復活軍國主義所製造的騷亂。各派工會組織和各種社會集團不斷舉行的總同盟罷工，百廢待興，社會道德淪喪……他還談到，他從廣播裏聽到中國的和平安定生活，十分羨慕。還談到自己在侵華戰爭中的罪責，懇請電臺向中國人民轉達他的歉意和懺悔。信的最後他回憶到他在山西被八路軍俘虜以後的生活。他寫道：

「我是在窰洞學校裏才懂得羞恥的，我才知道應當做一個體面人。那個學校的老師都是八路軍幹部，他們中間有些人現在已是治理着貴國的高級官員。所以我相信你們的報導全都是眞實的，他們的良好素質和才幹，以及和人民的親善關係，在艱苦的環境中已經有非常卓越的表現，他們一定能和人民一起把中國建設成一個最幸福的國家。最後，我有一個純屬個人的奢望：允許我回到貴國去，無論要我做什麼，我都會兢兢業業，以報恩贖罪的態度努力工作，把中國當做我的故國……」

美子坐在我身邊，她聽完這封信，眼淚汪汪地小聲在我耳邊說：

「我不需要請求……」

靳明爲了沖淡兩個日本人複雜的傷感情緒，提議請美子唱一支歌。美子立卽擦乾眼淚，欣然應命，唱了一支東北民間的搖籃曲，唱得旣道地、又很優美。我好像能看見童年時的美子，屋外大雪紛飛、狂風怒吼；室內卻溫暖如春，她在中國養母的懷抱裏沉睡。當我和她同路回去的時候，我把這個感覺告訴了她。她說：

「你一定會成爲一個大畫家，你想像的畫面正是我唱歌時想到的畫面……」

我謝了她。她建議去舞蹈學校跳舞，她說那裏的舞池是學校的練功房，地板很光滑，音樂也很好，人不太多。有一個日本女孩掌管擴大機，可以通過她，不要票。我說我不會跳舞。她說很簡單，可以教我，一教就會。在五十年代初，由於黨和國家領導人的先鋒作用，每個機關、學校、團體都在週末舉行舞會，有的單位一週三次，如果你愛跳，關係又多，幾乎每天都找得到跳舞的地方。到了五十年代中葉，舞會就成爲嚴格保密的小範圍以內的特權娛樂了。省以上幹部才可以跳舞，只是女伴必須年輕漂亮。有幸陪首長跳舞的女伴離開舞池以後就不能談舞了。別人問起來，只能說：昨晚去執行特別任務去了。廣大羣眾得到的勸告是：跳舞屬於資產階級生活方式，非高級幹部難以抗拒資產階級的腐蝕。爲了愛護你們才不許你們跳舞。至於年輕的女舞伴會不會受到腐蝕，那就不在憂慮之中了，從來沒聽說過有首長腐蝕年輕女孩兒的事件，從來都是年輕女孩在腐蝕老幹部。

美子教我跳舞是在與民同樂的時期。果然，跳交際舞眞的很簡單，只要你有節奏感，知道舞步和音樂拍節的關係，特別是教我的老師是一位很耐心的女孩子，我多次踩了她的腳尖，她表示一點也不疼，她數着拍子，小聲告訴我：

「摟着我，你要放鬆弛點，慢慢學着給我暗示，男性要主動，女性要配合，你暗示我向左向右、向前向後，轉圈，停止，不要怕碰我，我不是瓷瓶子，碰不碎……」她說得自己都笑了，我也笑了。後來，我跳得特別熟練，美子成了我的固定舞伴。有時候，當我們倆走進舞池跳探戈，所有的人故意晚下場，讓我和她表演似地跳一會兒。美子對音樂的悟性似乎是先天的，我們像一個人似的。後來想想也眞有點不好意思，在舞蹈學校的舞池裏表演，有幾次還有人爲我們鼓掌，還經常看到有人交頭接耳，打聽我們是從哪兒來的。也有人直截了當地問我，我說：

「我是美院的學生，她是我的小妹。」

從此以後，美子就不叫我的名字了，叫我大哥，讓我叫她小妹。我對她、她對我漸漸都有了更多的了解。我知道她是個有心人，在工作之餘，還旁聽美術史和中國文學課。這是學院特許的。她的吸收能力很強，記憶力也很好，比我知道的多得多。在節假日我總是和她在一起，長城八達嶺、頤和園萬壽山、香山碧雲寺……近處的北海、故宮、雍和宮都有我們留下的足跡。她喜歡幽靜，所以我們遊萬壽山的時候老是去後山，上香山總也不在人羣中去看紅葉、採紅葉，而溜到碧雲寺背後的林中草地上說話，我們有很多話題可以談，文學、美術、哲學和歷史，她都有濃厚的興趣。她無限崇敬中國共產黨和毛澤東，她曾經眞誠地告訴我：

「中國是人類進步的樣板，毛主席太偉大了！中國共產黨太偉大了！」這些話也是我想要說的，只不過我沒她那麼天眞，有時候想說的話很難脫口而出。

隨着我們交往的頻繁密切，進入人體素描室上課時的心情逐漸有了改變，變得越來越不安，變得越來越痛苦，痛苦得揪心。校外和她見面時的話也越來越少。她很快就覺察到了，她問過我，我說不出什麼，我自己也不明白爲什麼。有一天，課堂上發生了一件小事，這才使得我和她找到了答案。畫架支在我的左側的同學童璨，畫着畫着發現他沒有處理好腿和腰部的透視關係，對自己很氣惱，一氣之下用粗炭條在畫上打了幾個大叉子，第一個叉子打在兩腿之間。我情不自禁地楞住了，兩眼不住冒金星，竟然在靜悄悄的課堂上大叫起來：

「童璨！你太混了！」

上素描課大喊大叫是絕無僅有的，不僅童璨很震驚，全體同學和老師都把臉轉向我，美子尤其吃驚，但她不能改變自己擺好了的姿勢，很費力地把眼睛轉向我。

「怎麼了？」童璨惱怒地問我：「我招誰惹誰了？」

我眞想把他撕碎，他還明知故問，但我在班級裏是一個唯一當過兵、打過仗的學生，年歲也比他們大些，只好用最大的努力克制住自己的憤怒。我閉着眼睛，很明顯的感覺到面部肌肉在發抖。小聲說了一句和我要發作的原意相反的話：

「對不起，我……混……在課堂上，不該……」

素描老師是一位年近花甲的著名畫家，他用浙江方言對全班同學說：

「沒事體，勿要講閑話……」

課堂又恢復了平靜，但我卻沒能繼續畫下去，因爲我的手抖動得特別厲害。看起來，美子好像什麼事都不知道一樣，事後證明，什麼事她都知道，她比課堂上任何一個人知道得都清楚。

那天晚上，我們在北海見面，並肩靠着白塔下的長廊，注視着水中的燈影，很久都沒說話。

「大哥！」還是她先開口。「今天課堂上爲什麼……？」

我沒有馬上回答她，因爲一切都是由於我內心深處那種說不清道不明的滋味造成的，用直白的語言我很難解釋那種滋味到底是什麼。我只能意識到，現在我心目中的她已經不是一個素描的女人體，也不是一個與我不相干的女孩，她是我的小妹了，甚至比小妹還要珍貴些……我怎麼對她說？

「你是想……」她等不到我的回答自己回答了，是繞了一個彎兒之後回答的。「你是想要我……調動工作……？」

「小妹！……是的。」我像是面對精明的法官，不得不招供那樣承認了連我自己都說不具體的隱私。

「大哥，我理解你的心情……可你是個畫家呀！」

「……」我無言以對。

她也不再說什麼了，不僅那天晚上，一直到深秋，我們依然像以往那樣，相約着去靳家，相約着去參加舞會，談繪畫、談文學、談哲學……我希望她再把那次偶然事件引起的話題重新提出來，使我的心裏更明朗些，但她卻像是完全忘掉了……

17

「毛病在我，這是肯定的，根源是什麼？我獨自在失眠的夜裏苦苦地尋思着……驟然，像夜空中的閃電那樣，我眼前閃現出童年時看到過的那兩條金黃色的曲線。我又想起了那個多天，陽光下的河灘，荷香姐摟着我的脖子，讓我靠在她的肩上。我對她終於說出了那句可笑的話：

『姐！你是我的……』

當她問我爲什麼的時候，我理直氣壯地對她說：

『姐！我看見過你的身子……，』

想到這兒，我的臉漲得緋紅，走了那麼長的苦難和戰爭之路，爲什麼我還沒有長大呢?!今天不還是久遠年代那個童話的翻版嗎？幼稚！這種幼稚的多情在我有生之年都伴隨着我……」

「你現在不是長大了嗎？在美國，特別是在西部海灘，赤身裸體的女人到處可見，你都看見了，都是你的。可別人也看見了，按照你的邏輯，又都屬於別人，豈不要爆發一場世界大戰，而且戰亂不止嗎？」珍妮又是一陣沒完沒了的大笑。

笑得我很窘，我只好威脅她說：

「珍妮！我可是再也不給你講故事了。」

「Why？」她止住了笑。

「因爲你把我非常眞誠的話都當成了笑料。」

「對不起，秋葉！非常對不起，我再也不笑了，我發誓！秋葉！……」她把手伸給我。

我向她笑笑表示諒解，接過她有些涼意的小手。

美子有一個多星期沒到學院來了，也沒告訴我爲什麼。人體素描課又換了一個女模特兒，是一個三十多歲的女人，乳房開始下垂，腹肌已經鬆弛。我原以爲是素描老師讓我們對成熟的人體也有所了解。的確，從美術技巧的角度來看，成熟女人軀體的線條更複雜一些，變化更多一些。沒聽說美子已經調換工作或被辭退，誰也沒問過老師。我以爲可以接到她的電話，結果是第二個星期六早上才接到她的電話，她在電話上只說了一句話：

「大哥！我要馬上見到你。」

「在哪兒？」

「在我的宿舍。」

「在哪兒？」我從沒去過她的宿舍，也沒問過她。

她在電話上告訴了我她的宿舍地址。我立即就趕去了。我到了她的住處才知道，她住在一個醫院的護士宿舍，宿舍原本是個北京式的大院落改建的，成家的護士漸漸多起來，大房間分隔爲諸多的小房間，成爲一個到處都掛着五色尿布的大雜院。這時我才記起來，她曾經告訴過我她當過幾年護士。美子那間房實際上是加了兩面牆的一段外走廊。好像她已經聽出了我的腳步聲似的，當我剛剛跨進院子，她就迎出來了。

「大哥！」

我隨着她走進那間狹窄的房間。她還保持着當護士的習慣，小床上的床單、枕頭、被子全是白的，床頭堆了很高一疊書刊。牆上貼着一張五十年代初在中國到處都能看到的那張名叫「熱愛和平」的招貼畫，畫上是個小男孩，歪着腦袋抱着一隻白鴿。美子房裏只有一個方凳，讓給我坐，給我沏了一杯綠茶。我問她：

「出了什麼事嗎？小妹！」

「大哥！」她想了想才開始說。「雖然你很少對我談你自己，我還是從幸子姐那兒知道你很多事，你的家庭，你的不幸都是日本侵華戰爭造成的，你的父親死在日本憲兵手裏，用中國從古到今的觀念來說，你和日本人有不共戴天的仇恨……」

「小妹！你今天怎麼這麼嚴肅？這麼沉重呢？那是過去了的歷史，而且並不是所有的日本人都是侵略者，更不應該讓所有的日本人都來承擔戰爭罪責。我從來都沒把你當做一個外人，更沒有把你當做敵人，這恐怕不要我來向你解釋吧……？」

「大哥！你先聽我說……」她接着又停頓了很久才繼續說下去。「我六歲的時候就記事了，我記得……我的父親就是一個日本憲兵，他死在戰爭的最後那年的夏天……我曾經極力想抹掉童年時代的記憶，只記住八歲以後的事情，只記住日軍投降以後的中國，撫養我長大的中國母親和中國的兄弟、姐妹……日本話我已經忘得乾乾淨淨了，我也像所有的中國人一樣，知道的日本話都是在中國電影、話劇裏聽到的那些駡人的髒話。當我完全忘掉我是一個日本人的時候，我是一個最幸福的人。譬如在和你跳舞的時候，只有旋轉着的燈光和你。我還不了解中國的全部歷史、文化，也不可能走遍中國的東南西北。但不知道什麼原因，我常常把你和中國重合在一起，我想中國就像你一樣。可能我的話有點不倫不類，可我怎麼想的就怎麼說，大哥！你寬厚、謙遜、含蓄、正直，有一雙敢於承擔痛苦、也敢於承擔責任的肩膀。我愛中國，我的一生都應當毫無疑義地生活在中國，雖然談不上對中國會有什麼貢獻。是的，日本現在很貧窮，很亂，但這絕不是我要忘掉她的理由。眞正的理由你知道，是那場滅絕人性的侵華戰爭，不僅在億萬中國人的心靈上，也在我的心靈上留下難以癒合的創口。也許有很多人不相信我此時此刻的情感，就像幸子，如果在抗戰時期隣居們都知道她是日本人，她縱然渾身是口也說不清她當時的內心情感，誰也不會相信她的同情和愛在中國一邊。她只好假裝是中國人……大哥，我說了這麼多話，大概你還不明白我請你來的目的……」

「是的……」我只好承認我還沒弄明白。

「一個星期之前我接到中國紅十字會的通知，中國政府和日本政府通過兩國的紅十字會的協商，決定遣返查得出原籍、原籍又確有親人的在華日本人……」

「遣返？」我覺得十分突然。「考慮不考慮個人的意願？」

「我的原籍愛知縣鄉下有叔叔、還有姐姐……」

「你……」

「我跑了好幾個單位，請示了很多首長……」

「結果呢？」

「沒結果……」

「沒結果？」

「我想，這是一個國際政治問題，是兩個國家，也許是多國政府首腦考慮的問題，普通人的意願相形之下就太不重要了，大哥！」

「不能有例外嗎？」

「不能，大哥！」

「這麼說，必須走？」

「必須走，大哥！」

「我不相信，非要一刀切不可！」

「除非……」

「除非什麼？」我似乎找到一線希望。

「除非……」她苦笑笑說：「除非和中國人結了婚……」

「啊！」希望又黯淡了。

「我昨天去看幸子他們全家，從靳媽媽到小靳玲都很難過，除了靳明大哥，全家都流淚了。每個人都爲我出主意，所有的主意沒有一個是可以實行的。小靳玲眞可愛，當她聽說和中國人結了婚的日本人可以留在中國，她很認眞地插嘴說：那就好了，問題解決了，秋葉不是個中國人嗎？說得大家都笑了。大哥！對不起，我把一個不懂事的孩子講的話告訴了你……」

「小妹！這沒什麼……」與其說我在沉思，不如說我陷入了深淵……我對自己從來都不承認我和美子之間是愛情。和童璨發生了那次小小的衝突之後，隱隱約約地覺得我對美子的感情中有了不健康的成份，（那時候人們習慣於把愛情看做不健康的感情。）我曾經特別加以扼制。小靳玲的問題把我弄得措手不及……

「大哥！你怎麼了，那是一個童話，只有小靳玲才會編出那樣的童話，明天晚上我要到和平門小學集中，後天到天津上船……在中國的日子一眨眼就要完了……」她笑笑就沒再說什麼了。

她當然知道，那時候中國人和外國人結婚難如上青天，尤其是在兩天之內，層層請求，一直要求到中央最高層領導的特許，就是神仙也辦不到。她見我半晌沒說話，額頭上又不住地冒汗，裝着很輕鬆的樣子說：

「小靳玲以爲只要女孩願意，男人就會和她結婚……」

「小妹！只要能幫助你，我眞的願意……」

「大哥！爲我犧牲？」

「不，不，我本來就很喜歡你……」

「喜歡不是愛，大哥！」

「不！我說的喜歡是愛。」

「可你知道我愛不愛你呢？大哥！」

「不知道……」

她忽然變得很慌亂，站起來對我說：

「你能陪我到王府井去買點東西嗎？」

「我很願意。」

「那好，走吧。」她站起來就要走。

在王府井大街，她帶着我走進每一家商店，進商店好像只是爲了出商店，她根本不去注意貨架上的商品，心不在焉地拉着我的手，目光散亂。

「小妹，你到底要買什麼？」

「什麼？」她茫然地反問我。「我們是來買東西的嗎？」

「你看你，是你說的，要我陪你來買東西的……」

「對了，是的，大哥！我什麼都想買，可我能帶得走嗎？」

「不買東西，我們來王府井做什麼？這麼多人。」

「我喜歡熱鬧……」

「你喜歡熱鬧？」我知道她是故意這樣說的。她和我在一起的時候，總是拉着我走僻靜的胡同、僻靜的林間小路，卽使在舞會上，她也只是在熱鬧的外殼掩護下躲在音樂節奏和心靈的靜謐的深處，旁若無人、無物、無聲……「你從來都……」

「我現在變了，大哥！」她乞求地問我。「不可以嗎？」

「可以……」我只好這麼說。

我們在人羣中，就像在流速很快的河水裏，在東安市場的櫃臺與櫃臺之間隨波逐流，人羣在我眼裏是沒頂的水，我和她陷在水中，被漩流推動着，沒有方向，沒有目的。那些櫃臺就像不同高低的岸，貨架上琳瑯滿目的貨物都是岸上的樹木花草。我們被人流推進南門，又被人流推出北門，一直到天黑，人流漸漸緩慢了，清淺了，我倆才從魔幻般的軌道上解脫出來。在和平餐廳要了兩份西餐，事後我都不記得我們吃的是什麼湯、什麼菜。誰付的錢？多少錢？我只記得我們座位的背後站滿了等座位的人，他們眼巴巴地盯着我們，用嚥口水代替他們的語言，催促我們早點起身，把座位讓給他們……我們只好走，剛剛走出餐廳，美子就伸出手要和我在人羣中告別，我急忙拉住她，對她說：

「我送你回去，我還有很多話要對你說呀！」

「不了，我要收拾東西。」

「我幫你收拾。」

「不了，你在會越幫越忙的……」

「小妹，如果現在離開你，我會通宵失眠的，小妹！」

「那太好了！大哥！我正想求你給我畫一張畫，今天晚上，明天還有一整天，好好為我畫一幅畫，可以嗎？」

「畫什麼呢？」

「你知道應該畫什麼，明天晚上你可以到我們集中的和平門小學來找我……」

「好的。」

她的這個要求說服了我，也只有這個要求能說服我，我只好和她分手，剛一分手，她就衝進人羣，消逝在眾多的背影之中了。往日，她總是戀戀不捨地依偎着我，今天為什麼和我在一起顯得很不自在、很不情願，迫不及待地捨我而去呢？

回到學校，我獨自溜進一間畫室，先是呆坐着，集中精力結構腹稿，但時時被一陣陣的心悸打亂，因為我一想到我和她永遠不再相見的時候，就十分痛苦、頹喪！抱怨這突如其來的厄運。雖然阻隔着我們的海面並不寬闊，木船時代的唐人都說那是一衣帶水。今天到了一個飛行的時代，一衣帶水成了難以逾越的鴻溝。我們之間不僅將隔着一衣帶水的海，這是地理概念的海。還有政治概念上的海，其寬度、深度都是無限的。因爲戰後的日本歸於另一個陣營——西方帝國主義陣營。社會主義陣營和帝國主義陣營血肉橫飛的戰爭剛剛才在朝鮮半島上停息下來，冷戰一直都沒停歇過。看來，這兩個由於意識型態而形成對壘的兩大陣營隨時都會在它們之間的任何一條邊線或一點上爆發武裝衝突。那是我第一次淸晰地感覺到國際政治矛盾下的個人悲劇，但我立卽對自己的這一感覺有了警惕，這種想法不僅是脆弱的、自私的，幾乎可以說是反動的。我對我這種偏離無產階級政治的危險意識感到不寒而慄，在嚴肅的自我反省之後，對自己進行了認眞的批判。批判之後，我似乎又堅強起來了，這種堅強只延續了五分鐘，就想到了她，想到她就想到海、炮火、刺刀、她在敵對的人羣那一邊掙扎呼喊，一層一層的驚濤駭浪，永無止境，我又陷入脆弱的、自私的泥淖中：我們再無重逢之日了。之後，又是自我批判……又是……

凌晨時分，我才強迫自己走向畫布，開始起草畫稿，也許繪畫可以使我從紛亂的思緒中跳出來。畫面背景的上半部是迤邐的長城，下半部是紅葉，像紅旗的海洋一般的紅葉，前景是美子的頭像。天亮以後我跑到街上買了一大包燒餅油條，重又溜進畫室，一直畫到天黑，才畫完。自我感覺非常好。畫中的美子有點淡淡的哀愁，但我同時把她的青春、貞靜和秀美也充分地表現出來了，如果不是我知道油彩還不會乾，我會吻一下畫中的她。背景的上半部盡可能淡遠，下半部盡可能的濃豔，因爲那是革命的紅色，而且紅葉也就是秋葉。這幅畫可以說是我第一幅創作作品，畫幅並不大，只有十八吋見方。我不敢用布或紙把它包起來，怕粘了油彩。只能小心翼翼地捧着它，好在是夜晚，我把畫的正面對着我的胸前，我也不敢搭乘公共汽車，只能步行，走得很快，我完全忘了一晝夜都沒休息過。走着哼着歌。一個多小時以後才找到那所小學，小學校的門卻緊閉着，我敲了很久，才有一個鬢髮斑白的老校工來開門，開了門他還在扣扣子，說明他已經睡了。

「您找誰呀？」

「我……」我發現學校裏寂靜無聲，而且所有的窗戶都沒有燈光，只有門房裏的燈亮着。「這兒不是歸國日本人的集中點嗎？」

「是呀。」

「人呢？」

「中午就都上車走了，今兒晚上在天津港上船，這會兒怕已經都啟錨了……」

「可……她讓我今兒晚上來送她的呀！」

「她是誰？」

「她叫佐藤美子。」我把畫放在燈下給他看。「就是她。」

「她？是她！您貴姓啊，同志？」

「我叫秋葉。」

「對了，佐藤姑娘給您留了一封信，這不是。」他指着小桌上的一封信，信封上寫着我的名字。我匆匆拆開信，信很短，字迹也很潦草。

大哥：

我們提前走了，這樣，我覺得反而好受些。眞對不起你，讓你趕忙給我畫畫，我已經帶不走了，留在你身邊吧，只當是我送給你的，願意收下嗎？

你問過我一個問題，我沒有回答，因爲那是一個很重要的問題，我原以爲還能見到你，看來無法當面回答你了。大哥！親愛的大哥！我尊敬你……請多保重。致以革命的敬禮！

小妹　行前匆匆

我不知道我是怎麼回到美院的，我一路上都在反覆念着那句話：大哥！親愛的大哥！我尊敬你……這是再明確不過的回答了。

幾乎有一年多，我都在暗暗戲謔地問自己：大哥！親愛的大哥，你就那麼不可愛嗎？

18

半個月之後我收到美子從日本寄來的一封信，信上詳細描述了那條歸舟上的一切。幾百個歸國者整日整夜聚集在後甲板上，幾百雙淚眼凝視着已經消失了的、曾經是敵國的異國海岸。沒有一個人到前甲板上去眺望每一刻都在靠近的祖國。他們不停地唱歌，一支接一支。美子在信上爲我列了十幾支歌曲的名字，都是中國人歌頌祖國、領袖的歌曲，其中甚至還有抗日歌曲和蘇聯歌曲。大家唱一陣、擁抱着哭一陣，哭一陣再唱一陣。許多女孩子第二天還在向看不見的中國情人揮動着中國絲巾。日本船長問他們：

「你們是回國，還是去國？你們是去會見親人，還是離別了親人？你們是日本人，還是中國人？」（あなたたちは歸國ですか、それとも國を離れるですか？あなたたちは親戚を會いに行くですか、それとも親戚と別れたですか？あなたたちは日本人ですか、中國人ですか？）

他們卻用歌聲來回答船長：

五星紅旗迎風飄揚，

勝利的歌聲多麼嘹亮；
歌唱我們親愛的祖國，
祖國多麼繁榮富強……

關於美子自己，她隻字未提。只在信的結尾處告訴我：我會經常給你寫信，也希望收到你的信。但從這封信之後就再也沒收到過她的來信了。我想，她回到祖國，重新熟悉了自己民族的語言和生活習慣，在新的工作和生活環境裏有了親人和新的朋友……對於中國的一切也就淡忘了，但淡忘得實在太快了些，我卻不能這麼快就淡忘她，但我沒法給她寫信，因爲她沒有告訴我她的地址。我只能對着畫中的她發問，她永遠是同樣的表情，清澈的眼睛裏默默含情而又隱藏着一絲說不清的憂愁。多麼可笑，這是我畫出來的美子呀！人很容易進入幻覺，特別是神聖的幻覺。所有的佛祖、耶穌、聖母瑪麗亞、穆汗默德像都是人塑的，一經塑成就要虔誠禮拜，敬畏不已。我確認我筆下的美子具有靈性，她能聽懂我、理解我，只是她不願回答我罷了。不回答我可以等待。但中國政治生活的變化不僅影響着每一個中國人的命運，還制約着本應屬於個人的、隱秘的情感。那張畫在一九五七年反資產階級右派的政治運動中被我自己毀掉了。因爲批鬪我的人們認爲那是一張新的仕女畫，是爲了懷念一個女模特兒的作品，甚至還有人說這屬於裏通外國的思想反映。你可以想得到，我是多麼悲慟，如同我被迫殺害了遠在日本的美子似的。在那場運動中，我被打入另册，被視爲全社會的敵人。美子的形像不僅不敢留在畫布上，也不敢留在思念中。後來，我眞的把她完全忘了……

史無前例的無產階級文化大革命結束後第三年十一月初，我才有機會重新走進雨花胡同靳家那個院子。一進門我才明白「恍如隔世」這句成語是什麼滋味。那座門只剩下了門框，院子裏搭建了很多間臨時房屋，所以也就沒有院子了。靳家總算還保留了北屋三間房，我不知道那麼多人怎麼能住得下，但我走進他們家的時候，屋內顯得很空曠。只看見靳明一個人，他顯然已經退休了。天還不大冷，他已經穿上了又厚、又重的灰布棉襖和棉褲，戴着棉帽，步履遲緩，目光呆滯。床上、桌上、地上舖滿了寫着大字的毛邊紙。每一張都是鄭板橋先生那句簡練而不朽的名言：「難得糊塗」。不同字體、不同尺寸、不同形式。他用隔着厚厚鏡片的眼睛注視了我很久才問：

「請問，您是哪位呀？」

「我是秋葉呀！靳明！」

「秋葉？你是秋葉？你怎麼也會老呀？」

「歲月對所有人都是苛刻的。」

「請坐，請坐！」他把我按在那張舖了一床破棉花胎的籐椅上。

「伯母呢？還有幸子？孩子們呢？」

「我媽，去世已經十來年了，就是靳星被指控爲反毛澤東思想的現行反革命份子、關進監獄那年，我們全家始終都瞞着她，可她老人家躺在床上還得聽別人給她讀靳星的信。沒辦法，只好把過去的舊信拿出來，讓幸子拿去讀給她老人家聽。也眞難爲幸子，可她也眞有點卽興發揮的才能，她只要把原信改一句話或是幾個字，一封舊信就變成一封新寄來的信了。這些舊信重新給了我媽很多安慰和快樂，直到嚥氣，她都是舒心的，她根本不知道一場民族浩刼就像洪水一樣馬上就要淹沒她的家。如果她再晚幾天閉眼睛，那她的眼睛也就閉不上了。幸子被當做日本女間諜抓走了，一時間轟動了半個北京城，日本女間諜，而且是隱蔽了二十多年的女間諜，那時候人們除了毛選四卷，什麼書也沒得看，只好看大字報，大字報把幸子的事編成了長篇驚險故事，把什麼土肥原、山本五十六、頭山滿、川島芳子全都拉扯上了。眞它媽的扯蛋！幸子會是日本女間諜？日本人敢相信她嗎？在日軍佔領北京那會兒，她背叛自己的祖國，敵視皇軍，日本政府敢依靠她？敢利用她？沒法，文革那時候，說你是什麼人，你就得是什麼人；編排你是什麼樣，就得是什麼樣。你想想，秋葉！這個家離了幸子還能是個什麼家？怎麼把生米煮成熟飯我都不會。沒想到，家貧出孝子，國難出忠臣。孩子們個個都聽話了，沒一個人調皮搗蛋的，個個學會了燒飯、炒菜。靳玲，你記得不，靳玲成了家主婆，脖子上掛着一串鑰匙，外出買米買菜，油鹽醬醋，全歸她一手包辦。幸子一關就是六七年，說這是涉外案件，什麼人都不能過問，出獄以後，檔案上還得留着「特嫌」二字，沒有工作的權利，沒有旅行的自由，每月都得到公安分局去交思想彙報，接受教育……來來回回在大街上，人們還得指指戳戳：看呀！這女人就是日本女間諜！嘀！川島芳子的搭檔。別看她如今這副可憐像，當初還了得，跟土肥原賢二、山本五十六大將都有單線聯繫。幸子的眼淚只能往肚裏流。好在那時候遭刼的不是我們一家，咬咬牙也就挺過來了。文革一結束，幸子向我提出回日本，而且要帶着孩子們回日本。一開始我還認認眞眞地勸過她。我對她說：你在中國比日本生活的時間多一倍還要多，你是抗戰前和我一起到中國來的，除了廣播，我從來都沒聽你說過一句日本話，你壓根不願說日本話。怎麼？三十多年後你要回日本？是我這個丈夫傷透了你的心？是的，我無能，多年來，我都是個庸庸碌碌的小幹部。只能給你和孩子們遮點小風小雨，過個淸苦的日子；風稍大點，雨稍密點我就無能爲力了，讓你受了很多勞累，經了不少磨難。現在不是都過來了嗎？黨中央號召我們向前看，你也應該向前看，不是嗎？你猜她怎麼回答我？她說：我正因爲向前看才覺得可怕，我不相信中國的文革眞的結束了，無辜的百姓受害的時代結束了……我對她說：我們黨的總書記胡耀邦再三賭咒發誓說：只要我還是黨的總書記，就再也不允許發動任何人迫害人的政治運動了！你又不是不知道。幸子說：到時候他還是總書記嗎？到時候他的話還有用嗎？我已經老了，什麼也不怕了，我是爲了孩子們，他們年紀還輕，應該過太太平平的日子，我不回日本，他們就去不了。我對幸子說：放心吧！他們這一代人不會像我們這一代人了！苦難都被我們受盡了！幸子說：一個人決定億萬人命運的歷史不結束，災難也不會結束。毛主席曾是中國人頭頂上的準上帝，他之後會有一個比他更有威信的人嗎？再說，那個人是上帝本人，或是一個瘋子、流氓、無賴，後果全都一樣。你能保證？靳明！我當然不能，因爲我要死在下一代之前，這是自然規律，不可抗拒，我說了保證，這個保證有什麼實際意義呢？結果我也攔不住他們，他們也拉不動我。有人對我說：成百上千的中國人跟日本毫無關係，也不懂日文，都鑽頭覓縫往日本跑，到美國，到歐洲的人更多。你精通日文，老婆孩子都在日本，你自個兒留在中國，算怎麼回事呀？老糊塗了！不怕一萬，就怕萬一，再要來場文化革命、武化革命，你還頂得住嗎？我說：我不相信，就是猪，撞到南牆上還會回頭哩！中國共產黨這麼多久經革命考驗的革命家到今天還不清醒！於是我一個人留在北京過着獨立自主的生活。老朋友們都可憐我，說我孤苦零丁，寂寞苦惱。其實，他們哪兒知道，我從來都沒有現在這麼來得個輕鬆，來得個愉快。幾十年來，集體化，高度集體化，鬧鬧轟轟，轟轟鬧鬧，躲都躲不開人羣，你擠對我，我擠對你，你踩我的腳後跟兒，我下你的絆子。現在，我既不要去上班，也不要去政治學習，雖然退休了也得到街道委員會去集中讀報，我可以稱病，現在至少有了可以稱病的權利。再說，沒有新聞的報紙有什麼好聽的？都聽了大半輩子了，留給別人聽聽吧！現在我才深刻理解魯迅先生的精神實質是什麼了：『躲在小樓成一統，管它南北與西東……』哈哈！我並非沒有自知之明，我知道我面對的只有一件事，那就是死，當你知道死亡是不可避免的歸宿的時候，當你知道那些比你橫、比你霸道、比你厲害的主也不可避免的時候，死，未必不是一件痛快事！一個人兒！一個人兒過日子有多麼美好！你不知道！小時候我看見過一次槍斃人的場面，挨斃的是個強盜，他很牛氣地大喊大叫：老子上無父母，下無妻子兒女，赤身一條。多少年我都以爲他是沒有人性才那麼牛氣，現在我有了新的體會：那個強盜並沒喪失人性，他和我現在一樣，天塌下來，也就是一個人兒的橫豎，沒有人牽腸掛肚，聽不見大哭小叫，看不見哭鼻子抹淚，當然牛氣！」

「你也不能這麼說，幸子和孩子們在日本也惦記着你。」我好不容易才在他喘氣的時候插上一句話。

「我早把醜話說在頭裏了：你們娘兒幾個去奔你們的生活，日本是個富國，可不是個懶人國，很辛苦，他們比在中國勞累十倍，別管我。幹了一輩子，到了，骨灰盒總要分到一個的，至於是什麼木頭做的？擺在哪兒？都一樣。」

「幸子他們還好嗎？」

「還可以，至少沒有『人在家中坐，禍打天上來』的憂慮。幸子雖然是個地地道道的日本女人，在日本的親友早死光了。前不久她來信說，在神戶大街上竟然會碰見美子，吉田美子，就是原來叫佐藤美子的那個女孩，現在也不年輕了。嫁給一個姓吉田的小業主，按日本習慣，也就改爲吉田美子了……對了，我記得你們有過那麼一段友情來着，還有聯繫嗎？」

「沒有，那年她剛剛回日本的時候，來過一封信，在信上她說她會經常給我來信，可後來連第二封信也沒收到過，這也很好理解，人是很容易淡忘的，多情，也薄情……」

「你可能錯怪了她，幸子在信上提到過這檔子事，她說美子一見到她就問起你，美子說頭幾年給你寫過很多信，沒收到你一封回信。她的話跟你說的一模一樣；這也很好理解，人是很容易淡忘的，多情，也薄情……你們是怎麼回事呀？」

「可我眞的沒收到過第二封信，也沒有去信的地址……」

「我既相信她給你寫過很多信，也相信你眞的沒收到過第二封信……」

「你怎麼兩面都相信呢？靳明！你說說，那些信呢？到哪兒去了？」

「秋葉！你呀！你！右派白當了，批鬬也白挨了，你應該知道那些信到哪兒去了。」

「到哪兒去了？」

「恐怕至今都還非常安全地保存在某一個安全的單位的某一座大樓的某一個庫房的檔案櫃裏的某一個抽屜裏，那個抽屜上貼着一張紙條，紙條上印着你的名字。」

「我，我就那麼重要嗎？」

「考慮國宴名單的時候，你的確不重要，可以說非常不重要；在另一方面，你就顯得特別重要了！」

「我怎麼會沒有想到呢？」

「這就是中國知識份子，永遠天眞得就像還啣着奶嘴的娃娃。」

「永遠？」

「對，永遠，歷史證明如此……」

這就是我在事隔多年以後第一次聽到美子的信息，我向靳明要了幸子的通信地址，給美子寫了一封信，拜託幸子轉給她。

一衣帶水，噴氣飛機兩個小時的航程，信件往返將近一個月。這一次我可是想到了，所以見怪不怪。美子寫了一封很長的覆信。

大哥：

收到你的來信才知道，我給你寫過那麼多信件都沒收到。當然，收到了又能怎麼樣？只不過你能知道一些我的日常生活。現在看來，你沒收到，更好。我們是兩個普通人，就是古人說的芸芸眾生中的兩個，像兩棵樹上的兩片葉子，因爲偶爾幸運的接近，相識了。常常在誰也注意不到的陰影裏悄聲細語，更多的時候是無聲的交流。其實，人與人的相知，語言所能轉達的內容是很貧乏的，重要的內容都是不可言傳的。不需要說，任何流露出心靈以外的聲音都是失眞的。有時，第一次，目光的撞擊就相知很深了。我從來沒有因爲要了解你，問過你。你告訴我，關於你的出身、家庭、經歷，只是一些印證，印證我第一眼的直感。我和你相處的喜悅一開始就包含着痛苦，就像雲剛剛聚集升空就包含着淚一樣。我知道我的直感沒有欺騙我。男人和女人的不同在於：女人隱忍痛苦的能力比男人強得多。女人可以在痛不欲生中活下去，男人不行。你一定很少看到我愁眉苦臉的樣子。當我對你有所希冀的時候，我是清醒的，清醒就是痛苦。我知道任何一個小小的可能都在千千萬萬個不可能的重壓之下。而你，大哥！原諒我的直言不諱，你比我粗心，你以爲只有一個不可能，而這個不可能來源於美子。因爲你沒看到我和你只是兩片樹葉，後來歷史的風雨雷電、季節的變幻無常，不是應了我的多慮嗎？試想，如果兩片樹葉死也不願各自飄零，結果將會如何呢？第一陣秋風就足夠了！（你的名字就叫秋葉，這難道是天數嗎？不！人人都是秋葉。哪怕你是一個時代的風雲人物：拿破崙、希特勒、斯大林、毛澤東……在歷史的疾風驟雨面前都是一片一片的秋葉，有些人的秋天來得早，有些人的秋天來得遲，有些人能認識到，有些人認識不到，後者會比前者的悲劇性更濃些）。固然，我沒預料到中國後來的變化，我曾經在日本跳着腳爲中國辯解，事實的發展讓我的辯解越來越沒有說服力。我能猜想到，每一次的災難你都難以倖免。因爲你是一個天生的戀人，（你一定知道我所指的愛情是廣意的，包括對你的祖國，你所崇拜的領袖，美好的山川河流，或是別的姑娘……）我聽北海道的獵人說：熱戀中的熊最容易捕捉，牠們變得耳目不靈、痴迷、輕信。正因爲你是一墜入情網就難以自拔的人，我才非常謹慎。也許那時候我還很小，在我的愛心裏沒有什麼情欲的成份，還不至於不顧一切放任我的情感。我在離開中國之前給你留過一封短信，我說：我尊敬你。似乎是在向你表示我並不愛你。但那是我對你說的一句唯一的謊言。正相反，大哥！我愛你，非常……但你應該原諒我，那是一句善意的謊話。如果我把我的眞情告訴你，你將會更加痛苦。讓我一個人承受雙倍的痛苦吧，這就是我說謊的動機。今天，歲月的浩波已經把往日的畫卷沖洗得非常淺淡了，我才敢把眞話告訴你。但願你寬厚地一笑了之。從前你做不到，現在卻很容易。我是一個家庭主婦，很難有機會去中國。你或許有機會來日本，正如我所期待的那樣，你已經成就爲一位有名的畫家了。我注意到你的畫、你的經歷和你的近照在日本的報刊上刊載過。如果來日本，請不要來找我，我請求你不要再見到我。你從各個角度畫過以前那個美子！那些畫也許都不復存在了，你也應該認識到，以前那個美子也已不復存在了。無庸諱言，女人的容貌、形體的變化很快，男人沒有那麼快，而且老來有老來的魅力，老來有老來的瀟灑，失去的只是輕浮，卻多了一份凝重。今天的你正是這樣，比年輕時的你更有風度。你絕不會爲了看一眼陌生的老太婆美子，去拋棄將在你的心靈中伴隨你終生的少女美子吧？我這樣說，你會覺得我太實際，是的，今日的日本就是一個實際的日本，今天的世界又何嘗不是一個實際的世界呢?!人類歷史的青春期好像已經過去了，帶走了羅曼蒂克式的理想和與此相關的所有風氣，大概已經進入了最難將就的更年期。

從你的信中知道，你現在還是孑然一身，這未必是一個不幸。祝

安好！

小妹

19

「日本人眞特別。」珍妮頗有感慨地說：「在她很小的時候就有那麼深的城府。我也很欣賞她對人生世事的看法，像人皆一片秋葉，熱戀中的態最容易落入陷阱，人類歷史進入了更年期……很形象，也很獨到……」

「是的……」我很難想像現在的美子是什麼樣。

「又是一個悲劇故事，秋葉！你讓我喜歡起悲劇來了。」

「珍妮！今天談得太多了，應該輕鬆一下了。」

「對不起，你說的很對，應該輕鬆一下，先去吃一頓中餐，飯後找個迪斯科舞廳跳跳舞，够輕鬆了吧？」

「迪斯科？第一，我不會。第二，迪斯可震耳欲聾的音響，能輕鬆嗎？」

「秋葉！第一，跳迪斯科沒有會和不會的問題，你一進舞池就會了。第二，只有強烈到震耳欲聾的音響才能強迫你中止思維活動，進入完全輕鬆的境界。看來你沒嘗試過，所以你不相信。」

她的這番解釋讓我想起文革中對我的批鬪大會，在雷鳴一般的口號聲中，我曾經有過視而不見、聽而不聞的體驗。許多次我都能在狠凶咒罵的喧囂中輕輕地朗誦陶淵明的詩句：采菊東籬下，悠然見南山。

「那就試試吧……」

我們在離開海灘時才發現：海水變黑了，風變涼了，星變亮了……

驅車進入蒙垂派克，在一家名叫「故園」的小中餐館裏找了兩個僻靜的座位。先要了一個冷拼盤和兩杯啤酒。給我們送酒菜的中國姑娘還沒走到我們的面前，我從她腿上就能看得出她曾經是職業芭蕾演員。當我再看她的臉的時候，才發現有些面熟，但我不敢肯定我認識她，她似乎感到有些意外，定睛看了我一眼，立即脫口而出叫了我一聲：

「秋伯伯！」

「你？」

「我是譚蓉，您不記得了？」

「啊！你是黃麗的同學……」

「是的，秋伯伯，您來洛杉磯是……？」

「開畫展，你來了多久了？」

「三年了。」

「都三年了……讀書?」

「讀書……」她笑了一下，我暗暗推算了一下，她大約才二十五六歲，眼角的魚尾紋已經很明顯了。「斷斷續續地讀一點……」她把酒菜放下來，給我們斟上。「秋伯伯，您先用……」看得出她還得照顧另外一個桌上的四個美國人。她上下打量了一下珍妮就退走了。

「你認識這個姑娘?」

「認識，北京一個芭蕾舞團的演員，她是黃麗的同學，也是同事。」

「黃麗是誰?」

「以後我會說到她……現在不是要輕鬆一下麼?」

「對!喝啤酒。」她用她的杯子碰了一下我的杯子。

當譚蓉把我們要的炒菜心和燴魚片端上來的時候，對我說:

「秋伯伯!您知道不知道，黃麗也來美國了。」

「她也來美國了?」我有些失態，急忙問她。「她在哪兒?」

「來過洛杉磯，沒多久就到東部去了，聽說在費城……」

「啊!」我楞住了，譚蓉說完就轉身走了。

「秋葉！」珍妮在觀察我。「要不要去費城找找黃麗？」

「不！珍妮！你不是要我輕鬆一下嗎？現在不說這些。」

「對！吃菜！不輕鬆的是你，不是我。」

「嘿……」我笑笑說。「我也很輕鬆……」

「是嗎？看不出……」

「怎麼會呢？」我連忙喝了一大口啤酒。

珍妮可能是讓我能夠眞正輕鬆下來，用筷子扣着桌面輕聲唱了一支美國鄉村抒情歌曲「All Woman」，本來可能是一支輕鬆的歌，我卻聽出了它骨子裏的悲涼，竟情不自禁地吁了一口氣。

「喝酒！」她又和我碰起杯來。接着就是不停地碰杯，又要了好幾罐。我們成了小餐館裏今夜最後的客人了。

譚蓉已經脫去了工作服，她走到我身邊來向我告別。

「秋伯伯！我下班了，您還要在美國停留一段時間吧？」

「也不會很久了，這是我在美國認識的一位好朋友，珍妮！」

「珍妮！您好！」

「好漂亮的小姐！」珍妮誇她，拉着她。「坐一會兒，可以嗎？」

「對，坐一會兒！」我給她拉了一張椅子，讓她坐下。「累嗎？」

「棻怎麼樣？」她不回答我，反而問我，顯然在廻避這個不用問就能看得出的問題。

「譚蓉！」我也不回答她。「你怎麼捨得丟掉芭蕾呢？」

「秋伯伯，我知道你要這樣問我，好像長輩必須問這樣的問題。我來美國之前就知道我會失去什麼，我也知道在美國要打工，幹粗活，也可能挨餓。我第一眼就能看得出，秋伯伯，您在想什麼，您在憐憫我，覺得我很不值得，很不體面，是一個自我降低，甚至是自甘墮落。」譚蓉突然激動起來。「我覺得正相反，很值得，很體面，而且是個自我提升。在中國，我是個舞蹈家，以後還可能有更大的聲譽。您也知道，在中國有才能、有抱負的人多着哩！過去、現在和將來，不爲人知的天才何止千千萬萬！您聽過他們的心聲嗎？您們這一代人，只顧爲自己青春時代的理想破滅沒完沒了的傷感、惋惜。提出一千個假如來，說明這種破滅並不是必然的，妄想去織補舊夢。像一羣給打傷了的老狼，一見面就比賽着舔自己的傷痕，對着月亮嚎，對着太陽哭，我們不但有傷痕，還有光榮！逮着小狼仔子就嚷嚷：打你們這一代就好了，你們還抱怨什麼？我們年輕時候，到處是槍口，到處有陷阱……如何如何，叨叨個沒完。您知不知道，我們這些小狼仔子不再像你們那樣了，你們的上一代不也這麼說嗎？比你們說的還好聽，不是早就告訴你們已經進入共產主義幸福天堂了嗎？你們的悲劇在於你們傻里八几地信了！我們不信，我們只信我們自己個兒。一個中國芭蕾舞演員，藝術家，聽到過雷鳴般掌聲的年輕藝術家，爲什麼就不能在美國端盤子？掙自己的一份麵包？重要的是我跨出了這一步，爲什麼跨出這一步？我用很多話也難以向美國人解釋清楚，他們會只概括爲一個字：窮。固然，窮是一個原因，但對大多數年輕中國人來說，窮是最最次要的原因。秋伯伯！我對您還需要解釋嗎？」

我只是老生常談地說了那麼一句，她一口氣給了我幾十句。

「譚蓉！」珍妮把話接了過去。「我需要解釋，我不是你說的那種美國人，又不是來自大陸的中國人。」

「珍妮！對不起，我從來都不會用理論家的方式來解釋某一件事，一、二、三、四，A、B、C、D，我喜歡比喻和象徵。我不知道您有沒有這種感受，當一切人都在愛護您，同時又在以各種原則使你就範，您可能活得體面、活得光彩嗎？久而久之，你會發瘋。」她忽然把話鋒一轉，指向我。「當然，秋伯伯不會發瘋，他們那一代人只會發痴、發呆！」給了我一槍以後再轉向珍妮。「如果你生活在另一種氛圍裏，可能是大森林中，甚至是面對瀑布，您一無所有，您只會有一件事驚慌，那就是溫飽。您可能活得很艱辛，但您活得會很投入。投入就够了，還要什麼？」

「太對了！」

「我想我只能說到這兒，秋伯伯，對不起了，如果有什麼冒犯的地方，我該回到我的窩裏去了。」

珍妮一把拉住她。

「譚蓉！你願意和我們去廸斯科舞廳嗎？」

「謝謝！珍妮！我很願意，但現在不行。」她轉向我：「秋伯伯！對了，廸斯科舞廳就有一種容易讓人投入的氛圍。Bye！」她向我們一招手就向門外跑去了。

「我太喜歡她了！」珍妮幾乎叫起來。「秋葉！你不覺得很狼狽嗎？」

「我很狼狽嗎？我不覺得。」我嘿嘿地笑了。

「不覺得也是一種幸福，是吧！」她當然是在諷刺我，她把手伸給我，把我從座位上拉起來。我們向坐在櫃臺背後的老板娘結了帳，老板娘口是心非地說：

「不再多坐一會嗎？先生！小姐！」

「下次吧！」珍妮向我擠了一下眼睛。隨着我們跨出去的腳步，背後的燈也一盞盞地熄滅了。

我們走進一家名叫「Waterfall」的廸斯科舞廳，音樂的巨大聲浪的漩流立即把我和珍妮捲了進去。如醉如痴的人們根本就沒看見我們，都把眼睛交給了音樂。也不在意誰在誰的身邊，配合得十分和諧的強烈節奏和旋轉燈光構成的是一個魔幻境界，一切有形和無形的桎梏都丢在門外了。珍妮如魚得水一般自由地扭動起來、搖擺起來、旋轉起來，時而面對着我，時而完全把我丢開。我很自然地跟着節拍，也很自然地隨着音樂的旋律扭動，而且與所有的人保持着協調，正像一片樹葉和一棵大樹一起與風嬉戲。我和珍妮是兩片對稱的葉子，音樂聯結着我們，在光的雨點和閃電中翻飛。我大概從第二拍就自如了，像進過一百次廸斯科舞廳的小男孩那樣瀟灑。當一位黑人女歌星開始以尖銳的嗓音歌唱的時候，音樂加強了一倍。所有的人都變得更加興奮，形體也就隨之而變得更加誇張。八級風立卽升爲十二級。我聽不清她在唱什麼，我只知道她因渴望而自由地呼喚，純眞得如同十二歲的女孩，眞摯得讓你顫抖。她擎着麥克風走到舞池裏，和她遇到的任何一個人共舞，用最率眞、最忘情的聲音去擁抱每一個人。當她和我相遇時，恰好是在用極高的假聲在拉一個長腔。她摟住我的肩膀，緊閉着雙目，讓我和她一起去感覺她的陶醉。我不知道、也沒有去想她是否注意到我的亞洲人面孔。接着她旋出舞池，像一支大軍團的指揮官，用歌聲下達衝鋒陷陣的命令，不是去拋擲頭顱灑熱血，而是去拋擲煩惱。她指揮的不是士兵的軀體，而是他們的靈魂。她是那樣威武、神聖，誰也不敢違抗她，誰也不會懷疑戰爭的正義性，誰都知道共同的信念是：歡樂必勝！高潮如同凱旋，電聲樂隊奏出輝煌的合聲。樂隊在不知不覺中轉入夕照下溪流般的慢板，燈光的旋轉由慢減弱，最後只剩下一把小提琴在演奏，滿弓揉弦，間或出現一句加了弱音器的小號，人們從亢奮滑入眞正的夢遊狀態，看不見人的面目，只能感覺到他們的存在，偶然會閃亮一縷星光，一閃卽逝。就在這珍貴的一瞬間，人們可以看到相互的眼睛、變了形的輪廓和飄飄欲飛的四肢。珍妮移向我，是她，一定是她，我們沒有誰先、也沒有誰後地投入對方的懷抱！她的臉頰貼在我的臉頰上。音樂托着我們在輕波上蕩漾。我聞到了她那鬢髮間散發出的氣息。同是灼熱的面頰。我產生了一種要尋找什麼的願望，當我尋找到了以後我才知道，我尋找的是她的嘴唇。我們的嘴唇已經溫柔地相吻着，樂曲更弱了，更柔情了，幾近於無，卽使休止過十拍也沒人知道。當燈光和音樂同步復明的時候，全場爆發起一陣熱烈的掌聲和歡呼。我才發現我們的眼睛都是剛剛才睜開。

我們走到兩個空座位上坐下。音樂重又震天價響起來，她像傻了一樣，看着那些繼續搖擺着的人們，久久不出一聲。我在她的身邊大聲問她：

「珍妮！要不要喝點什麼？」

她聽不淸，問我：

「什麼？」

「我是說你要不要喝點什麼。」

她點點頭，我正要叫侍者的時候，她猛地轉過身來，抱住我，狂熱地吻我。

雷鳴電閃般的廸斯科舞廳裏，卻像死一樣寂靜……

凌晨三點，我們才從「Waterfall」走出來，儘管街道上的燈光很暗，一出門我就不敢看她了。我沒有坐在她的旁邊，獨自坐在後排。

在阿爾蒙索街我的寓所門前停住車，我打開車門走出去，我不知道該怎麼辦，是道聲晚安？還是請她上去坐一會兒，我背着她，她也沒出聲，我等待着，也許她也在等待。街道上渺無人迹。過了很久，我只好轉過身來，我看見她正伏在方向盤上，好像睡着了。我用手指輕輕叩了叩玻璃窗門，她把車窗搖下一半，冷冷地告訴我：

「等我的電話，明兒……也許我會請你去我那兒……」這句話一說完，車就啟動了，一個快速倒車，然後飛似地馳去了。

20

下午三點鐘，珍妮來接我的時候，我已經站在門前恭候着她了。她問我：

「願意去我家做客嗎？要反悔，現在還來得及。」

「願意。」

「也許那不能稱爲家。」

路上沒說話。

她住在被稱爲「維尼斯海灘」、面向大海的斜坡上，是一所木結構的房子，兩層，樓上有一間小臥室和一間起居室，還有一個裝有白色活動帆布蓬的陽臺，樓下是客廳和廚房。臨海的房子一排一排靠得很緊，但很安靜，也許是有些房子只在夏天才住人。客廳中間是一架鋼琴，牆上掛了十幾幅歐洲古典黑白版畫，只有一張有色彩的畫，就是他在我的展覽會上買的那幅水彩畫「江南水鄉」。散亂地擺着幾只可以移動的小沙發。她沒有讓我在客廳裏就坐，帶我上了樓。她早在陽臺上擺好了一對白色沙灘躺椅，活動几上擺着七、八種不同的酒和飲料，還有薯片和各種果仁。她先到臥室去換了衣服，是一件藍色絲綢短袖便裝，一條白絲巾紮着頭，使海風不至於把她的頭髮撩亂。她也許是特意不化粧，讓下午的陽光給她塗上色彩，這樣我覺得反而更眞實、更親切些。

「秋葉！到這兒，我可不侍候你，願意喝什麼自己動手。」

「好的。」我給自己倒了一小杯白蘭地。「你……」

「你也別侍候我。」她躺在我的身旁，看着海與天接壤處正在醞釀着飛翔的雲霧，問我：「你……今天早上回去以後是不是沒有馬上入睡？」

「是的。」

「在進行自我批判？」

「珍妮！」我被她逗樂了。「沒那事。」

「那想什麼呢？」

「什麼也沒想……」

「秋葉！不是沒想，是沒敢想吧？人，起碼應該有想的權利，包括邪惡的事都有權利想。你好像還是秦始皇的臣民，腹誹當誅，嚇怕了，習慣成自然……可你要知道，不敢想的畫家能成就爲一個大畫家嗎？俄國的伊凡雷帝殺死自己的兒子，列賓並沒看見過，他可以畫出來，舉世公認……」

「這是兩回事。」

「不！秋葉，梵．高連飯都吃不上，他什麼都敢想。」

「我是一個中國畫家。」

「中國畫家怎麼樣？是不是又要把國情論搬出來？中國畫家到美國來開展覽？爲什麼？不要狡辯，你是故意搪塞。」

「珍妮！什麼也別問。」

「偏要問，不問我怎麼能知道？」

「不知道更好，你問我想什麼，我說什麼也沒想，你說不是，是我什麼都不敢想，把俄國畫家列賓，荷蘭畫家梵．高都扯出來了，我承認，我是個不敢想的畫家。」

「調皮！你不敢想，我可是敢想，我今天早上回到家忽發奇想，你和譚蓉說的那個黃麗或許……是你和某一位女士的私生女兒……」

我想笑，但沒笑出來，她以爲她猜中了。

「我看見譚蓉提到黃麗，你的臉色都改變了，眼神裏有一種黯然神傷的東西，你說是不是？我是不是給你拿一面鏡子來，你看看你現在的臉色，眼神……」

我嘆了一口氣，輕輕拍拍她的手說：

「別瞎猜了，珍妮！要是眞像你說的那樣，黃麗是我的私生女兒，她媽媽的結局要好得多……」

「什麼？黃麗媽媽的結局不好嗎？」

「不好，……很慘……」

「她媽媽是做什麼的？」

「演員，話劇演員，很優秀的話劇演員……」

「對不起……」她抓住我的手。

我從小就愛看戲，不管什麼戲，我都去看，沒錢買票就翻戲園子的牆，鑽進後臺偷看演員們往臉上塗胭脂抹粉換行頭。我也是最好的觀眾，很容易投入，只有鑼鼓一響我就像中了魔似的，動不動就落淚，明明知道是演員扮的人物，還要爲他們擔憂。看「水淹七軍」，關老爺出臺之前的那個馬童如果跟頭翻得利索，一折戲下來，我的手都得拍腫了，嗓子喊得連娘都叫不出。我在美術學院讀書那些年可是大飽了眼福，那時候的北京，四大名旦都還在不斷登臺，梅蘭芳的「貴妃醉酒」，臥魚兒還能臥得下去。程硯秋乍一出場能把人嚇一跳，觀眾中竟會有人小聲說：「嗨！公共汽車……」說他胖。等他一展水袖，馬上就是個滿堂彩，一段西皮二六轉流水下來，叫好聲就像炸雷。裘盛戎的黑頭把京劇藝術推進了一個時代，他的表演和唱腔才眞叫不同凡響。陳舊的程式都掩蓋不住人物的性格光輝，每一句唱都讓人驚心動魄。還有空前絕後的小生葉盛蘭，人稱活周瑜。晚年登峯造極的老生楊寶森，儒雅悲愴，雲遮月的嗓子，韻味無窮。至於李少春、李萬春、張雲溪、張春華，當時只能算等而下之的演員了，實際上他們也進入了大師級的水平。偶爾還可以看到武生行的一代宗師蓋叫天從南方到京城一展英姿，可惜的是楊小樓謝世太早，沒趕上。地方戲裏的名角也經常進京獻藝，川戲裏的旦角陳書舫，丑角周企何。山西梆子裏的女鬚生丁果仙，漢劇名旦陳伯華……眞是燦若羣星，目不暇迎。話劇也有過一個很短時期的鼎盛時代，石揮、于是之、舒繡文、藍馬和一大批後起之秀，除了上演中國戲以外，也演外國戲，如莎士比亞、契可夫、易卜生……一開始，我不大敢看中國人演外國戲，鼻子上粘一塊多餘的東西，頭上戴着沒有光澤的假髮套，可以說是在裝腔作勢，難以接受。我總在避免看這種演出。也許是命該如此。一臺由幾個話劇院聯合排練的莎士比亞名劇「羅米歐與朱麗葉」預演那天，報社派我去畫劇中人物速寫，配合評論文章發表，那時候我剛從美院畢業，分配在報社擔任美術編輯，這是第一個任務，可能還帶有考試的性質，不能不去。我是硬着頭皮去的，只求草草畫幾個人物速寫交差了事。為了畫速寫的方便，劇場給我留的座位是第一排。誰知道大幕一升起來，我就被吸引住了。這臺戲從佈景、化妝、服裝到表演都不刻意求洋，朱麗葉的頭髮都沒染黃，而是演員自己的黑頭髮。他們注重的是感情的眞摯和人物性格的鮮明。這樣一來，觀眾也不在乎他們是什麼人，洋人或是中國人，古人或是現代人，只把他們當做和自己一樣的人。扮演朱麗葉的演員就是黃麗的母親黃景芳，非常年輕——我說的是她演朱麗葉的時候，只有十七歲，戲劇學院表演系的二年級學生。我幾乎沒察覺她是在表演，坐在我的座位最容易發現破綻。她在舞臺上眞誠而又熱情，沒有一秒鐘意識到要表現自己的苗條身材和秀美的容貌。我幾乎忘了畫速寫，一直到第三幕，我的速寫本落在腳上才使我省悟：我幾乎壞了大事。我接連畫了十幾張人物速寫。至此，我恨不得把她的一顰一笑、一舉手、一投足都畫下來。有幾幅是在沒有燈光的黑影中信手畫下來的。在劇終之前，我畫完了一張躺在石棺上的朱麗葉，裙裾拖在地上，從腳尖到頭頂那根長長的曲線，我只用了一筆，可以說是神來之筆。（一年後，當我在昆明看到西山睡美人的時候，我幾乎懷疑老天是按照我的畫堆砌的山峯。）三天後，我應邀參加他們劇組召集的討論會。認識了一大批大名鼎鼎的導演、演員和戲劇評論家。黃景芳很謙遜地縮在一個角落裏，而且還藏在一位大演員的背後，像是一個誤入這間藝術家們羣集的會議室的一個中學女生。身穿白綢襯衣和黑色的背帶裙，胸前還別着一枚校徽。但她躲不過畫家的眼睛。當會議主持人介紹到我的時候，她伸出頭來看看我，一臉喜不自勝的樣子。在她被人拉扯出來發言的時候，我又給她畫了一張速寫。散會後，我特意走向她，她好像也在等我，她有些害羞地叫了我一聲：

「秋葉老師。」

我把剛剛畫的那幅速寫從寫生簿上撕下來送給她。

她笑得抿不住嘴，她說：

「請你簽個名好嗎？秋葉老師！」

我在畫的一角簽上名字和年、月、日。

「謝謝您，秋老師！請多多批評。」

「不客氣，我也是剛出校門的學生呀！」

「是嗎？」她看着我，很感意外，我大概不像是剛剛走出學校門的學生。我問她：

「我太老了，是嗎？」

「不！秋葉老師，我是覺得您很成熟，畫得這麼好，不是一般的好呀！秋葉老師！我眞不知道您怎麼能畫得那樣好，那些線條是怎麼出來的！」

「我第一次畫舞臺人物速寫。」

「那就更了不起了。」

「可別這麼說，如果說我了不起，你就更了不起了，一個還沒畢業的學生就……」

「瞧您說的，秋葉老師！」她眞的羞紅了臉，向我伸出小手，我握住它，多在我的掌中留了一會兒。

這次分手，一晃就是三年沒有見過面。人生的機遇有很多偶然性。三年中，我抓緊時間外出寫生，跑了一趟大西北，敦煌、青海、新疆，又去了一趟貴州和雲南。有時候腦子裏會突然出現一下朱麗葉的形象，很快就排解掉了，因爲我覺得自己很可笑，只和她一面之識，她還是個大學生。如果我到學校裏去找她，她的老師和同學一定都會笑我的。據說他們每天學的就是察顏觀色，猜測別人的潛臺詞，從語言和表情去尋找動作，我眞害怕這些自以爲都能成爲表演大師的年輕人，見到任何人都會當做心理解剖的對象。他們要是拿我的行爲當做題目在班上開個討論會，叫做：他是一個什麼樣的追求者？當着黃景芳的面對我極盡諷刺挖苦之能事，雖然是缺席審判，我也不能忍受。我特別在乎的是她怎麼想。經過這幫子準戲子的剖析，我肯定會是個小丑。這就是我對戲劇學院望之卻步的原因。

三年後一個雪夜，還是爲了給報紙畫舞臺人物速寫，又一次見到她。她已經畢業了一年多了，由於她的學習和實踐成績優秀，首都和各省的話劇院都到學院去要她，但最後還是分配在北京的一個話劇院，這個話劇院除了條件優越之外，院長的資歷很老，比很多部長的資格都老，由他出面，一個電話就把黃景芳要到手了。到劇院的第一年就扮演了好幾個中外古今的女性，擁有大量的觀眾，只要晚上有她的演出，一定會爆滿，開演以後一刻鐘門口還有一大堆「垂釣者」。那天演出的是契可夫的「海鷗」，她扮演少女寧娜。她在第一幕一上場就讓我怦然心動，她的第一句話像是對我說的：

「我沒有遲到吧……當然我沒有遲到。」——是我熟悉的聲音，又是一個使我耳目一新的角色。當她說到：「我卻像一隻海鷗，給這湖水迷住啦……我的心充滿了你。」我像是在發燒似地索索顫抖。我一直在自言自語：我一定要在演出以後見到她，不管她的同事們怎麼看。我在幕間休息時寫了一張條子，託領座員爲我送到後臺。

黃景芳同志：

我不知道你還記不記得我？散戲後我在劇院門口等你，很想見見你。

秋葉

領座員五分鐘後又回到我身邊，把那張紙條交還給我，我接過紙條心都冷了，我以爲這是她拒絕和我見面的表示，我正要撕掉那紙條，領座員叫道：

「別！她在紙條上寫了回話。」

多麼危險！如果領座員不及時提醒我，我就會把紙條撕掉。即使她再來找我，我也不會諒解，這個誤會會永遠割斷我們之間的聯繫。我把紙條打開，看見她匆匆用眉筆寫下的回話：

不要在門口，太冷。到化妝間來。

我的靈魂從凍得昏迷、僵硬的軀體中突然恢復了活力。她還是我和她初會時的那個大學生，謙遜、熱情。時間並未成爲我們的障礙。但從朱麗葉到寧娜，她的表演藝術卻前進了一大步。幕落之後，演員向觀眾謝了四次幕，好像她在人叢中發現了我，向我投來親切的一瞥。觀眾逐漸散去，領座員領着我從側門進入後臺，在一間小小的化妝間叩了叩門，那是一間主要演員獨用的化妝室。黃景芳拉開門，她臉上的油彩還沒有擦去，穿着長長的卸妝服。

「秋老師！對不起，我不得不請您看我卸妝了，請坐。」她給我拉了一張椅子。我只好坐下，把大衣掛在衣架上，衣架上掛着她的棉猴兒——那是五十年代北京很流行的一種連帽棉大衣，清一色都是藏青。她坐在化妝臺前，對着鏡子用柔軟的卸妝紙擦去臉上的油彩。我對她說：

「以後別再叫我老師了，我並不老，是不？」

「老師並不都是老人呀！秋老師！」

「你再這麼叫我就走了。」我當然不會走，只不過是一種親切的威脅。

「可我該叫你什麼呀？」

「直呼其名不好嗎？」

她慢慢搖搖頭說：

「我現在對你有了一點了解，你雖然並不比我大很多，可你是一位經過戰爭考驗的革命小前輩，你上大學的時候就不是一般的學生……」

「誰告訴你的？」我暗自有些得意，我所得意的並不是她的讚譽，而是她對我還進行過了解，即使是無意的。

「我們的舞臺美術設計就知道呀！」

「就算是個老兵，也不能算是個老師呀？老兵怎麼能和老師畫等號呢？別再叫了，我很不自在。」

「那好，就依你，秋葉！」

「太好了！景芳！」我自己都不覺得，竟會叫她景芳，不連着姓叫一位女士，表明相互間的關係親切。叫出口以後我有點後悔，怕太冒失了。我從鏡子裏看到她抿着嘴有些笑意，說明她至少並不反感。

「景芳！有三年沒見到你了，你的情況我也有些了解，特別是近一年，演了這麼多角色，每一篇評論文章我都讀過，眞爲你高興。」

「謝謝您，您也不來看我的演出，怕我這個學生向您請教？」

「又來了，景芳！以後也不許您呀您的，這麼客氣我坐不住。」

「可我一下還改不了口，您……你這些年跑了很多地方吧？」

「大西南、大西北都去過了，畫了很多很多素寫，今年外出的次數才少一些。」

「我眞羨慕你，能到許多很美的地方去寫生，去不了，聽聽你的見聞也好呀，什麼時候你有時間，聽你談談。」

「只要你有空，我就會抽出時間。」

「好的，哪天去看你。」

「看我，那可不行，你要去找我，我們單身漢宿舍的門窗都會給擠破，報社裏的同事都要看看名演員在臺下的風采。」

「那我就把你請到我那間小屋去。」

「但願早一天得到這個榮幸，我眞不敢有這個奢望。」

「就怕到時候請不動。」

「只要你給我來個電話，我立刻向你報到。」

「好！一言爲定。」

她走到屏風背後一邊換衣服一邊問我。

「你整天坐在畫室裏不出門，覺得累嗎？」

「不！一點都不累，完全忘了時間，也不知道什麼是累，什麼是不累，經常一天只吃一塊麵包。」

「一樣，秋葉！演員在創造一個角色的時候也會廢寢忘食，每天晚上都要去經歷一次激情人生，要哭、要笑、要叫、要喊、要愛、要恨，當然要付出很多心血、精力、汗水和淚水。同時，也多了一次人生哲理的領悟，莎士比亞、契可夫、老舍……他們寫出了多麼智慧、多麼幽默的語言！每當我演出以後，回到宿舍，夜很深，但我很久不能入睡，會情不自禁地自言自語：多好！那些人。長時間走不出劇作家爲我們營造的美妙氛圍，一切都是那麼生動，生動就是美，對不對？秋葉？」

「對！」

「演戲，多好！活着，多好！你三年前給我畫的舞臺人物速寫，至今我都裝在鏡框裏，掛在我的床頭，每天我都要看着它說：這是怎麼畫出來的？鉛筆怎麼會畫出那麼奇妙、準確的線條呢！人物的情緒、性格、服飾、姿態全都在那些線條的流動中形成。畫面是靜止的，但誰都能從靜止的畫面中看到——或想像到人物內心衝突和外部動作。」她穿好衣服從屛風背後走出來。「我相信，藝術家只有在藝術創作中才能感覺到幸福……」

「你的體會很好、很美，也很對。」我把畫夾打開，把我今晚畫的幾幅速寫放在她的化妝臺上，她像小女孩似地叫道：

「秋葉！你一進門就該拿出來給我看。」

「我是想一進門就給你看的，因爲你在卸妝呀！」

「卸妝怕什麼？先看後卸妝也是一樣的。」看畫的時候她久久沒有出聲，我猜測着：不喜歡？她從第一張看到最後一張，又從最後一張看到第一張。有些只是人物的一個局部，或是頭像，或是一隻手，或是一隻走動的腳……我只好靜靜地等待着她的褒貶。驀地，她抬起頭，我看見她的眼眶裏滾動着淚水，我立刻就知道了，我等到的是多麼熱情的讚美。我對她說：

「所有的都送給你，等今晚製了鋅版以後，全都可以給你。」

「不！秋葉！我不敢收這麼貴重的禮物，還是你自己保存着吧，我可以剪報。」

「景芳！我是眞心眞意要送給你的，保存在你那裏或許會更好些……」

「那我只好接受了，請你給我一個可以找得到你的電話號碼，我給你電話，再定我們見面的時間，好嗎？」

我一邊給她寫電話號碼一邊說：

「太好了，景芳！現在我必須先趕回去把畫稿先讓夜班編輯選定製版，先走一步，很可惜，不能陪你在雪地上走一段路……」

「以後會有機會，別誤了工作，快走吧！」

我穿上大衣，和她握別，匆匆從邊門走出劇場，迎着風雪大踏步地走在大街上，夜很靜，雪在我的腳下咕咕發響，敞着大衣，卻一點都不覺得冷。

21

第二天下午就接到了黃景芳的電話。她告訴我：

「很糟！秋葉！今天特別忙，上午導演照例要談談昨天晚場演出中的問題，下午政治學習，不好請假，晚上演出。」

「那就改天吧。」

「你不是想陪我在雪地上走一段路嗎？」

「可你……哪有時間……？」

「散戲以後，十點一刻，我在王府井南口等你，不見不散，記住了嗎？」

「記住了，可……」沒等我把「你不累嗎」說出來，她就把電話掛斷了。

當晚十點，我就等在王府井南口了。那時候北京夜間十點行人已經很少了，汽車也很少。街口的風雪特別大，五分鐘我就成了一座雪人兒。剛十點一刻，一個穿棉猴的人氣喘噓噓地奔到我面前，她打量着我，試探地叫了一聲：

「秋葉！」

「啊！景芳！眞準時。」

她要脫下棉手套和我握手，我用沒戴手套的手抓住她的手，不許她脫。

「猴冷的，別脫。」

「走吧，向西。」

「好的。」我們向西走過北京飯店，沿着紅色的宮牆緩緩走去。風小了，雪花很大，但無聲。她仰着臉，讓雪花落在臉上，落進脖子裏。她對我說：

「我早就想靜靜地在長安街的雪夜裏散散步了，又不高興一個人，更不高興找個哆哆嗦嗦、語言乏味的伴兒，並不是所有的人都能欣賞雪夜的美……」

「是的……」

她挽着我，我們不約而同地沉默了下來，靜靜地接受雪花的撫愛。風搖曳着裏有很厚一層冰雪的電線，樓房裏那些燈光像是一支臨近尾聲的樂曲的一些音符，漸漸由弱而消失。經過天安門的時候，銀妝素裹的御河橋和華表吸引住了我們，我們呆呆地站立了很久。還是沒說話，皇宮、宮門、華表上漢白玉雕刻的盤龍、一切歷史政治的極權象徵都被雪覆蓋住了，整個的都變成了一個巨大的、晶瑩剔透的藝術品，抽象爲兩個字：純潔。雪花在空曠的廣場上自由地飛舞。我們特意從廣場中間穿過，想在無垠的雪地上留兩行我們的腳印，長途跋涉，從御河橋到前門箭樓下，再回顧身後時，我們的腳印已經全都消失了，剩下的只有我們腳下的兩對了，一旦抬起腳再前進的時候，腳印又會被雪花塡平。我們並沒有點破各自的想法，但我們知道我們的想法是相同的，幾乎是同時回顧身後，同時抬起腳，相向會意地微笑。雪地上行路人的腳印是留不住的，沒有雪的地上又何嘗能留得下腳印呢？人啊！走就是了，生命的歷程就是生命的全部，至於留下了什麼，那是生命以後才具有意義的事了。

「秋葉，你冷嗎？」她問我。

「你冷嗎？景芳！」

「你替我回答……」

「一點都不冷……」

「回答得很好，五分。」

「謝謝！」

「秋葉！聽說我國西北、西南都有一些常年不化的雪山，你看見過嗎？」

「當然看見過，非常壯觀，新疆的天山山脈就有許多永不溶化的雪峯，西藏、雲南也有。」

「你登上過那些雪山嗎？」

「登上過。」

「你太幸福了！」

「是的！」

「你能夠對我說說你的感受嗎，純粹的感性的反應？」

「當然能，我們遠遠看到雪山，非常安靜，像是用一種發亮的白色合金澆鑄成的，似乎可以用手去撫摸它。可是，當你眞的登上了雪山，它的眞面孔恰恰相反，風非常猛烈，時時都在製造着雪霧、冰雹，而且還有十萬陣雷齊聲轟鳴一般的雪崩……冰川像刀，像劍，像億萬把匕首和矛槍！她們本來應該是自由流動，委婉歌唱着的流水……但使我震驚的並不是冰雹、雪崩和冰川……」

「是什麼？」

「是杜鵑花。」

「是杜鵑花？」

「對，那次我在翻越進入藏東的白馬雪山是六月中，在五千公尺高處向山谷下俯瞰，一片熊熊火焰從谷底奔騰而上，我好像能聽見呼呼燃燒的聲音。仔細一看，不是火，是盛開的高山杜鵑花，她們在一寸一寸地向上溶化着積雪，好像要把千年雪山上的雪全都溶化掉。那景象我永遠都不會忘記。花朵何等柔弱，生命也很短暫，卻要去燃燒雪山，年復一年，年年都在三千公尺的山腰裏凋謝、熄滅，重又被冰雪覆蓋，再去經歷一個漫長的冬季，等待下一個遲遲來到的春天……」

她被我描述的畫面震撼了，一分鐘以後才發出讚嘆：

「太美了，太美了，可這景象只是一個畫面嗎？它好像有很深刻的寓意，但我一時還說不清到底是什麼……」

「可惜雪山上只有冰雪，沒有水，我沒能用水彩紀錄下來，我曾經對自己有過一個解釋，是不是可以說：活潑潑的生命，很柔弱，卻敢於向冰冷的絕對強大的死亡挑戰……」

「很有意思，但好像還不只這些，請原諒！我連這樣的解釋都說不出，我太幼稚了，秋葉！」

「不！本來就不應該解釋，因爲不可能解釋清楚，我覺得我們已經是好朋友了，一張口就說出來了。」

「難道我們不是好朋友嗎？」

「正因爲這樣，我才覺得什麼話都能對你講，我也不滿意這個解釋，還是那句話，有時候形象的力量的確大於思想，大得多，也豐富得多……」

「是的，也許我們一生一世都認識不到它所包含的全部意義……，我眞羡慕你，能行萬里路，讀萬卷書，你眞的會成爲一個了不起的畫家。」

「你已經預言過一次了。最吸引我的不是大畫家的頭銜，倒是繼續行路和讀書。」

她借着路燈的光看了看手腕上的錶。

「呀！很晚了！秋葉，該回去了。」

「好，坐有軌電車吧？」

「好。」

我們手拉手跑到電車站，來得早不如來得巧，一列空空如也的電車開過來了，昏昏欲睡的售票員打開門讓我們上了車，關上門，他的頭又垂到胸前了。我們把月票放在他鼻子底下他也不看。我們擠在車廂的一個角裏。司機不再擔心有人橫穿馬路，開得飛快，而且一路都踩着噹噹響的車鈴。司機大概想打破雪夜京都的寂靜，我們就像坐在一輛老式的救火車上，別有一番情趣。景芳高興得大笑，笑一陣子之後才想到我們該分手了，問我：

「秋葉！星期天你有空嗎？」

「有空，只要你有空。」

「不畫畫？」

「可以不畫。」

「爲了我？」

「對。」

「那好，偶一爲之。星期天上午九點到我那兒，我請吃餃子。」

「你會包餃子？」

「包餃子誰不會呀？」

「我就不會。」

「得，正好星期天學學。」

車到東單站，她指着路北第二條胡同告訴我：

「看見了嗎？就那條胡同，二十五號。」

我要下車送她，她堅決不許，售票員也怕我一下一上耽誤時間，拉住我的胳膊說：

「啥時候了，還有功夫十八相送！」說着把門給關上了。

我只好貼着後窗目送她走進胡同，在胡同口她還向已經離開她很遠的電車招了招手。

星期天上午九時，我準時趕到。她住在一個四合院的東廂，那間小屋實際上是一間長方形的大房子隔成四份之中的一份，沒有天花板，四間小屋同在一個屋頂之下，聲息相通，牆是單磚砌的，誰家地上落根針，四家都能聽見。景芳住在靠北頭的一間，大約只有十二平方米。看樣子這是劇院年輕演員的宿舍，她能單獨住一小間算是對主要演員的特殊照顧了。我從走進大門開始，就不得不接受一些陌生的、審視的目光。景芳見我準時到，很高興。她肯定已經忙了一個早晨了，寫字臺上放着拌好了的餃子餡，猪肉韮菜。麵盆裏的麵也和好了，擺在床上用報紙墊着。帶煙筒的煤火爐子上燒着一鍋水，也開始在輕輕地歌唱了。牆上除了一面圓鏡，就是一個鏡框，鏡框裏夾着我畫的那幾張速寫。我脫了大衣，她接過去放在床上。

「坐！我這兒只有一張椅子，請坐。」

椅子擺在火爐、寫字臺、臉盆架和床中間的一個夾縫裏，我如果坐下來，前胸是水，後背是火，連走路的地方也沒了。

「我看我還是別坐了，幫忙包餃子吧。」

「包餃子也不能站着包呀？」

「不站着也不行呀？擀皮兒的不能不坐，你擀皮，我試着包，包餃子總比擀皮兒好學吧？」

「行，你包餃子，站着，我擀皮兒，坐着，委屈你了。」

「社會分工不同嘛！委屈什麼！要洗手嗎？」

「你說呢？」

「我說要洗手。」

「我把洗手水都倒好了，在臉盆裏，肥皂、毛巾……別急着伸手！」她從熱水瓶裏又往盆裏倒了些熱水。「好好洗洗，不洗乾淨準保會包出些彩色餃子來。」

我笑了，很認眞地洗了手，第一盆水確實很有色彩，她幫我端出去倒了，又換了一盆水，再洗了一遍，擦乾之後，她學着幼兒園老師的口氣對我說：

「秋葉小朋友！把手伸出來給阿姨看看！」

我把手伸給她，她一隻一隻、一面一面地檢查通過，讓我舉着手，像個臨床做手術的醫生，等着她擀皮兒。

她坐在寫字臺前，把玻璃板當麵板，揉麵，分成團兒，壓平。擀成第一張圓片兒的時候，她把圓片兒放在左手掌上，用右手拿筷子夾了一些餡放在圓片兒上，折合起來，雙手一擠，一個餃子就誕生了，她對我說：

「看清楚了嗎？」

「看清楚了。」我把她做出的成品托在掌中仔細地觀察了一回。「這還不容易！」

「試試看，別不虛心。」

我如法炮製，第一個餡太多，一半都擠出來了。第二個就成功了。

「怎麼樣？這不是學會了嗎？」

「只能給你三分，美術家應該講究點形式美。」

「好的，請看下一個。」果然，第三個就是一件接近完善的藝術品了。

「不錯，再接再厲，包！」她加快了擀皮兒的速度，我也加快了包的速度，包好的餃子只好擺在鋪了紙的床上。我們的合作越來越協調，全部包完，數了數，一共一百零五個。

「滿了一百，還能超過，但這是個奇數……」她用擀麵杖的兩頭在桌上敲出「鬪牛士之歌」的節奏。「這是個好、還是個不好的預兆呢？」

「嗨！無論什麼數，都是好兆！」我當時就敏感到，她的內心深處潛伏着一種宿命意識。我重又洗了洗手，鍋裏的水也大開了，她指揮着我下餃子。她說：下！我就下。她說：點冷水！我就點冷水。她說：拿盤子來！我就把她早就洗乾淨了的盤子端給她。一百零五個餃子盛了滿滿兩大盤。她把那張唯一的椅子讓給我，她自己坐在床邊上。每人手裏端着一只醋碟，開始一邊吃、一邊自誇。我吃了三十五個就飽了，她只吃了十九個，爲了湊個偶數，她又強塞了一個。還剩下五十個。她給自己和我各盛了一小碗餃子湯。她說：

「老人們說：原湯化原食，剩下的晚上用油煎煎吃。我去洗碗，你沏茶，沏茶會嗎？茶葉筒在右邊第一個抽屜裏。」

「會。」我老老實實地說：「不就是往杯子裏放茶葉，用開水沖嗎？……」

「對！」她用臉盆把該洗的碗和碟子、盤子一下都端出去了，一隻手裏還提着熱水瓶。

我沏好了兩杯茶，坐在那張椅子上呆呆地環顧每一個角落，包括床下，床下用磚支着一塊木板，木板上堆着好幾百本書，枕邊是一本泰戈爾的散文詩集。四壁的石灰已經脫落得像世界地圖了，我站起來用手量了量四壁的面積，我計畫給她畫一幅長卷把牆全都遮蓋起來。畫什麼呢？畫她沒有看到過的雪山，山谷裏燃燒着的杜鵑花，盤旋在雪山頂峯上的大鷹。這時，她回來了，很奇怪地打量着我。

「怎麼了，第一次來就覺得沒意思了，一個人坐在那兒發呆。」

「不是，我正在想怎麼才能把你屋裏的牆壁翻翻新哩！」

「翻新？」

「不！應該說是美化，我打算給你畫一張長卷，整個地把這幾面牆全都遮起來，讓你生活在大自然裏……」

「秋葉！那怎麼行，那要花你多少時間呀！」

「花再多的時間我也願意。」

「謝謝你！不過我還是覺得不敢讓你花這麼多的時間和精力來美化這幾面破牆，以後再說吧。要是你有時間，我眞願意聽你談談邊疆見聞，一定很棒！」

「是的，每一個民族，每一個地區都有自己的個性，處處都讓我驚奇，我說的不但是從美術工作者的角度，從任何一個角度看都讓人讚嘆不已。現在我才知道，明代的旅行家徐霞客，爲什麼會終生在旅途中，以苦爲樂，百折不悔，多少次幾乎把命給斷送了，還是興致勃勃地走遍名山大川……可惜的是，誰也不可能發現大自然中所有的美和神奇。」

「可是我覺得最可惜的是什麼你知道嗎？」

「不知道。」

「可惜你不是一個大姐姐。」

「什麼？爲什麼我要是個姐姐。」

「你要是個大姐姐，就可以住在我這兒，天天給我講。」

「你應該說，可惜你不是暴君山魯亞爾，我不是山魯佐德。如果你是暴君山魯亞爾，我是山魯佐德，我能給你講一千零一夜。」

「唉！『如果』有什麼用！」

「景芳！你怎麼還眞地犯愁了，只要有空，你不是山魯亞爾，我也會給你講，像現在就可以……」

「現在這樣是很難得的，吃完餃子剩下的時間還有多少呢！可能剛剛講到最精彩的地方就得送你走了。」

「晚上也可以講呀！」

「晚上？秋葉！天一黑下來，我們院裏那些好奇心重的人就會把耳朵掛滿我的牆壁了。」

「是嗎？為什麼？」

「為什麼？你還問為什麼？因為你不是個大姐姐。」

「那還不容易，你給我從化妝箱裏拿出一付女人的假髮來，我戴上假髮，蒙上紗巾不就是一個大姐姐了嗎？」

「你就是戴兩付女人的假髮也不像，那些好事者一定都會變成非常認眞負責的偵探，更有事好做了。」

「你們這是劇院宿舍，都是藝術家，怎麼還會……？」

「藝術家怎麼樣，藝術家的想像力更豐富……」

「唉！也眞是犯愁，我現在連一間小屋也沒有，還住在光棍兒宿舍，更沒法接待你……」

「可你的畫放在哪兒?」

「放在編輯部。」

「下個星期天,編輯部沒人,我去找你看畫,帶上麵包,別把時間浪費在做飯上,一整天聽你講。」

「好呀!今天我要給你講點什麼呢?」

「你打算跟我說點什麼呢?」

「說說樓蘭吧,樓蘭,你知道嗎?景芳!」

「當然知道嘍,古代西域一個綠洲小國,也是一座名城,漢唐時代的詩歌裏經常寫到樓蘭……」

22

西域，是一個古代名稱，就是：西部區域。也可以說是：西部地方的意思。這個區域包括新疆和中亞其它一些地方，漢唐時代那裏有很多好戰的綠洲小國。當時的塔克拉瑪干大沙漠還沒有現在這麼大，現在它已是世界第二大沙漠了。塔克拉瑪干東側頂端古代時有一個神秘的鹽湖，名叫羅布泊，歷史記載說它是一個可以自由游移的湖泊，它會在一夜之間游移到百里之外，這種說法到底有多少可靠性，不知道。但地理學家實地考察的結果是：羅布泊南移和庫魯克河改道確有證據。我也曾經在庫魯克河故道上露宿過一夜，遍地是蝸牛殼，說明億萬蝸牛爲了追逐濕潤，極爲艱難地爬行到曾經是河道的濕地裏苟延殘喘，它們的最後一代在這裏渴死，從此滅絕。那是一種很大的蝸牛，對於把蝸牛當做佳餚的法國人來說，其損失遠比全世界食用牛的滅絕嚴重一萬倍。如果他們看見過我見到的景象，一定會痛不欲生。

我是和一位哈薩克老人菲斯帶着五匹駱駝去尋找樓蘭城的。羅布泊早已乾涸，湖底堆集着一層層的鹽殼。實難想像它當年的樣子：碧波蕩漾，而且神秘莫測。可惜這一帶已經渺無人煙，關於羅布泊眞實面貌和美妙的傳說都和最後一代羅布泊人一起永遠埋葬在沙漠中。我相信一定有很多歌曲和傳說。樓蘭城曾經是一個繁華的小城，在絲綢之路上聲名顯赫，由於它的建築材料主要是土木和石料，土木當然禁不住風沙的剝蝕，石料也已沙化，從僅存的一些殘垣斷壁很難看出它往日的規模和形式。最高的遺物是距城約五公里的漢代烽火臺。這座城市被沙漠淹沒之前，伊斯蘭教還沒傳入新疆，它可能只具有佛教或印度教的某些特徵。今天只能依稀看出，街道寬濶，人口密集。《漢書》記載，它曾有過一千多戶人家。我們抵達樓蘭廢墟時正是一個中午，沙漠中午的地表溫度在五十度（C）以上。沒有一棵遮蔭的樹，我和菲斯只能躲在駱駝的身影裏。一排排炭化了的黑椿告訴我，這裏曾經是樹林。當我告訴菲斯我們將在這裏過夜時，他很不理解。他認爲這個決定非常荒謬，非常危險。遠古樓蘭人的魂魄已經寂寞了兩千年，他們聞到生人的氣息會立刻興奮異常，他們將從地下跳出來，以盛大的狂歡集會來迎接遠方的陌生旅客，恐怖的惡作劇就是他們待客的熱情方式。歷代的君王、王妃、公主、大臣、學者、將軍和士兵，還有去過西方又去過東方、見多識廣的商人，賣葡萄乾和西瓜的小販，一個個都會在深夜時分復活，集聚在大街上，任何活人都受不了他們的這種盛情，沒有看完第一場他們的恐怖遊戲就會昏厥，能夠昏厥的人是最幸運的人，因爲昏厥以後就什麼也看不見了，無論他們再怎麼鬧也無所謂了。或許可以保全性命。最悲慘的莫過於你們這些尋找故事、獵奇的人了，捨不得閉上眼睛，迷戀於古人的服飾、色彩和他們的歌舞，結果你會在太陽升起之前被他們帶走，成爲他們的一員，穿着現代服裝參與他們的怪誕表演，永世不能超生，眞主也愛莫能助。我對非斯說：

「你說得太對了，我就喜歡看到那些古人，我絕不會昏厥，連眨一下眼都不會，我不僅要看、要聽，還要摸摸他們，把他們一個一個地畫在紙上。」

非斯面無人色的指着我，把我當成瘋子，他說：

「你的……要是在這裏過夜，我要拉起駱駝走開……」

「你不能走，陪我一起看看熱鬧。」

「你，還笑？怎麼可以笑得出來？我有妻子、兒子、孫子，我要活着回家。」

「看看熱鬧不會死，我保證。」

「你保證？你保不了證，我要走，你留下……」

「你要非走不可，那就走，駱駝留下。」

「我要拉走駱駝，沒有駱駝我走不出沙漠……」

「不許你拉駱駝！」我大聲喊叫着嚇唬他。

他也急了，拔出短刀逼近我：

「我要拉駱駝！刀！我有刀！」

沙漠上起風了，發出鬼叫似地嗚嗚聲，他擎着刀去拉駱駝。眼前我要被迫跟他走了，實在不值當，好不容易千辛萬苦來一趟，看一眼就走？這時，我的手突然碰上掛在腰裏的三腳架皮套，靈機一動，我連着皮套把三腳架舉起來，大喝一聲：

「我有槍！」

非斯完全被我嚇住了，舉起雙手，丟了短刀，顫抖着跪在沙丘上，絕望地叫了一聲：

「眞主呀！我完了！」

他所以能把三腳架當做槍是有前因的，在我和他同行的第一天晚上，我的顏料從行囊裏散落出來，他問我：

「這是什麼東西？」

我隨口開了一個玩笑，告訴他：

「這是五彩子彈。」

他正要去拾那些鉛管顏料的手立即縮了回來。

非斯當然知道槍比短刀厲害，沒等他靠近，槍彈就能把他的腦袋打飛。他不敢捨我而去了，更不敢拉走駱駝。他丟了刀跪下以後就再也沒站起來，匍匐在沙丘上，撅着屁股，哭泣着念念有詞，哀求眞主保佑。我沒收了他的短刀。

在夕陽濺落之前的一剎那，晚霞像瘀結在空中的一片紫色的血，沙漠和廢墟一片殷紅。非斯嚇得渾身顫抖，高舉雙手，大聲呼號，求眞主保佑。我的狂喜和他的恐懼形成鮮明的對比，我從來還沒見過如此凝重、輝煌的紅色，高度統一而又層次分明。只一瞬之間，天地都由紫變黑。我拿着手電筒，拾了一堆炭化了的黑木塊，這些被陽光烘烤了兩千年的木炭很易燃，一會兒就燃起一堆旺火，我用鐵鍋燒了一鍋羊雜碎湯，再拿出一只饢來放在火邊烤着，一會兒就烤黃了。我走到非斯禱告的地方，對着他高高撅起的屁股說：

「非斯！湯燒好了，饢也烤熱了，趁那些鬼怪還沒出來，先吃一頓再說，好嗎？」

非斯不理睬我，把臉貼着正在冷卻的黃沙。不管我怎麼勸說，他都不動心。我只好拿了一張氈子蓋在他的屁股上。五匹駱駝雖然嘴裏什麼也沒有，咀嚼卻從未停止過，牠們既不抱怨，也不害怕；沉着、穩重、自信。牠們知道無論多麼黑的夜都會像白天一樣過去，太陽還會從東方升起。我很得意，因爲我盤腿坐着的地方，也許是昔日君主的宮殿，威嚴的樓蘭王和他的嬪妃們、文臣武將們曾經在這裏歡宴，他們都以爲他們世世代代都會在這裏享用人世間的珍饈美味。他們絕不會想到，兩千年後有一個畫家會光着腳丫子，獨自大喝着辛辣的羊雜碎湯，啃着香脆的麵餅，面對一大籠炭火，在昏昏欲睡中浮想翩翩，感念天地之悠悠……這種得意無法持久，因爲一天的沙上跋涉，太累了！我調動了我的全部意志力抵抗睡意，以便能够淸醒地和那些以恐怖爲樂的鬼魂們歡會。當它們眞的跳出地面，樓蘭古城重又復活，那將是多麼珍貴、多麼瑰麗的場面。許多歷史學家未能解開的謎都將由我來揭開，我會問它們到底是哪個民族？它們的國家和城池被毀滅的最後時刻是在哪一年？爲什麼？瘟疫？異族入侵？自相殘殺？還是毀於猖獗的風沙？至於它們的禮儀、武器、服飾的色彩、質地和飲食……等等，都將自自然然地在宴請我的時候呈現在我的眼前，只要我留心就行了。但萬籟俱寂，連傍晚時的風也溜走了。毫無聲息，我有時偸偸向四周窺視，想發現一個擔任探子的鬼卒，每一次都是空空如也。我太困倦了，只想歪倒在地上，假寐一會兒，不眞地入睡。當我半躺在斷牆脚下的時候，一塊石頭的稜角硌着了我的腰，很疼。似乎是鬼魂的啟示，讓我別睡着了。我重又坐起來，用手去摸它，硌疼了我的那塊石頭比較光滑，這在廢墟中很少見。我用手電筒照着，撫去沙土，發現它是一塊經過打磨而沒有風化的石頭。我用手把它周圍的沙挖開，漸漸感覺到它不是一個石塊，而是一個扁平的石匣，我立卽加快了速度挖沙，半小時後，石匣完全暴露出來。長約一公尺，寬四分之一公尺，厚只有八分之一公尺。我試着想搬動它，但搬不動。我想起菲斯老頭的短刀，我開始用短刀去撬石匣的蓋子，好在菲斯不敢把臉從沙上抬起來，否則他會和我拚命。不要說別人用他的刀去撬石頭，就是別人用他的刀去破西瓜，他也會痛苦不堪。我在撬匣蓋的時候做過種種設想，石匣內也許是某一位王后的翡翠胸飾。也許是某一代樓蘭王的寶劍，劍鞘上鑲滿了紅綠寶石。當然，也有可能是某一位公主的一縷青絲，繞在一個玉珏上。這些想像使我信心十足地撬着，當匣蓋有些鬆動的時候，我再一次向四週窺測，這一次我擔心的不是鬼，卻是人。因爲我相信鬼並不希罕那些珍寶，珍寶對它們無用。對於人世間的人才有用。君不見，埋藏在地下的珍寶都是人挖出來的。四下無人，非斯的屁股上也沒長眼睛，卽使長了眼睛也看不見，我早已給他蓋上了氈毯。我拚命地撬，呯地一聲，石匣蓋被掀開了。沒有珍寶的閃光，我很失望。用手一摸，像是一張絲巾，我用手抓出來，迎着熾燃的炭火一看，是絲巾，可能原來是潔白的，現在已經發黃了。絲巾上有一首用褐色礦物顏料寫上去的詩，字體是漢隸，很清晰。我輕聲把一個一個的字讀了出來：

盈而頻頻游移，難尋久安之地；

竭至清澈一滴，始悟盡卽佳境……

我非常吃驚，這顯然是羅布泊之神在羅布泊最後消失時寫下的幾句偈語，與其說是對她自己的慨嘆，不如說是對人的慨嘆。

「盡卽佳境？」景芳自言自語地說：「很難理解，盡——爲什麼會是佳境？秋葉！那張絲巾在哪兒？」

「不在了……」

「不在了？丟了嗎？」

說起來眞讓人生氣。我正在一遍一遍讀着那幾句偈語的時候，菲斯悄悄爬到我的身後，嚇了我一跳。他指着我的鼻子大叫：

「這是眞主寫的天書，你怎麼敢讀它呢？」

「菲斯，別扯了，眞主是阿拉伯人，這明明是漢字。」

「眞主無所不能，什麼字都懂……」他的話還沒說完，沙原上陡然刮起了大風。最初鏟起的是一片沙粒，接着是一顆顆沙團，後來成了一堵堵倒塌的沙牆。菲斯抱着頭大叫：

「快，眞主討天書來了，快丟掉，快把天書還給眞主，快！」

我把絲巾握成團，塞進懷裏，大聲告訴他：

「菲斯！趕快趴下，找個牆角，風沙會把你活埋了的！」

他一言不發，猛地撲過來，把我推倒在地，閃電似地把手伸進我的懷裏，扯出絲巾站起來喊着：

「眞主啊！請息怒吧！眞主！」我跳起來去搶，只差百分之一秒，他鬆了手，絲巾隨風飄去，一轉眼就不見踪影了。像眞有一隻神奇的手抓了去一樣……我眞想狠狠地揍他一頓，把他揍扁也難洩心中的憤恨，可是揍死他又有什麼用呢？這面絲巾又被壓進歷史的夾層之中，從此再也難見天日了！誰知道它在哪一座沙丘下？誰知道它將被埋在多麼深的沙海中？人類永遠沒有力量翻遍整個南疆的這座沙的海洋，再把它搜尋出來。也許已經被風扯碎了……我懊喪之極地捶打着自己的腦袋，也許這是一件國寶，瞬息間被這個老糊塗蟲付之風沙！老菲斯毫不蔭蔽，迎着風暴跪在沙漠上，像駱駝那樣，當自己被飛沙淹沒的時候，立卽從沙堆中爬出來，重又跪下，漸漸他的腳下形成一座沙丘。我裹着毯子側臥在一根半截石柱下，傾聽着狂風怒吼，有時風尖厲得像瀕死的潑婦，有時強勁得像滾滾而來的雷陣，很久都沒有一個停頓，我幾乎不敢期待世界還會寧靜下來。淩晨時分，風才漸漸減弱，我立卽昏睡了過去。醒來時，太陽又君臨於風平浪靜的沙漠之上。被風重新塑造過的沙漠，像是凝固的怒海。老菲斯和五四駱駝被山峯一般的山丘高高舉向天空，他和駱駝成爲六座山峯的尖頂。菲斯仍然跪着，披着氈毯，撅着屁股，似乎還在禱告，他和駱駝一夜至少爬起來過五十次。

「非斯！非斯！」我奔上沙丘，朝着他的屁股給了他一巴掌。「快去找我們的行囊，快！」

非斯這才抬起頭，他發現自己原來高高在上，欣喜若狂，一陣狂笑，揪着自己的鬍子得意地說：

「眞主讓我和他靠得更近了！年輕人！因爲我把天書還給了眞主。」

「是的，你很幸運。可是我們的行囊都到哪去了，還有水袋，我們連水也沒得喝了。」

「你放心，年輕人！」非斯神秘地對我說：「我們的行囊都在駱駝蹄子底下，夜裏我用長長的牛皮繩把行囊一個、兩個、三個，像葡萄串兒似地拴在一起掛在駱駝脖子上了。」

果然，我從駱駝脖子上解下牛皮繩，順着繩子從沙丘裏挖出了所有的行囊。這個聰明而又狡猾的糊塗蛋！

早飯是他準備的，他的興致很高，倒了兩杯葡萄酒，一大塊饟，兩塊手抓羊肉，一人一碗清水。但我的餘怒未息，本想不理他，想想又不服氣，我故意逗他：

「非斯！我一夜都睜着眼睛，等那些鬼魂的宴請，等了一夜也沒等到。」

「年輕人，那是因爲眞主來了，來討回他的天書，我看見眞主一手舉劍，一手托着古蘭經，駕着雷電戰車，你想想，妖魔鬼怪怎麼敢出現？」

「別扯了，眞主要走了天書，爲什麼還一夜都不讓人安靜哩？」

「那是眞主雷電戰車的車輪掀起的風沙……有時候三天三夜都不會停息，如果不把天書還給眞主，風暴永遠也不會停息。」他一邊吃喝、一邊說，還很花稍地舔着十個指頭上的油。

「這樣也好，非斯！昨天夜裏我們在這裏會見眞主，今天夜裏我們在這裏會見鬼魂。」

他那對隱藏在長眉毛下面的小眼睛睜得溜溜的圓。像吹排簫那樣，一下舔了十根手指頭。

「年輕人，年輕人，這就不大好了不是，見到了眞主，鬼魂就不見了吧！鬼魂不好看，很不好看，走吧，駱駝肚子裏已經沒有飯了，我們沒有飯，走不動，牠們一個樣，肚子裏沒有飯，也走不動，不要在這裏過夜了，年輕人，不要！不要！不要！」

「不！非斯，好不容易來一趟樓蘭，沒有受到樓蘭王的接待，太不值得了，一定要再留一夜。」

「年輕人，你聽我說，你要留一夜就留好了，我可是要走，駱駝是我的，我要拉起走……」

「你不敢。」

「我爲什麼不敢……」

「我說你不敢，你就不敢……」。

「年輕人，我們哈薩克人的刀一刀可以割下羊頭，也可以一刀割下人頭。」

我沒有回答他，把昨天撬石匣撬成了一根鋸條似的刀扔還給他。他氣得雙腳直跳。

「啊！眞主！這是怎麼回事？」

「是我咬的。」

「咬的？怎麼咬的？」他大驚失色。

「用牙齒咬的。」

「爲什麼？年輕人！」

「半夜醒來嘴裏沒味道，要嚼點什麼才能睡得着，找不到羊腿，只好嚼嚼這把刀。」

「眞主！」他手裏的羊肉和饢立卽掉到地上，痛苦萬分地搖着頭。「年輕人，年輕人，我們是朋友，交情很好，爲什麼不可以打個商量？」

「非斯，你搶我的天書的時候，爲什麼不打個商量？」

「年輕人，年輕人！天書是眞主的，眞主的意旨我不敢違抗，那不是搶！眞主呀！」他痛心疾首地跪在地上禱告起來。

「非斯！眞主會保佑你的，鬼魂不敢對你怎麼樣，不信你試試看。」

「年輕人！我求你！」他向我磕起頭來。

「別求我呀！求眞主吧！」

「不！求眞主，也要求你，千萬別留在這兒過夜了，求求你！」

「非斯！起來！快起來，先吃飯，吃完早飯再決定。」

「你吃吧，年輕人！我吃完了。」他拍拍手，拍着自己的肚子。「吃飽了，你快吃吧。」

他把那杯沒沾唇的酒送到我的面前。

我故意慢慢地吃，慢慢地喝，也學着他的樣子，把手指當排簫舔來舔去。看得出，他的一顆心正吊在喉管裏，不斷斜着眼睛看着我的嘴、手和我面前皮囊上的食物。我一小口一小口地抿着酒，一滴一滴地喝水，一絲一絲地用牙撕着羊肉。當我不能不結束這頓早餐的時候，他趴在地上像一條可憐巴巴的狗一樣盯着我的嘴，像期待着一根骨頭似的從我嘴裏吐出一道大赦令。我吃光喝光之後，又一遍一遍地舔着我的手指，舔完手指又舔酒杯和水碗，最後把手伸進乾沙搓了又搓，拍拍手，小聲說：

「裝行囊……」

「什麼？」

「裝行囊！走路！」

非斯立即撲向我，在我額頭上親吻了幾十下才放手。

我們離開了樓蘭。

雖然我知道歷代樓蘭國王和他們的臣民永遠都不會再現了，他們的肉體和靈魂都壓在沙海的海底，但我還是感到非常遺憾。除了風沙，總應該有一些別的感受吧！那麼悠長的歷史……

我們離開了樓蘭。

「是的，秋葉！」景芳按捺不住自己受到的強烈感染的激動。「別說你到了樓蘭，我只是聽你說說，就爲你的非常遺憾感到非常遺憾。我能感受到人生所以有意義，並不只是物質的萌生、由盛而衰到消亡，精神的花和果好像更爲重要一些。」

「景芳，小大人兒，你怎麼會談起人生來了，你的人生才剛剛開始哩！」

「秋葉！我不小了，現在我才眞正覺得我很幸運，你知道爲什麼嗎？」

「不知道。」

「猜猜看。」

「有了一個可以發揮才能的工作？」

「不是！」

「趕上了一個幸福的時代？」

「不是，這是所有中國人的幸運。」

「那我就猜不出來了。」

「秋葉！我的幸運是認識了你，你又能成爲我的良師益友……」

「你……」我想插話，她不讓。

「你讓我先說完。北京能够成爲我的師友的人很多，但人與人還得有緣份，你也許覺得這個詞兒很抽象、很唯心，很不符合馬列主義、毛澤東思想。可我知道緣份是存在的，這是一種說不清楚的默契，心領神會的溝通，像兩條泉水的靠近那樣自然。我想你也會有同感，秋葉！如果有同感，就別再說什麼了，我們靜靜地坐一會兒……靜靜地……」

「……」我點點頭，她把她一雙溫暖的小手放在我的手掌上。

23

下一個星期天，景芳果然帶着麵包、香腸來到報社編輯部，我們美術編輯室星期天沒人值班，正好當我的會客室。暖氣很足，景芳脫了大衣還得脫毛線衣，只穿一件襯衣，我們好像在過夏天，她一來情緒就很好，要看我的畫。我把我所有的油畫、素描、速寫、水彩都拿了出來，擺了滿地、掛了滿牆。她在每一幅畫前都像在讀一卷書，用握成拳頭的右手支着下巴頦，入神地看着，我坐在辦公桌邊畫着她。整整一個上午，她都沒說話，一直在看畫。我畫了五幅速寫。最後她站在一幅人物素描前久久沒有移動。那是我在雲南傣族地區畫的一幅寫生：傣族小姑娘，我把小姑娘的名字寫在畫上：玉瑾。我走到景芳的身後，她輕聲對我說：

「多可愛，這姑娘有一雙含情脈脈的眼睛，在你畫她的時候，她一直這樣看着你嗎？」

「是的。」

「她很喜歡你。」景芳轉過臉來。

「是的。」我老老實實地承認。

「你喜歡她嗎？」

「喜歡……」

「我不問也知道，你會喜歡她。」

「可……可……」我結結巴巴地說：「可不是那種喜歡。」

景芳溫柔敦厚地笑笑說：

「不管哪種喜歡，都應該，她的確很可愛……」

「是的。」

「該吃麵包了。」說着她從紙袋裏拿出麵包和香腸來。

我沏了兩大杯茶，告訴她：

「這是雲南普洱茶。」

「很香，能談談雲南嗎？秋葉！」

「能。」

「能談談傣族嗎？」

「能。」

「能談談玉瑾嗎？」

「能。」

我們很快就吃完了當時最簡便的午餐。景芳立即把問題的焦點又轉到雲南了，她走到牆上掛着的中國大地圖前問我：

「玉瑾住在哪兒？」

「這兒。」我指着中越邊境一條沒標名的小河。「這條小河叫金水河，金水河兩岸是一小塊名叫猛臘的盆地，雲南人稱之爲壩子……」

我在去猛臘壩子之前讀過一本前人的筆記，筆記裏對猛臘壩有很具體的描寫。筆記的作者首先對要去猛臘壩的漢人提出了嚴厲而幽默的警告：「要下猛臘壩，先把老婆嫁。」爲什麼要把老婆嫁呢？因爲猛臘壩的傣族女子特別多情，尤其是對遠方來的漢族男子，漢族男子比傣族男子健康、聰明、勤勞、勇敢，唯一的缺點是鄉情太重，不能久留邊地。於是猛臘壩的女子都身懷一種祖傳秘方，這種秘方只能母系單傳，男人絕對不能與聞，這種秘方是一種稱爲蠱的藥物，蠱，到底是什麼東西？如何配製？說法不一。有一種說法是：把許多種毒蟲放在一個器皿裏，讓牠們互相撕咬和吞食，最後不死的勝利者就是蠱。牠到底是什麼毒蟲？從來都是個謎。有人說是在熱帶雨林中採摘的草藥。也有人說是熱戀着的女人本人的淚、血和毒蜘蛛的絲調製而成的藥物……只要在她愛着的男人酒杯或茶碗裏偷偷下了蠱，男人喝下去就不能離開了。一定要離開就會暴死途中。除非那女子高抬貴手、網開一面，給你服了解藥才會有生路，據說得到這種和解的例子很少。所以許多到猛臘去的漢人小販一夜風流的後果就是陪伴傣族黑牙婆娘終老一生。傣族少女的皮膚特別細嫩，色澤如同芒菓，說話就像當地一種叫叮的獨弦琴那樣輕柔動聽，一說話就湊近你，讓你的耳膜發癢，心醉神迷，不知不覺就得跟着她，不管她走向何處。但少女的華年很短，幾乎沒有豔麗的中年。結婚以後就可以不穿上衣、坦露雙乳，並開始咀嚼檳榔果，把牙齒染得烏黑，嚼檳榔很容易上癮，成年婦女嚼一口檳榔吐一口口水，像吐一灘血。

當然，我不會盡信書。

我是在冬季跟隨一個運貨的大馬幫到猛臘壩的，短小精悍的趕馬人朱小二對我說：那裏永遠是林木茂密的夏天。花了一整天的時間才翻越一座高山，上到頂的時候就是下，下，下，不斷地下坡。越是接近壩子，氣候越熱，下到底，我身上只剩了一件背心和一條短褲。第一眼的猛臘，只能用四個字來概括：美得驚人。一半夕陽、一半山影中的猛臘壩在薄薄的一層淺藍色的霧靄之下，金水河穿過整個壩子，像一條閃光的金鍊子。我從沒看見過如此濃重的山林，這時我才明白古詩中爲什麼用：「綠如藍」這樣的形容詞。田壠裏的稻穀黃得讓我立刻聯想到梵・高筆下的大片向日葵。猛臘壩實際上是一條平緩的山谷，零星點綴着相距很遠的小村莊，每個村莊都依傍着小河，所以漢人歷來都把他們稱之爲「水擺夷」，他們離不開水。每個村莊多則十戶人家，少則四、五戶人家，也有獨戶的小村。當我和趕馬人驅着騾馬經過那些水邊小村時，傣族婦女果眞沒穿上衣，乳房自由自在地在她們勞作時擺來擺去。我還不敢正眼看她們，可能有點鬼鬼祟祟，朱小二對我說：

「只管看，不怕得，只要不伸手去摸，喜歡看就大大方方地看，女人的奶子還眞的有些好看，好看得讓人恨不得含在口裏，有些也並不咋個好看，鬆鬆垮垮，像……」

「別說得那麼……」我給了得意忘形的朱小二一拳頭。

壩子裏有一條臘黃街，街兩旁並不住人，只是一些空竹棚，逢集日竹棚裏才有生意人和各類貨物。過了臘黃街，我單獨選中了一個只有五戶人家的小村，選中了一座傍着小河的小竹樓，竹樓被芭蕉葉和柚子樹半掩着，籬笆小院裏盛開着非常鮮豔的大麗菊。小竹樓的幽雅、籬笆院裏的色彩和柚子花的芬芳使我別無選擇。我得先把自己放進畫中，然後再來畫畫。房東是個黑牙齒的老米濤（米濤就是婆婆的意思），會說一點漢話，聽懂得更多些。她對我在她家下塌表示歡迎，並一再拒絕談到費用。她在樓上中間大屋裏給我舖了一張竹蓆，算是指定給我的舖位。竹樓四面通風，空氣涼爽。我問老米濤，她家還有什麼人，她說還有一個小卜少（卜少就是小姑娘的意思），到隣村串去了，很晚才能回來。我這時才考慮到她們住在哪兒？樓下是圈養牛馬的地方。我冒昧地問了她，她指着掛着布帘的地方說：這是臥房。她說的臥房是兩個用蓆片隔開的小小的空間，窄小而黑暗。老米濤指着樓下的小河，示意要我在小河裏洗洗身，早些休息，一路很辛苦。我也正想洗掉身上的汗水和灰塵。入夜的猛臘壩像藍色的海底，空氣像溫熱的海水，螢火蟲像成羣的電尾魚在游動。我跳進河水，河水清涼宜人，我躺在淺處，仰望着螢火之上的繁星，每一顆星星都異常的大，從前和以後我再也沒看到過那樣大而明亮的星星了。我久久不願起身，疲倦之後的舒適束縛着我，我心甘情願受這樣的束縛，一想到在水中睡着了，有被水漂走的可能，我立即爬起來，穿上衣服，走回竹樓。拴在樓下的老水牛向我哞地叫了一聲，兩頭猪仔也跟着騷動起來。傣家的門從來都不關，家家信奉佛祖，村村有佛寺，男孩子一生下來就得入村寺接受宗教教育，過一段苦行生活，等他們知道了甘苦，懂得了教義再還俗回來成家立業，正因爲如此，男子體質比較弱。他們厭惡暴力、和睦善良。在村子裏幾乎聽不到吵鬧和爭執。我走上樓梯，看見我的舖位邊的篾壁上掛了一盞小油燈，想是老米濤睡前給我掛上的。我躺下，吹熄了燈，頭一碰枕頭就睡着了。睡得很死，第二天早晨，我被鳥鳴聲驚醒。老米濤正在灶前煮飯，灶火靠近樓梯。我跳起來拿了臉盆、漱口杯和牙刷跑下樓，下了樓才發現晨前落過一陣雨，山峯、草地、森林都洗滌得清新豔麗，處處飄散着非常濃的花香。一棵火焰般的鳳凰樹像竹樓邊的一面大旗。太陽也像被雨水洗過一樣，明亮得刺眼。等我走到河邊才發現有一個裸體少女正站在河水裏洗滌她的秀髮。岸邊堆着她的黑筒裙和米籮、菜籃。我有些不自覺的躊躇，她從長髮的空隙間看看我，好像是笑了一下，只轉過身去，依舊把自己的長髮放在水裏漂擺，水清淨得可愛。我想着怎樣才能在水彩畫裏得到逼眞的表現。但後來我試着畫過，都失敗了，我不可能用顏料把當時的光影、透明的水波、波紋和她那光滑、苗條的胴體畫出來。幸好我及時想起了朱小二的忠告，要大大方方。我旁若無人地走到河邊洗漱起來，時時偸偸欣賞她。我不要解釋你也知道，這是畫家的職業病。她洗完頭，把長髮挽起來盤在頭上，游到岸邊，伸出一隻手，她的手眞長，像廟宇裏的淨水觀音。她一把就抓住了筒裙，把筒裙先頂在頭上，驀地從水中站起來，筒裙正好落下來，罩住她的身子，筒裙的下襬和她起立的速度配合得非常巧妙，既沒有碰上水面，又沒有露出哪怕一線肌膚，她再把筒裙的腰在一雙乳峯之上折起來，像龍王的公主那樣走出河水，頂着米籮、提着菜籃子走了。等我洗漱完畢，走上竹樓才恍然大悟，那公主就是老米濤的寶貝女兒，我當時怎麼沒想到呢？她已經穿好了白色的緊身長袖無領上衣，一排銀質的蝶形鈕扣從鎖骨間綴到肚臍上。這件衣服絕對是她自己按照自己的身形剪裁縫製的，寬窄合體，充分顯示自然形體的曲線，兩乳之間那條美妙的幽谷，腋下、脊背、腰，都恰到好處。上衣很短，在筒裙和上衣之間露着一段少女的肌膚。她有一種特別的美，我的畫只畫出了她的輪廓，無法畫出她水靈靈的眼睛、紅而濕潤的小嘴。我正目不轉睛地看她的時候，老米濤拍拍我的肩膀告訴我：

「她就是玉瑾，」她再拍拍玉瑾的脖子。「喊叔叔！」

玉瑾笑了，我一生一世也畫不出她那一笑，微微搖着頭小聲用傣語抗議着什麼，我猜她是不情願叫叔叔。

「我叫秋葉，就叫我的名字好了。」

母女倆又經過一番小聲討論，同時不斷地打量着我，最後取得一致意見。

「玉瑾！就叫阿哥吧！」

「阿哥！」聽得出，她的這聲叫是心口一致的。

「玉瑾，米濤！不必客氣，我要在你們家住些時，寫生，就是畫畫，你們這兒太美了，人也美……」

老米濤不以爲然地搖搖頭，玉瑾只顧抿着嘴笑。

後來，我和村子裏的小伙子交談起來才知道，全壩子的人都以爲我是選了很多房東才選中玉瑾家的。眞寃枉，我那天傍晚一進猛臘壩就進了她家，我還沒見到玉瑾，我怎麼知道她是全壩子最漂亮的小卜少呢？我有口難辯，只好什麼也不說。他們還告訴我：有好幾個外村的小伙子打算向玉瑾求親，十六歲了，該結親了。可自從我來了以後，玉瑾就不出去串了，特別是夜晚，總站在我身後看我畫畫。因此不少小伙子問我：你不想把玉瑾帶起走？我一聽嚇了一大跳。我怎麼會帶起她走呢？帶她到寒冷、乾燥的內地？離開熱帶的花草菓木，離開溫暖的小河，她怎麼能活？她生來就是這幅畫卷裏的人。我一再向他們解釋，他們不相信，還說：你不帶起她走，是不是你自己想留在猛臘？我又費了很多口舌向他們解釋，但可以感覺到，他們並不相信我說的話。

每天傍晚，全村老老少少，男男女女都赤條條地浸在河裏，我也不例外，成爲這個水中家族的一員，他們也不見外。幸好我是個畫過裸體模特兒的畫家，否則在一些美人魚的包圍中肯定會醜態百出。玉瑾和別的女孩經常在水裏圍着我問這問那，問外邊的世界有多大？還和我一起做遊戲，在水裏翻手板。她們始終都站在水平面剛剛在乳房以上的水裏。

半個月以後，玉瑾要陪我去寫生，爲我背畫板，我只好同意。她很耐心地看着我用水和顏料再現眼前的景物，小聲驚嘆，拍着小手，從不厭倦。我讓她在紙上試試，她始終不敢，她把畫畫當做一種神奇的創造，怕糟蹋了雪白的紙和美好的心緒。有天早晨，我在河邊問水裏的玉瑾：

「小妹，你敢不敢讓我畫你？」

「怎麼不敢！」說着她就從淺水裏站了起來，我立即轉身逃跑了，不敢的不是她，竟是我。

四十天一眨眼就過去了，如果沒有一大疊畫稿，我眞不相信眞的過去了四十天。剛好那個送我來的馬幫又來送貨了，我答應和朱小二一起走。一天下午，我請玉瑾坐在涼臺上，給她畫像，就是你看到的這一幅，快要畫完的時候，我告訴了玉瑾我要離去的決定。她完全不明白我爲什麼要走？我也完全不明白她爲什麼以爲我不會走？她都傻了，眼睛立刻失去了光澤，什麼話也說不出來，我問她！

「阿妹！你怎麼了？你……」

她張了好幾次嘴才說出兩個字！

「幾天？」

「什麼幾天？」

「你去了……幾天能回來？」

「我……不知道……」怎麼可能幾天就回來呢？那麼遠的路途，火車、汽車、馬匹……何況我並不是隨時都可以到雲南來呀。我實在是不知道。

「不知道？」她用極度失望的目光看着我，小聲地用剛剛能聽得見的聲音問我：「你不喜歡我們的壩子？」

「很喜歡，你看我畫了多少畫！」

「你不喜歡我們的竹樓？」

「太喜歡了，小妹！我畫了十幾張我們的竹樓。」

「吃不慣我們的糯米飯？」

「剛來的時候吃不慣，現在也慣了，很好吃。」

「你……要走？」

「是的！玉瑾！我一來的時候就說好要走的呀！」

「你沒有對我說過，你的眼睛……從來都在告訴我……」

「告訴你什麼？」

「告訴我：不走，不走，不走的呀……」

「我……」我怎麼會知道我的眼睛對她說過些什麼呀？我永遠也看不見自己的眼睛。

「你的眼睛總是那樣……看着我……告訴我：不走……的呀！」

看來我的眼睛的確有毛病，畫家都有一雙易於動情的眼睛，對於美——不但對美麗的女孩，也不但對人，而是對一切美的物體和美的感受都會身不由己地目光呆滯。我只好安慰她：

「我爭取再來。」

「我知道你會來……」她的臉色又恢復了紅潤。「你喜歡玉瑾……」

「當然，」我爲她的情緒的轉機高興得叫起來。「我喜歡玉瑾，很喜歡玉瑾……」

「走那天，玉瑾要去送你，可好？阿哥！」

「好呀！太好了！阿哥高興……」我的緊張情緒鬆弛了下來。她能去送我，說明她明白了，我爲什麼要走，爲什麼不能留在這裏……但那天夜裏，被一個突如其來的字從已經遺忘了的記憶中跳出來嚇了一身冷汗，那個字就是：蠱。一個蠱盛在一個器皿裏。我用被單擦着汗淋淋的身子，越想越怕，越想越覺得有可能。不然爲什麼她乍一聽我要走的消息會百思不解呢？問我幾天能回來？說我從來都沒對她說過我會走，我的眼睛從來都在告訴她：不走，不走，不走……她一定給我下過蠱了！每天——四十天頓頓飯都是她爲我盛湯盛菜，晚上給我倒茶的也是她。今天晚上睡覺前不是還喝了她遞給我的一杯茶嗎？我有什麼地方失掉檢點了呢？沒有呀！我喜歡她，但這不是愛，我都沒有想過我會不會愛她？可不可能娶個傣族姑娘？願不願留在這美麗的四季長夏的猛臘壩，老來抱個粗粗的竹煙筒呼嚕嚕地抽到死？這些問題我壓根都沒想過，即使是極蔭蔽地、兒戲似地想一想都沒有過，即使是一念，也沒有過。她憑什麼給我下蠱呢？何況她是那樣善良、溫柔，她曾收養過一隻受傷的錦鳥，餵牠，給牠包傷，養得錦鳥會飛的時候就把牠放走了，她仰着臉看着它飛走時的笑容是那麼可愛、眞誠，她爲錦鳥的康復飛去衷心感到喜悅，爲什麼我要離去她會下蠱呢？不會，我死也不相信玉瑾是個下毒的惡人……再說，蠱，到底有沒有？眞的有這種東西嗎？誰見到過呢？所有的文字記載都是傳說、傳聞……想着想着也就不那麼緊張了。

最後三天，我特別注意到玉瑾很正常，給我盛飯盛湯的時候似乎也沒有任何可疑之處。反而是老米濤有些憂傷，一見到我就重複同一句話：

「玉瑾捨不得阿哥……」

玉瑾笑着，笑得很明朗。

離去的那天清晨，馬幫沿着小河邊的林中小路離開了猛臘壩，我和爲我送行的玉瑾走在馬幫最後。雲很低很低，依戀着青山，依戀着竹樓，依戀着椰子樹巨鳥翅膀一樣的枝葉。小河像在哭泣一樣緩緩向東流去。玉瑾默默地幫我牽着馬，但很平靜，銀腰帶束得很緊，人顯得很小，小小的一雙赤腳很自在地在沙石路上輕快地走着，我爲了照顧她，特意把步子放慢，這樣一來，和馬幫拉了很大一段距離。好在我的這匹馬也是馬幫中的一匹，它會聞着同伴的氣息追上牠們。我試着對玉瑾說：

「阿妹！回去吧！太遠了，米濤不放心……」

她沒回答我，還在走……又走了好一段路，她仰起臉來邊走邊問我：

「幾天？」

我吃了一驚，怎麼又是這個老問題。她沒聽到我的回答，又問：

「幾個月？」

我想，幾個月也不可能來呀！

「幾年？」

「不！」我必須回答她。「怎麼會要幾年呢？我會給你寫信，給米濤寫信。」我以爲我的這個回答很得體，對她也是一個安慰，而且沒有任何具體承諾。當時我絕想不到不是幾年，而是幾十年後才能再下猛臘壩。不斷的政治風暴，不但吹斷了重訪猛臘壩的路，甚至也吹斷了我門前的路。我沒有給她寫過信，寫信又怎麼向她們解釋呢？向她們說明反右派運動是怎麼回事，比向花朵說明雲雀怎麼會中彈落地身亡還要困難一百倍。

她終於停住了腳步，把一個繡花筒帕從肩上取下來，踮起腳跟要把它掛在我的肩上。我只好屈膝蹲下來，這時她突然伏身在我的背上，抱住我的脖子。熱帶的陽光啊！早熟的熱帶少女啊！你的小布衫太單薄！太單薄了！我應該很坦白地說，我迷亂了，只是一剎那的迷亂，我轉過身來抱住她，臉頰貼着她的臉頰，我能很明顯地感覺到她在發抖，她在我耳邊用最微弱的顫音告訴我：

「我等你回來……」這句話對於我比雷鳴還要響，我都朦了。好一會兒她才鬆開我，把轀繩交在我的手裏。我不敢再有任何親暱的表示，拉着馬去追趕已經走遠了的馬幫。趕上馬幫以後再回頭時，河邊只有一個模糊了的小白點兒，那大概就是玉瑾了，我不知道她此刻正在哭？還是正在叫？既看不見，也聽不見了。朱小二一面吆喝着牲口一邊扯着長腔喊着：

「遠方的阿哥耶！小心中了蠱嘍——！」

我沒有理睬他。騎上馬，還在想：她說的是那句話嗎？是「我等你回來」嗎？她說過話了嗎？也許她根本就沒說話，只是嘆了一口氣……這個問題我一直想到現在，景芳！你說她說了沒有？

24

景芳聽到這兒笑着說：

「她一定說了。」

「是嗎？」

「是嗎？你問我？應該問你自己。也許你眞的是一分鐘的迷亂，你會給她留下很長久的痛苦，男人總是很不嚴謹……」

「她是傣族，他們男女之間的關係很開通，……」

「我想能够下蠱的女人，愛得必然是很深的。我能理解傣族女人爲什麼要下蠱？女人是水，水並不是時刻都很溫柔……」

「啊！」我很驚訝，年輕輕的景芳怎麼會說出這樣的話？她的眉際間凝聚着一股狠勁。難道女人一出生就成熟了麼？

珍妮大叫一聲：

「好！我很欣賞你這句話，女人一出生就成熟了，所以她們的痛苦比男人多！如果我是你，我會爲了那女孩留在猛臘壩。她眞的給你下了蠱嗎？」

「可惜沒有，如果給我下了蠱，我的命運可能比現在好，要麼死；要麼回去，在猛臘壩和玉瑾白頭到老，在那裏天高皇帝遠，邊地草民比京都的知識份子安全得多。」

「你不怕一睜開眼睛就看見床頭上躺着一位黑牙婆……」

「是的，」我笑了。「也不一定都嚼檳榔，後來也有許多婦女改了這個習慣……」

「你還當眞呀！秋葉！多情的秋葉！你要留在猛臘壩，我不是就看不到你了嗎？」

珍妮大笑起來。

「所以我沒有留在猛臘壩。」

「後來你又去過了？幾十年後？」

「三十幾年後……」

舊夢重溫是一件既美好、又浪漫的事；但往往重溫的不是舊夢。山河並非依舊，人事定然全非。我再下猛臘壩並不是爲了尋找三十多年後的玉瑾，仍然是爲了寫生。猛臘的改變大得讓人難以想像，夢一般的景色已經消失了。金水河細得幾乎斷流，樹木稀疏，村莊卻變得非常稠密，我找不到往日我居住過的村莊，更找不到那座竹樓。我以爲我走進了一個完全陌生的地方。我痴痴呆呆地問每一個人：

「這兒是叫猛臘壩嗎？」

「是呀！」

「是猛臘壩嗎？」

「怎麼會不是呢？」

我找不到玉瑾爲我送行的那條河邊林中小路，找不到玉瑾沐浴的那段水，那片青草岸，那股風，那陣花香，那串笑聲……

我問過很多人，他們爲我找到了幾十個玉瑾，沒有一個是她。特別讓我納悶的是誰也不認識我，不記得曾經有過一個畫畫的年輕人來過猛臘壩！人，多麼健忘呀！恐怕玉瑾也早把我忘掉了，我還在找她，多麼傻，自作多情！這麼一想也就算了。一個星期的停留卽將結束，在臨別的那一天，臘黃街趕集，我知道這是畫人物速寫的好機會，山上的傻尼人、苗人、瑤人、彝人都會來趕集。一清早我就跑到集上，人已經擠滿了，最強烈的氣息是烈日下新衣服上的藍靛味道，高山上的民族都喜歡用藍靛染土布。各種各樣的吃食攤子，五味雜陳。我正在街上專注地追逐着有特點的人頭、帽子或者銀子的胸飾，忽然有人在我背上拍了一巴掌，我回頭一看，是個陌生人，矮老頭。他一笑滿臉都是皺紋，問我：

「你不認得我嘍？」

「你是誰？我不認得嘍。」

「我可認得你，你一畫我就想起你了，你臉上的老模子還在……」

「你……？」我努力在追憶中去搜尋一個像他或類似他這樣的人……

「我是朱小二！忘了！你騎我的馬下的猛臘壩……」

「啊！你是朱小二！你還在趕馬幫？」

「哪裏喲，公路早就修通了，趕哪樣馬幫？你走以後的第三年我就嫁了老婆，在猛臘安了家。」

「是不是中了蠱？」

「不是，」他笑了。「是倒是迷上了一個婆娘，她還沒敢給我下蠱，也用不着下蠱。如今我在街上開了一個縫衣店，我的婆娘跟女兒都會踏縫衣機，到我的舖子裏喝兩盅，走。」

他的勁還是很大，牽着我像牽着一頭強騾子一樣，我不得不跟着他走。他的店生意興隆，擠滿了顧客。朱小二吩咐他二十多歲的女兒端出酒菜來，對我說：

「我們喝我們的，生意叫她們去做……」

我們在喧鬧中對飲起來，就着牛肉乾巴、拌涼粉、紅燒鷄塊、滷猪耳朵，倒是很有滋味。這時，我一下就想起了玉瑾，我問他：

「你知道玉瑾現在在哪兒？」

「哪個玉瑾？」

「就是那年爲我送行的房東女兒……」

「啊！她呀！她現在住在山溝溝裏了，棒浩寨……這姑娘當初好傻啊！把你們這種拈花惹草的人當老實主……」

「別瞎說啊！我可沒在猛臘壩拈花惹草呀！」

「嗨！年輕時候哪個沒浪過幾年呀！算了，放心，她又不會找你算帳？她硬是等了你幾年啊！後來嫁了，搬起走了……你還想看看她？她倒是沒有大變，老是老了，樣子還在。」他拍了一下桌子，叫道：「對！她今天一定到了集上。」說着他起身在屋裏抓了幾個五歲到八歲的娃娃，叫他們到街上人堆裏去找玉瑾，找到以後前來報告。他把這些小探子撒出去以後告訴我：

「玉瑾這半輩子只能說平平順順，沒大富貴，也沒大災難，生了兩個兒子，一個女兒，女兒還小，才十六、七歲。她要是當年跟了你，一定會享大福。話又說回來了，你怎麼會要她呀!」

「唉!小二呀!小二!她要是跟上我,連豆腐也吃不上。」

「你太謙虛了,怎個會呢?」

我費了很多口舌,也沒辦法說服他相信我在以往的三十年經歷過的十磨九難,他也不相信至今我都是光棍一條。不一會兒,小探子們紛紛來報!發現了目標。朱小二指派了一個六歲的光屁股男孩帶我去見玉瑾,我在路上告訴小男孩,見到玉瑾不要叫,讓我自己去認認看,他只要用手給我指個方向就行了。他點點頭表示他懂。他拉着我的褲腿在密不通風的人羣中往前擠,他比我還急,不斷地使勁地把我往前扯,他在人羣中比我方便,能在人們的雙腿之中擠過去,我當然就做不到了,所以我一路上都是他的累贅,像一句俗話說的那樣:「老鼠拖木掀」。他比老鼠拖木掀還要難得多,因爲不是在空地上拖,而是在眾多的人腿之間拖。好不容易從人的夾縫中擠出來,我們已經擠到街邊上了,這裏是一排地攤,人們蹲着賣、蹲着買,蹲着討價還價。小男孩伸出一根短而胖的小手指,指着一個蹲在地攤前面和攤主講價錢的傣族婦人,神秘地眨了眨眼,我知道那就是玉瑾。一個幾十年不見的故人,她還能認出我是誰嗎?歲月穿過那麼多風雨雷電,還會有一個這樣激動人心的時刻,冥冥中未知的神還能這樣仁慈,這樣具有人情味。人與人之間的情感,只要是眞誠的,卽使是清淡如水，經過千千萬萬顆太陽和月亮的烘烤也會蒸餾成香醇的美酒。何況我們之間比水要濃得多呀！我和她曾經隔着生死，曾經隔着一生都走不完的路程，曾經隔着一萬條絕不能逾越的塹濠。現在卻近在咫尺，只有一步之遙，我怎麼跨越過去呢？我的腳步變得非常沉重。我沒有從她背後去接近她，我繞到她的面前，在賣玻璃珠鍊和髮卡的攤主老頭的身旁蹲下來，她眞的沒有太大的變化，輪廓還在，兩鬢灰白，皮膚蒼黃了些，額頭上只有幾條淺得不大看得見的皺紋，頭梳得紋絲不亂，薄薄的小嘴還是那樣輕聲細語，她正在把玩一條廉價的項鍊。我靜靜地注視看她，我希望她能自己發現我，我狠心按捺住我自己急切的願望，沒有叫她，沒有叫她……看樣子她和攤主沒有談妥，她把項鍊丟在地攤上，這時，她瞥見了我，但沒注意，當她正要起身的時候，再一次把目光轉向我，我蠕動了一下嘴，她一開口就叫出了我的名字，聲音還是那麼輕，只是乾澀了一些。但使我很意外的是她很平靜，既沒有大呼小叫，又沒有激動落淚，平靜得讓我吃驚。我們都同時站起來，我告訴她：

「我找了你很多次，沒找到……」

「我早就搬進山了……」

「今天見到朱小二才知道……我正在朱小二家吃飯，你也去，好嗎？」

她沒有回答我，卻跟着我走。她帶着我從街背後繞過去，比在人羣中擠要快得多。我告訴她我一會兒就要走了，有車來接我。她沒有說什麼……

到了朱小二家，他們的顧客走得差不多了，大方桌上擺了很多菜，朱小二的妻子、女兒十分熱情地拉着玉瑾，請她坐在我的身邊。我不知道桌上都是些什麼菜，我只看見她端着一碗白飯用筷子一粒一粒地往嘴裏送，她在想。

多麼奇怪，三十多年後，往日的小朋友的重逢，沒有詢問各自別後的遭遇，也沒有表示相互思念的情愫，而且一會兒就要分離……我不知道從哪兒說起，也不知道說什麼，這樣短的時間又能說什麼呢？

「別走了……」她小聲說，沒看我，而是看着飯碗。像是請求她嘴邊的飯碗。「到我家去歇一晚……」

「不了，車不能等。」我知道車子是可以等的，但我不知道到了他的家裏可以說什麼？需要說什麼？

「別走了……到我家歇一晚……」她重複着同一句話，以同樣的細小的聲音，同樣的平靜……

「不了……」

「別走了……到我家歇一晚。」我在她的平靜中感覺到了她那難以違背的執着。

「不了……以後……以後……」以後怎麼樣呢？我都不知道以後會怎麼樣，怎麼能告訴她會怎麼樣呢？我意識到連「以後」這兩個字都是多餘的，可我已經說出來了。

她不再說那句話了，又在一粒一粒地往嘴裏送飯。

朱小二想讓氣氛熱鬧些，乘着酒性大聲對我說：

「畫家同志！猛臘壩的女人的的確確是會下蠱的，只不過蠱對有的人有效，有的人無效，對我就有效。你問問我的婆娘，我就不敢離開她，寸步都不敢離！哈哈……」他大笑起來，但他發現沒人跟着他笑，笑一半就只好止住，他妻子狠狠瞪了他一眼。

玉瑾好像什麼也聽不見，什麼也看不見。又過了好大一會兒，她又輕輕對着她的飯碗說：

「我的小女兒玉香在牛頭嶺中學裏讀書，我一會兒給她打個電話，叫她在松崖公路邊等你，你見一見她……」

「好的，我一定讓司機在松崖停一停……」我知道牛頭嶺到松崖還有十里山路。

一直到分手，她就沒有再說話了。在我上車前，她和我握握手。朱小二和他的家人們七嘴八舌地對我說：

「再來呀！再來！下次再來多住些時！一定要再來……」

玉瑾什麼話都沒說，仍然是那樣平靜，也許她覺得我不會再來了，卽使是再來又將如何呢？這次不是來了嗎？

汽車啟動的時候，我的眼睛有些酸酸的，但玉瑾的眼睛沒有任何哪怕微小的變化。

車到松崖，沒等減速停車，我就看見公路邊有一個打着紅陽傘的傣族少女，向着我們的越野車揮手。車煞住了，她緩步向我走來，用生疏的目光辨認着我。——這不就是玉瑾嗎？這不就是三十多年前我第一次見到的玉瑾嗎？不同的是：那時她的目光是從長髮的空隙間射向我的，此時她的目光是從陽傘的邊沿下射向我，一下就刺痛了我的心……

我怎麼也忍不住了，淚水奪眶而出……

她非常詫異地看着我，猜測着我，好像我是個謎。

這時，我想起從前景芳對我說過的話，我遲至今日才理解傣族女人爲什麼要下蠱？爲什麼能夠狠下一顆心來下蠱？但是，我想：

她們在給男人下蠱的同時，不是也給她們自己下了同樣的一份嗎……！

25

「是個美得可怕的地方！」珍妮深沉地感嘆說：「美得可怕！三十多年以後的重逢，非常動人，可以說是震撼。你對黃景芳小姐講過後半段嗎？」

「沒有，景芳沒法聽到……」

「沒法聽到？爲什麼？」

「唉！後來的變化太大了，也太出人意料……」

「啊？」

「讓我按照時間順序給你講下去吧……」

「Fine。」

我和景芳的接觸越來越頻繁。我不僅向她講了我在全國各地寫生的異聞趣事，也談了我的童年和少年時代的生活經歷。她也談了她的經歷，她的經歷淺短、透明，一出生就波折不斷，像一條剛剛從山谷裏流出的一條苦泉。

景芳出生在浙東一個古老的山村，她只記得小橋、流水、縴塘路、石牌坊，雨中的桃花，霧裏的小船，五歲時，她看見一些粗手粗腳的女人把安安靜靜、漂漂亮亮的年輕母親放進黑色的木匣子。別人給她穿上一身雪白的衣服，披着苧蔴絲，跟着一羣把哭唱成歌的女人們送母親入土。回到家又很高興地看見光頭和尚、光頭尼姑和有頭髮的道士、道姑同在一個院子裏做不同的表演，不同的樂器，不同的歌吟，不同的舞蹈。燒了很多香燭、紙錢，還有紙紮的樓臺亭閣、車馬舟轎……她是第一次看到這樣好玩的喪葬儀式，因爲她父親去世的時候，她還不滿週歲。好一陣子熱鬧啊！等到客人們都走了，等到哭歌的女人們都安靜下來，等到紙灰被風吹得乾乾淨淨，她才知道媽媽再也不會從泥土裏走出來了。那些不再唱了的女人們在她的床邊小聲議論她，以爲她聽不懂，那麼小的小人兒！但她聽懂了，從那天以後，一切大人的話，她都聽懂了，不僅聽懂了，而且記住了。那些女人說：

「作孽啊！這麼小個人兒，命硬得咧！硬得像把刀，尅死了爹，又尅死了娘。」

「往後的日子怎麼過喲！」

「伊省城的孃孃就要來接伊了。」

「接去了不還得受苦，伊孃孃也是個寡婦呀！」

「是伊親孃孃，大家閨秀，雖說破落了，破船還有三升釘，苦不到啥地方去。」

「但願如此，菩薩保佑！」

第二天早上，同村的女人們把她從空曠的大床上抱下來，發現她哭成了一個淚人兒，想是整整哭了一夜。一條烏蓬船在後門口的小埠頭上剛剛挽定，一位清清秀秀的年輕太太從船艙裏走上甲板，撐船漢子向她伸出竹篙子，讓她扶着篙子下了船，又光又圓的小髻上插着兩朵白蘭花。小景芳和姑媽第一次見面就哇地一聲哭倒在姑媽的懷裏，不停地叫着：孃孃！孃孃！她知道這是她在人世間唯一的一位親人了。把遠方來的孃孃疼得當着陌生的村民止不住的淚水像散了的珠串一樣。景芳用小手緊緊摟住姑媽的脖子哽泣不止。

「不哭，不哭！乖囡！乖囡！我的親囡囡，我的乖囡囡，孃孃來了，孃孃來了，囡囡！好囡囡，乖囡！……」

就在當天，姑媽領着小景芳挨家挨戶，一個人一個人地叩頭致謝，同時又是告別。傍晚，還是那乘烏蓬船，小景芳靠在姑媽懷裏，摟着個枕頭大的小包袱告別了故鄉。撐船漢子的篙頭一入水，船頭翹了一下。埠頭上那些女人就哭起來了，雖然不像送母親下葬那樣好聽，卻比哭歌更觸人心酸，小景芳再也不敢往岸上看了，把臉埋在姑媽的懷裏，當烏蓬船繞過一羣白鵝晾翅的淺草灘，小景芳才敢轉身回顧，淚眼中的水上人家已經很小了，她從未在這麼遠的地方看見過自己的村莊，青瓦粉牆，高高翹起的簷角，綠樹葱籠，煙波浩渺。——

這是她看到的故鄉的最後一個畫面，接着烏蓬船轉了方向，再看到的全都是陌生的地方。景芳曾要求我按照她的回憶爲她畫一幅畫，我很想畫來着，但我考慮再三，還是沒有畫，誰能畫得出一個幼小的孤女記憶中悲涼而又溫情的故鄉呢？

杭州姑媽家是一座陰濕的小院落，地上舖滿青苔，牆上爬滿藤蔓。聽說原是舊宅第大管家的住所，正房三樓三底，小天井裏有一棵高高的楓葉楊。東廂的兩間改爲廚房，西廂裏堆着無用或一時不用的雜物，冬天收藏的是竹床、躺椅、蓆子之類，夏天收藏的是棉被、湯婆子、手爐之類。樓下正房兩頭是臥室，第一年她和姑媽同住在東頭那間屋，同臥一張床，同蓋一床被。第二年就讓她一個人獨自住在西頭那間屋了。後園很窄狹，只栽着一叢青竹，挨着東北角搭了一間小屋，一個遠房表姐住着，是一個鄉下的遠親，實際上是姑媽的幫傭，和別家的女傭不同之處是：姑媽喊她蝶兒，她喊姑媽嬸嬸。相互間都是客客氣氣，輕聲細語，有商有量。那還是日軍佔領時期，姑媽從來不許蝶兒帶景芳出門。景芳在十歲以前根本就不知道自己就住在如此秀美的西子湖畔。姑媽足不出戶，成了景芳的啟蒙先生，既教「人手足刀尺」，又教「人之初，性本善」。不久又把戰前的小學課本都從夾牆裏翻了出來，按順序學，景芳一年學完了兩年半的課程。八歲的時候，姑媽給她打開幾乎鏽死了的鎖，推開樓上的花窗，讓新鮮空氣吹了三天，多年霉濕之氣才算輕淡了一些。她再打開十口沉重的木箱，露出亡夫留下來的藏書。因爲書太多，藏不進夾牆，只好鎖在樓上。日軍進杭州時，姑媽全家都逃到了上海，也許是日軍殺紅了眼，見人就殺，進了無人的空屋反而匆匆卽去，所以樓門上的鎖都沒被砸壞。姑父生前是一個遊學歐洲歸來的哲學家，儘管中國古代是個哲學家最多的國家，到了二十世紀三十年代，百分之九十的中國人都不知道哲學家是什麼？能不能用哲學燒飯，使得一碗米的飯够一家五口塡飽肚子？這位哲學家死於日軍的一次空襲，別人紛紛逃命，他卻提着哲學家的手杖在街上憤懣不已地漫步，他從來都認爲：在任何危急的關頭都要保持中國人的尊嚴，對那些驚慌失措的人嗤之以鼻。死後留下了很多書，卻沒有留下子嗣。他的藏書中有一半是德文書，一半是中文書，好就好在不都是哲學書，也有歷史、文學、藝術，甚至還有童話。姑媽是個「開卷有益」論者，就像把嬰兒丟進海裏任其浮游那樣，姑媽把景芳丟進藏書樓。讓她自由選擇，每天允許她下午在樓上停留四個小時。和大多數多情善感的女孩一樣，景芳也酷愛文學，尤其是沉醉於文學中的戲劇。當她在書卷中結識了關漢卿、湯顯祖、王實甫、徐文長、李白、杜甫、白居易、契可夫、莎士比亞、莫里哀……的時候，她撲到姑媽的懷裏大叫：

「孃孃！人活着多好！」

她常常一個人在樓上同時扮演着張君瑞和崔鶯鶯，竇娥和婆母，奧賽羅和苔絲德蒙娜，羅米歐與朱麗葉，哈蒙雷特王子和娥菲莉亞，萬尼亞舅舅和索尼雅……這就是爲什麼她在戲劇學院新生口試時能對答如流，能大段大段地背誦那些名著的臺詞，聲情並茂，扣人心弦，不足之處是有些南方口音還需要糾正。主試座位上一大排導師都大爲驚喜，大名鼎鼎的戲劇家、主考教授在記分表上用粗粗的鉛筆寫了這樣一句話：一個天生的演員。

隨着我們的互相了解，我們相愛了，愛得既熱烈，又認眞。

我給她畫了一幅巨大的長卷，畫的正是雪山上的奇景：杜鵑溶雪。裱了整整三面牆。爲了讓她置身於她嚮往的壯麗景色之中，她第一次吻了我，那樣長地吻了我，我們交換過關於婚姻的意見，結婚，我們必須結婚，這一基本點完全一致。只是還沒有一間可以算得上個家的房間，不能考慮具體日程。當時，我和她所屬的兩個單位都不可能給我們提供一間可以擺張雙人床的房間。不少同事都認爲景芳那間小屋完全可以結婚，許多沒有一間小屋的年輕人都結了婚，每到週末就得去借一間房，或在公園裏偷偷摸摸地野合，有時被民警抓住，拿出結婚證書才算給予寬大處理，教育釋放。景芳總還有間小屋，還有一張小床呀！床小不是更親熱嗎？她的觀點是：夫婦必須有一個屬於自己的世界，一對鳥都懂得築一個屬於自己的巢，並且要選一根僻靜的樹枝。夫妻之間的對話並不是任何時候都符合馬列主義、毛澤東思想的原則，甚至也不符合道德家們的規範和大庭廣眾之下所能允許的世俗分寸。如果夫妻生活，包括床第間的歡愛幾乎就在眾多挑剔的眼睛和耳朵形成的狹小包圍之中，那豈不是太痛苦了麼？這是我們在熱戀中已經體驗到的痛苦。在我擁抱着她倒在小床上的時候，最先大驚小怪喊叫起來的是那張小床，我們立卽從忘情的醉意中驚醒。景芳很敏感，只要我的唇觸到她的唇，她就要大聲呻喚，必須立卽強迫自己冷靜下來，完全按捺住各自的激情。我們只能站着相互擁抱，脫掉衣服，讓肌膚靠在一起。因爲我們都需要，我們在擁抱中顫抖不已，我不敢接觸她或吻她身上任何動情部的位，那樣，她會大聲喊叫起來，就像我在傷害她。我常常只能和她相距一公尺看着如醉如痴的她，她裸露着完美的少女的軀體，給我看。她願意給我，把一切都給我，但我只能痛苦地看着她……我們的眼睛噴着烈火。我們會突然不顧一切地抱在一起，從第一秒鐘起，她就會喊叫，我想用親吻去制止她，她立卽凶狠地推開我，捂着臉倒在床上，用枕頭蒙着頭無聲地抽泣。我只能輕輕走向她，小聲安慰她：

「不會太久了，不會太久，我們一定會有一個屬於我們自己的世界，不會太久！親愛的景芳！我眞想和你一起住進大森林，像一對大鳥在樹上搭一個大巢，我們願意怎麼擁抱就怎麼擁抱，你可以放聲大笑、大哭、大喊，天地、山林、飛禽、走獸都不會妨礙我們，只會保護我們，把我們的聲音與世隔絕……」

「我也願意，秋葉！」她把嘴貼近我的耳朵。「我們爲什麼這麼苦呢？走吧！比起我們的愛來，什麼都不重要，找一個沒有人煙的山林，在泉水邊結一個茅廬，像古人那樣……」

「景芳！沒有人煙的山林裏可是沒有劇場呀！也沒有觀眾……」

「唉！」她用拳頭敲打着自己的頭。「是的，親愛的，可你還可以畫畫，畫大自然，也可以畫我，我給你做模特兒。」

「卽使你放棄舞臺，還是不行呀！你忘了，戶口怎麼辦？沒有戶口吃什麼？沒有戶口就沒有糧票，沒有布票，沒有油票，被人發現了還會把我們抓起來，當空降特務……」

「是的，唉！我們無法逃避這個世界，這個世界也不會放過我們，我們必須在這個再狹小也沒有了的空間裏耐心等待。親愛的！只有等待，有你在我身邊，等待並不寂寞，但更加艱難……」她摟着我的脖子，用她的嘴唇尋找我的眼睛、面頰、耳朵和嘴。我貪婪地吻她，又是不可扼制的衝動、擁抱、小床的驚叫，我的撫摸導致她的一聲狂喊，雖然只一聲就被她自己的雙手捂住了，但聲波已經在這座沒有天花板的屋頂上擴散開來。

「噹啷」一聲，一聽就知道，隔壁有一隻金屬湯匙跌落在地上，十有八九是故意碰落的。我打了一個寒噤，從她的懷抱中跳下來。她又哭了，看得出她想嚎啕大哭，但此時她只能咬住自己的手指，一直到出血……

我們常常不敢擁抱，不敢接吻，不敢用親暱的稱呼，不敢講愛情的故事。有時，爲了讓各自都能保持冷靜，我們去逛公園，公園裏每一棵灌木下都有一對瘋狂絕望的情侶，他們和我們在小屋裏經歷的苦難幾乎一樣，嚇得我們趕快逃開。我們大多數的約會只能留在紙屋裏。我們把小屋稱爲紙屋，雖然這很不吉利，景芳會想起母親送葬時燒掉的紙屋。在紙屋裏我們只能在一起學習政治，討論政治經濟學和列寧的階級鬭爭和無產階級專政的學說。政治理論的原則和概念對於壓抑激情最爲有效。

雖然我們愛得很苦，但比起後來的日子，應該說還是歡樂。在這裏，我不能直接談到政治，因爲中國任何一個愛情故事和政治炸彈都靠得很近。我只能盡量說得簡單些。一九五七年在所有中國知識份子靈魂的上空爆炸了一顆炸彈，它僅次於九年後的那一顆。那年春天，由毛澤東本人一再誘發，全國展開了一場自由討論，討論的範圍從政治、倫理、文藝欣賞、飲食男女。數以萬計的知識份子出於對中國共產黨的虔誠的信仰和信任，參與了討論，除了少數幾個人，所有人對中國共產黨提出的意見都是很善意、很溫和的。譬如我，只是就文藝創作方法說了一點意見，只是談到西方繪畫史中的不同流派，每一個流派的興起都豐富了人類文化的寶庫，我談到了高更、梵·高、畢加索等人。景芳只是對西方古典戲劇和中國三十年代戲劇發表了一些讚美的意見，其中有一句話後來被認爲最反動。她說：對西方古典名劇的欣賞不應該有國界，也不應當劃分階級。夏天，毛澤東在北戴河海濱別墅撰寫並發表了那篇著名的文章〈一九五七年夏季的形勢〉，公開承認春天允許人民發表不同意見的號召是一個「陽謀」。對於發表不同意見的人應該反擊，因爲他們是別有用心的敵對份子。一場大批判運動立卽在全國範圍內展開。那時候我才感覺到認識的色彩能够變化得那麼快，而且反差會如此絕對！批判的威勢壓倒一切，不允許解釋，更談不上反駁。批判者們認爲我的觀點是陰謀將人民美術工作者引入歧途，當今世界只有兩個流派，一個是無產階級革命派，一個是資產階級反動派。批判者們認爲景芳那句話是在爲資產階級張目，馬列主義的觀點是：一切人、一切思想、一切意識型態無不打着階級的烙印，主張階級調和的就是敵人。於是我們都被宣佈爲：資產階級右派份子。最初我們並不知道這頂帽子的重量，還在紙屋裏說笑話，我說：我們連一間可以結婚的房子都沒有，怎麼會成了資產階級了呢？景芳說：我們是無產的資產階級。這時候那些掛在牆上的耳朶最爲靈敏。左隣右舍立卽把我們說的笑話連同過去我們小聲說的話密報了上去。如我說：不會太久，我們一定會有一個屬於我們的世界。又如景芳說：走吧，比起我們的愛來，什麼都不重要。第二天我們就分別在各自的單位接受猛烈的批鬪。你們的世界是什麼？這不是明顯的反黨言論是什麼！你們的世界就是剝削階級失去的天堂！比起你們的愛來，什麼都不重要?!赤裸裸的在向黨進攻！愛情至上是資產階級寫在他們旗幟上的綱領之一！在批鬪會上宣佈不許我和黃景芳進行任何接觸，包括通電話，任何形式的接觸都將被認爲是反革命串連。到了這個時候我才深切理解毛澤東下的那個新定義：資產階級右派即反動派。所有的老師、同學、學生、朋友和親人一律把你當做敵人，錯肩而過時都以憎恨的目光向你側目而視，我和景芳成爲一切人都有權監視的對象，也就是我們的一切言行都在眾目睽睽之下，告密成爲所有人的神聖義舉。甚至我自己都自慚形穢。立身於世，沒有一個人同情或敢於同情，只有籠中供參觀的餓狼才有同感的孤獨和悲哀。當一個偶像被眾多的信徒奉爲神的時候，受難最深的是最虔誠的信徒。景芳一定比我更難接受，一個轟動京華劇壇的女演員，一夜之間變成人民的敵人，無異於從雲端上跌落到萬丈深淵。想必她也得到同樣的禁令，不許和我見面，也沒有人願意爲她傳遞哪怕一個小紙條。我不敢給她打電話，即便打通了電話，他們的電話是公用的，誰也不會去叫她。三天以後，報社黨委辦公室找我談話，辦公室主任一見面就交給我一封拆過的信，我一看字跡就知道是景芳寫給我的。辦公室主任要我向黨解釋她寫這封信的眞正目的是什麼？信中前無稱謂，後無署名。只有一首古體詩：

莫向秋江問花踪，
千里煙波黯如聾，
自褪嫣紅歸泥土，

從來有始必有終。

我讀完這首詩，大驚失色，立即老老實實把我的理解告訴他：從景芳這首詩來看，她已經萌生了自殺的念頭，我請求報社黨委馬上告訴劇院黨委，請他們救救她，但願還來得及，希望能代我轉告景芳一句話：活着，活着，一定要活着。但我們的黨委辦公室主任卻慢慢騰騰、無動於衷地說：

「慌什麼？她要自殺，讓她自殺好了，讓她去自殺！江河湖海都沒蓋着蓋子，曬衣服繩子到處都有，找棵彎彎樹也很容易……自絕於黨，自絕於人民，有什麼可惜的？她以爲她還是昨天的名演員，你看不看報紙？全國工農兵一致聲討資產階級右派向黨進攻，你們唯一的出路就是低頭認罪，長期進行洗心革面、脫胎換骨的改造，重新做人。你今天晚上趕快準備一下簡單的行裝，明天一早集中上火車……」

「去哪兒？」

「北大荒。」

「北大荒？」當時知道北大荒的人很少，我只能顧名思義，猜想它一定是在寒冷的北方，遼闊、荒蕪、渺無人迹……我當卽提出：「我能不能去向黃景芳告個別？」

「不行，如果她自殺了，你去做什麼？量你也不敢哭。如果還活着，她也會去北大荒。」

他的回答使我在失望中又燃起一星希望之光，北大荒三個字立即有了新的意義，寒冷、遼闊、荒蕪的土地上有了她就會變得溫暖起來……我希望她能得救，我能在北大荒見到她。

北大荒果然在中國的東北邊境，和蘇聯接壤。

北大荒一入秋氣溫就在零度以下了，被放逐到這片荒原上成千上萬的知識份子和其它罪犯的身心都感到格外寒冷，北風徹骨，還得自己動手，在冰凍的水裏和泥托坯蓋簡陋的泥屋。人的社會把我們拋棄了！我們像一羣野狼。我並不甘心做狼，每天都在留心打聽景芳的消息，只要能找到景芳，我們就是狼羣中的一對人了。但我打聽了一年，所有有女人的勞改隊都查問到了，找到不少女演員，但沒有景芳。

她自殺了！這是我尋找了一年後自己得出的結論。這是我一直都不忍心做、又不得不做出的結論，她在寫完那首絕命詩的時候就自殺了。我眞的成了一頭野狼了，對所有的狼都齜着牙，恨不能咬斷同類的脖子，恨不能撕碎那些看管我們的比狼還要凶殘的兩腿直立的怪物。每到傍晚，我總是一個人跑到無垠的雪原上，像狼似地對着冰冷的月亮號哭一陣，我相信睡在泥屋裏的同類聽到的一定是狼的嚎叫。

在北大荒的第二個春天，我在人跡不到的沼澤中間一個土丘上築了一座小塚，塚內埋葬的是景芳的那首絕命詩。

26

「她眞的自殺了？」珍妮大睜着善良天眞的眼睛問我：「眞的自殺了？」

「眞的自殺了，但……並沒有死，——這是我很久以後才知道的……」

「啊！」她舒了一口氣。

景芳沒有死。

七十年代末我又回到了北京。七十年代末，應該說是另一個時代的開始，這個時代是中國人在惡夢的牢門口掙扎的時代，這種掙扎是似醒非醒的掙扎，其痛苦與慘烈的程度是難以想像的……

一天傍晚，我從景芳演過很多戲的劇院門前經過，偶然看見劇目預告欄裏演員名單中有黃景芳三個字，對我來說，黃景芳在所有漢字中是最明亮的三個字。我立即站在預告欄前，仔仔細細地看，是黃景芳，不是幻覺。劇目是契可夫的「萬尼亞舅舅」，她扮演索尼雅。一時間我懷疑這是二十多年前的舊預告，再看看日期，才知道它的確是新公佈的預告。再說，舊的預告絕保留不到今天，因爲這類的預告欄至少砸爛過十次。我再把眼睛貼近些，預告：首場演出的日子就是後天。可我又想，這個黃景芳也許是另一個黃景芳，同名同姓的中國人還少嗎？爲了證實她到底是誰，我走向售票處的窗口。售票員是一個上了年紀的老頭，戴着很深度的老花鏡。我小心而恭敬地對他說：

「老師傅！我想買一張『萬尼亞舅舅』的票……」

「要哪天的？」

「首場演出。」

「要幾等票？」

「對不起，我在買票之前想請教您一件事……」

他的目光越過老花眼鏡的上沿看看我，說：

「問吧。」

「那位扮演索尼雅的黃景芳是個老演員呢？還是個年輕演員？」

「怎麼？」他有些敵意地問我：「非得看年輕小妞演戲不可嗎？就因爲你們這些淺薄的觀眾，才生出些淺薄的、靠臉蛋兒出風頭的明星來，她們那叫演戲？與其說她們是在表演，不如說她們是在賣弄風騷……」他一提這事，氣就不打一處來，越說越來勁，我拚命踮着腳敲他的小玻璃窗門。

「不！您誤會了，我是貴劇院二十多年前的老觀眾，對你們的老演員很熟悉……所以先打聽打聽……」

「啊！原來是這樣，既然您是老觀眾，我可以告訴您，這個黃景芳就是二十多年前紅極一時的黃景芳……」

「啊！」我呻吟了一聲，呆住了。

他繼續對我說：

「她的演技可是不同凡響，雖然二十多年沒登過臺，前天我們劇院內部彩排，她的形象依然光彩照人，臺詞之動聽、之準確、之清晰讓人嘆爲觀止！您相信我，我絕不會騙你，我賣了幾十年戲票，看了幾十年戲，有些臺詞我都能背……你聽：『我把自己的生活蹧蹋了，我有才能，我有知識，我大膽說：要是我的生活正常，我早就成爲一個叔本華，一個托斯妥也夫斯基了……』怎麼樣？有點契可夫的味道吧？不會叫您失望的，多買幾張吧，請您的全家一起來看，您的老伴兒、兒子、女兒、孫子、外孫子……怎麼，您怎麼了，到底要幾張？發什麼愣呀？您……怎麼了？」

「她還活着？她……還活着？」

「您這人是怎麼了？她不是活得好好的嗎！您的票到底還買不買了？」

「買，買首場演出，最好的，一張！」

「怎麼就買一張？」

「我就一個人……」我從衣袋裏抓了一大把零零碎碎的小票和硬幣塞進窗洞。」

「您這人眞是……」他留了兩塊錢，把其餘的小票和硬幣又都推出了窗洞。我拿了票問他：

「您能不能告訴我她住在哪兒嗎？」

「您這就太過份了，打聽女演員的住處幹什麼？劇院有規定，不能隨便告訴觀眾演員的住處，戲迷那麼多，演員還休息不休息了?!」

「師傅！我是她多年不見的朋友，好朋友！請您幫幫忙，我不是一般的戲迷。」

「我怎麼知道您是不是她的好朋友？」

「師傅！您看。」我把畫院的工作證掏出來遞給他。「這是我的證件。」

他拿着證件，對照了一下我本人，立即顯示出一付肅然起敬的樣子。

「是這樣的，黃景芳一年前才從南方鄉下落實政策回來，沒有像樣的房子分給她，她本人要求還住她二十多年前住過的那間小屋……」

我一聽說還是那間小屋，沒等他說完，拔腿就跑。

我跑進二十多年前我常去的那條胡同，那座院落，東廂那排鴿子籠式的小屋還在。我走近她的窗前，微弱的燈光落在我的胸前，我聽見她正在唸臺詞，清晰、深情而甜美，多麼熟悉啊！其中似乎又多了一些不熟悉的東西，到底是什麼？我沒有時間去細想。

「……我的不幸也許不在你之下，然而我並不輕易絕望，我聽天由命，再痛苦我也要忍受到我的壽命自己完結的那一天……你也要忍受你的痛苦啊……把嗎啡交出來，我親愛的舅舅，我非常愛的舅舅啊！交出來吧！……」我相信她眞的在哭泣，不是索尼雅的哭泣，是她，是景芳的哭泣……

這二十多年確實像一場洪水那樣從我身上漫過嗎？這是眾多的人？還是我一個人兒的一場惡夢呢？眞好，原來是一場夢捉弄了我二十多年，是的，是的，歷史不該是這樣，中國不該遭這麼大的刼難，因爲這刼難不是老天給的，是人爲的，共產黨是英明的，它不應該犯錯誤。中國人、中國知識份子當中不應該有這麼多人爲了保護一個飯碗，變成一哄而上的狗。人會那麼脆弱麼，在恐懼面前那麼輕易就放棄了人的尊嚴?!誰是這個殘酷故事的編撰者？把幾千年中國歷史中最可怕、最卑劣的故事都壓縮在一場夢裏，讓人失魂落魄，讓人懊喪頹唐……這一下可好了，我全明白了，是場夢，頂多只佔用了我生命中的一個夜晚。我興致勃勃地叩響了那扇我叩過無數次的小門，門開了，一個戴着斑白假髮的景芳站在我面前。

「景芳！你在家裏還戴着假髮？」

「您是誰？」她大睜着眼睛卻問我是誰。

我笑了，笑她跟我演戲。轉瞬之間她的臉變得非常蒼白。沒有氣力地說：

「你，秋葉！你怎麼會老成這樣……？」

這句話把我從眞正的夢幻中喚醒了，我好沮喪啊！不得不扶着門框，否則我會摔倒。她把我拉進紙屋。我最先注意的是牆壁，我給她畫的那張長卷連一方寸也不存在了，再現了它剝落的本來面貌。她的床只是兩條長凳支着的一塊木板，南方的竹絲箱籠攤開着擺在地上，臉盆裏泡着沒有洗的衣服。加上兩只小竹凳，就什麼也沒有了。她和我面對面坐在小竹凳上。我們相向注視了好一會兒，好像都不願用語言去訊問，只想用眼睛在對方已經變得粗糙了的輪廓和肌膚上去讀出近二十多年各自的生活軌迹。我熟視了良久也不明白她怎麼會仍然坐在我的面前，我無法塡出她近二十多年的空白。她在那首詩裏分明告訴我：她自殺了。難道是她在騙我，讓我絕了這份情，以死別的短疼免去生離之後的漫長愁苦？這也太殘酷了！

她在苦笑，苦笑時的心是痛楚的。我只好先開口。

「你還記得你寄給我的那首詩嗎？——從來有始必有終……」

「忘不了，秋葉！我也沒想到，我會活到現在，我沒有騙你，我會騙你嗎？我給你寄出那首詩的第三天晚上才找到足够的安眠藥，我全都呑進去了，誰知道不到兩個小時就有人破門而入，把我送進了醫院。他們怎麼會猜得到我要自殺呢？我除了對你，對你也沒有說得十分清楚……」

「景芳！第一個看到你那首詩的不是我，是我們報社黨委辦公室先拆開看了才找我談話的……」

「是嗎？在醫院裏，醫生給我洗胃，我又活下來了，但我已經沒辦法找到你，他們也不許我找，即使能找、找到了你，我覺得也不需要再告訴你什麼了。幾個月以後，我被從醫院直接遣送返鄉。本來也應該去北大荒，時間過了，沒人押送，改爲遣送原籍。故鄉那塊白鵝晾翅的淺灘、青瓦粉牆、綠樹葱籠的小村莊，一灣清溪和烏蓬船都悄聲細語地告訴我：活着、活着……鄉親們的面孔卻個個都是冰冷可怖的，在冰冷可怖的深處，看得出還有點迷惑，他們都不明白：爲什麼一個那麼乖的囡囡出去十幾年出脫得漂漂亮亮、文質彬彬，卻是一個和地、富、反、壞站在一起的敵人？這是不能懷疑的，是黨給她定的性，黨從北京把她押送原籍，交家鄉的貧、下中農監督勞動改造。後來這段路是怎麼走過來的呢？眞是一言難盡，可以提到的一件事是我收養了一個孤女。很偶然，文革期間，我每天下地最早，聽到有嬰兒的哭聲，我在水溝裏的茭白秧裏找到她，她的父母留給她的只有掛在脖子上的半塊玉鎖。我並不喜歡孩子，也是緣份，我一抱起她，她就不哭了，還笑着啊啊地逗我。別人抱她，她就大哭。開始只是出於憐憫，我收養了她。孩子很爭氣，給我的安慰比拖累多，而且有她在我身邊，免掉許多心懷叵測的男人們的糾纏。孩子現在在舞蹈學校學芭蕾，成績很突出。二十多年，我不說你也能想得到，正像你不說我也能想得到一樣。我用一個字就可以概括，那就是：累！很累！太累了！我並不是說鄉下勞動累，勞動並不累，就像舞臺演出，場次再多，我都不覺得累。我的累是累在心裏……你說奇怪不奇怪，活得那麼艱難，幾乎瀕於衰竭的心裏還埋藏着一個願望：重上舞臺。我知道那是幻想，戲劇和生活的舞臺永難重登，可願望怎麼也死不了。有一回我划船經過一座過去演社戲的舞臺，淚水止不住流了半日。我繞着這座水上舞臺轉來轉去捨不得離開。它已經很殘破了，板牆和樓板缺了三分之一，上臺的木梯早已沒有了，屋頂上彩繪的藻井還保留着昔日的鮮豔。舞臺是演員生命中的聖殿，在演員的心裏它永遠都閃爍着迷人的光芒。斗轉星移，有一天，我也沒想到，縣裏會派人來找我，通知我：你可以回北京去了，劇院給你平了反，和過去一樣，什麼事也沒有了。我不相信，我已經是個不相信任何轉機的人了。但他給我看了蓋了大印的紅頭文件，我相信了這件事，但我還是不相信這件事就是命運的轉機。我爲了帶着女兒回北京，爲了辦各種各樣的手續，和各種各樣的人打交道，花了整整半年的時間，眞累呀！累得我心力交瘁。回到北京，進了劇院以後才知道，和過去並不一樣，根本沒人相信我還能重上舞臺，他們只是爲了顯示黨的寬大，讓我回來在城市裏養老，頂多讓我管管服裝、道具。我爲了實現我心底裏從未熄滅過的願望：重上舞臺，到處奔走、遊說，去說服有影響力的戲劇界的老前輩、劇院領導、文化局領導，乃至市和中央一些喜歡看戲的要人。我一對一地朗誦，表演小品和戲劇片設。又是一年多，累！眞累！累極了！總算功夫不負苦心人，同意我參加『萬尼亞舅舅』的排練，最初我是索尼雅的E角，在排練過程中，我由E而D，由D而C，由C而B，由B而A。後天我就要重上舞臺和觀衆見面了，秋葉！你要不要來看看？」

「我已經買好了票……」

「哪一場？」

「首場。」

「對！要買首場，不然……」

「不然怎麼？」

「不！……」她恍惚地說：「我怕別的場次是B角演……」

「我幸虧能買到首場。景芳！你不願意聽聽我的？……我……現在仍然是孑然一身……」

「秋葉！我很願意，不過首場演出之前都不行，多年沒有登臺演出過，我必須好好地做準備，尤其是不能分散精力，我想你應該幫助我……」

「好的，等你首演以後我來看你……」

「什麼時候合適，我會通知你，沒有通知請你不要來，你一定會尊重我。你可以去了，我要讀臺詞……」

「好的……」我和她同時站起來，我驀地抱住她，要親吻她，但她把頭別過去。我鬆開她說：「對不起……」

「對不起！」她也說了一句對不起。

門忽然被推開了，一個十五歲的女孩走進來，一雙芭蕾演員的腳踮着撲向景芳，我想：她大概就是景芳的養女了。

「媽！他是誰呀？」

「叫秋葉叔叔！」

「秋葉叔叔！」叫完之後嫣然一笑，在媽媽耳邊吱吱咕咕地說了一句什麼，還狡黠地看看我。景芳假裝着喝斥她：

「小孩子家，你知道什麼！」

看得出，她曾經從媽媽那裏聽說過我。

「媽！」黃麗很懂事地說：「你跟秋叔叔好好談談，我回學校去了。」

「秋葉叔叔就要走了。」

「別，多年不見，媽！別把秋葉叔叔趕走！」

「不是你媽趕我走，我也該走了，你媽要準備角色。」

「媽！」黃麗白了媽媽一眼。「不管你留不留秋叔叔，我得走了。」

「走就走吧，反正秋葉叔叔也得走。」

黃麗拉開門，頭也不回地走了。

「我就走，景芳！她知道你是她的養母嗎？」

「知道，前年她的生父母也找到了她，她的生父母和我們一樣，五七年的右派，現在也回到了北京，黃麗兩邊都常來往。這樣很好，我的負擔就不會太重了，我說的是感情負擔……」我以為她會留我再說一會兒話，誰知道她又一次下了逐客令。「實在對不起，首場演出的關係太重大了，我把它當做空前絕後的一場演出……」

「為什麼要說絕後的呢？」

「秋葉！你的為什麼太多了！我永遠解答不完，對不起，我的時間現在比全世界任何一個人都要寶貴，請！」她有些憤怒地拉開房門。

我只好退了出去，但心裏十分惶惑不安，我眞想再回到她身邊去，但我聽見她正在激情地讀着索尼雅的臺詞。於是，我覺得一切都是自己的情緒在作怪。走到大街上，一羣報童迎着我喊叫，手裏搖着一份名叫「時代的報告」的小報。首先讓我感到不解的是，從一九四九年以後，中國的報紙一律是國營黨報，由郵局發行，三十多年都沒見到過報童，爲什麼又有了報童呢？報童喊叫得也很特別。「請看：你愛祖國，祖國愛你嗎？」

「請看『時代的報告』，請看大毒草《苦戀》！」

「請看反動作家白樺的眞面目！」

「請看〈解放軍報〉評論員文章！」

「請看馬列主義評論家黃鋼的批判文章！」

「請看！批判！批判！大批判！偉大的批判！」

是在拍電影？拍電視？可又沒看見攝影機和攝像機。

行人以一種茫然不解和恐懼的日光看着這些報童，有人試探着去買那份小報。我也走過去買了一份，走進一家小飯館，要了一瓶啤酒和一盤炒肝，一邊喝一邊看。那些批判文章對於經過文革的中國人來說可是太熟悉了，熟悉得讓人噁心，還是那些尖銳的詞句，居高臨下的架式，咄咄逼人的流氓腔調，姚文元式的筆鋒，不容思辨的、武斷的結論，沉重的政治帽子……但誰都要問一句：他們又想做什麼？因爲在中國，一切政治災難都是以大批判爲先導的。我從第一個字看到最後一個字才從小報上抬起頭來。冷丁地打了一陣寒顫，不是已經五月了嗎？還這麼冷?!

首場演出非常成功，景芳的表演何止是不減當年，而是爐火純青，每一句臺詞，每一個字都是她嘔出的血，那已不僅是契可夫智慧和憤懣的紓發了，同時又是許多人在雷光電火、風雨交加的夜路上的長途跋涉，每一步都在流淚，都在滴血，都在思索，都在憬悟……她既是索尼雅，又是景芳，我好像和景芳更靠近了。但在第四幕，景芳扮演的索尼雅最後說那段話的時候，我並沒有像別的觀眾那樣流淚，只覺得我的心在緊縮，無限緊縮，幾近窒息。從她那次演出之後，那段臺詞我就記住了，它幾乎有一部佛教的《心經》那麼長。那段臺詞是這樣的：

索尼雅伏在萬尼亞舅舅的膝頭上，萬尼亞撫摸着索尼雅的頭髮。索尼雅說：

「我們又能有什麼辦法呢，總得活下去呀！我們要繼續活下去，萬尼亞舅舅，我們的來日還有很長很長一串單調的晝夜；我們要耐心地忍受行將到來的種種考驗。我們要爲別人一直工作到我們的老年，等到我們的歲月一旦終老了，我們要毫無怨言地死去，我們要在另一個世界裏說，我們受過一輩子的苦，我們流過一輩子的淚，我們一輩子過的都是漫長的辛酸歲月，那麼，上帝自然會可憐我們的，而，到了那個時候，我的舅舅！我的親愛的舅舅啊！我們就會看見光輝燦爛的、滿是愉快和美麗的生活了，我們就會幸福了，我們就會帶着一副感動的笑容，來回憶今天的這些不幸了，我們也就會終於嘗到休息的滋味了。我這樣相信，我的舅舅啊！我虔誠地、熱情地這樣相信啊……我們終於會休息下來的，我們會休息下來的，我們會聽見天使的聲音，會看見整個灑滿了金鋼石的天堂，所有人類的惡心腸和所有我們所遭受的痛苦，都將讓位於瀰漫着整個世界的一種偉大的慈愛，那麼，我們的生活，將會是安寧的、幸福的，像撫愛那麼溫柔。我這樣相信，我這樣相信。可憐的、可憐的萬尼亞舅舅啊！你哭了……你一生都沒享受過幸福，但是，等待着吧，萬尼亞舅舅，等待着吧……我們會享受到休息的……啊，休息啊！啊！休息啊……」

安東・巴夫洛維奇・契可夫絕不僅僅是爲索尼雅寫下的這段話，他是爲所有昨天和今天的俄國人寫下的這段話，也是爲所有昨天和今天的中國人寫下的這段話。這就是文學的不朽的生命。對於那些總在搞大批判的人來說，契可夫的這段話不是更可怕嗎？他們只是沒有足够的文化知識，還認識不到。

大幕在淒涼的更梆聲中徐徐落下來。觀眾最初像是全都死去一樣寂靜，頃刻，響起一陣經久不息的暴風雨般的掌聲。演員謝了六次幕，觀衆還在鼓掌。我在觀衆中不停地叫着她的名字……我眞想立卽到後臺去看她，祝賀她，但我有過不接到她的通知不去見她的承諾，我怕因此反而傷害了我們之間的感情。我只好在衆多的觀衆之中，身不由己地被人流推出劇場……

那天夜裏我失眠了！還不單單是景芳的演出成功給我的震撼，而是我有了一個模糊不清的預感，預感是不祥的。那種不祥在景芳最後那一大段臺詞裏傳達得更多了一些。我幾次都想跳起來奔到景芳的住所去，至於去做什麼？我也不知道。但我沒有從床上跳起來，事後我曾痛心疾首地後悔過。但卽使我從床上跳起來，奔到景芳的住所，又能怎麼樣呢？能够讓注定要發生的事情不發生或中止發生嗎？當然是徒勞無益的。

第二天上午，十點鐘，我鬼使神差地奔到景芳的住所，我以爲十點鐘太早了一些，她昨夜演出很累，別打擾了她的休息。誰知道，我趕來得太晚了！太晚了！也許只是晚了幾個小時，對於我，和晚了一生一世有什麼差別呢？紙屋外擠滿了人，全都是大名鼎鼎的演員、導演……小門上赫然貼上了公安局的封條，門檻外有一條流成小溪的血迹，這時我才清晰地看到我的預感是什麼：她自殺了……

和她同臺演出的演員們紛紛議論，幾乎沒有一個人能眞正理解：她爲什麼在復出的首場演出以後就走了呢？有人爲她惋惜，一個那麼成熟、那麼有才華的演員。有人說她太傻，做了一件大傻事。有人說她很瀟灑，在喝彩聲中飄然而去。有人說她太痛快了，一死把多年的憤怒都傾洩出來了！

一個小女孩哭着撲到我的懷裏，我仔細看看才知道她是黃麗，她往我手上塞了一張小紙條。

「媽叫我……給你的……」

那張紙條上只有四個字：

「盡卽佳境……」

我把黃麗摟在胸前，久久地看着那條流成小溪又被泥土吸乾了的血迹。

我知道，她是太累了！短短的一生，她負荷了過多的希望和失望。

——我們會享受到休息的，啊！休息！

她太累了！——我相信這是她所以再次毅然決然自裁的眞正原因。

又是一個意外！

愛着的人們，爲愛而生，爲愛而死，如醉如痴，單純善良、情深似海。他們爲擁抱而伸展雙臂，敞開胸膛，在持槍者的眼裏是多麼好的靶子啊！這是再自然不過的事情了，我們卻感到意外！Over and over……

恨着的人們，他們爲無止境地攫取而榮枯，冷酷無情，像雪崩那樣殘暴地製造恐怖，無可挽回地肆虐並滑向自身的潰亡。他們又像炮彈或槍彈那樣，在毀滅生靈以後才會冷卻而喪失威力……這也是再自然不過的事情了，我們卻感到意外！Over and over……

27

珍妮憂鬱地縮在椅子裏。海上有一隻孤獨的帆板，帆板上的帆是白色的，像一隻水鳥在浪上翻飛。她聽完我的故事後長時間沉默不語，這還是第一次。

這是我迄今爲止最後一次愛情經驗，每次回憶到景芳，回憶到她的死我都會極度悲哀，都會長時期陷入迷惘……

我不知道珍妮在什麼時候給我斟滿的一杯白蘭地，我也不知道我什麼時候伸手拿來喝的，我只知道我在喝，一口一口地喝，而杯子裏的酒總是滿的。

我醉了，但還不是那種爛醉，我還能聽見珍妮的聲音，她對我說：

「你就不要回去了，今晚……」

我醉了，是那種只會點頭而不會搖頭的醉。沒有準備，我嘔吐了，吐了我自己一身。她扶起我走進浴室，像對待一個孩子似的，一件一件地脫掉我的衣服，幫我淋浴。

我醉了，是那種回到童年一般的醉，我好像在熱帶的傾盆大雨之中……

她又把我扶出浴缸，用熱風器把我吹乾，裹在大毛巾裏，攙着我到床邊，讓我睡在床上……

我醉了，但還不是那種一躺下就呼呼大睡的醉。

浴室裏的花灑又在噴水，珍妮仰着頭接受流水的撫摸，流水從她閉着眼睛的臉滑下去，流過她高聳的乳，乳頭濺出細密的水珠。流水像透明的布，合體地裹着她。我應該畫一幅名叫「泉水女神」的畫，請她幫幫忙，做一次我的模特兒，我想她會樂意答應我……她的確很美，是那種成熟女人的美，豐滿得均勻，恰如其分，幾乎可以不做任何增刪，就是一尊最理想的泉水女神。我要記住流水在她身上的每一個部位的形態，流經脊背、凹進去的腰和凸起的臀部時沒有一點褶皺，只是在前面，胸、腹和那隻稍稍屈起的右腿處有很複雜的波紋和水珠……

我醉了，但還不是那種痲木不仁的醉。

她躺在我的身邊了，是她，是珍妮。是她的手在摸我，從我的臉摸下去，一直往下，我的胸、我的腰、我的腹、我的腿。她好像是在用感覺對我進行一次再認識。我抓住她的手，她反過來抓住我的手，引導着我，重複着她在我身上做過的事，讓我用感覺去對她進行一次再認識……

一陣疾響！我知道，這是電話鈴聲，肯定是中斷了的那個電話，是珍妮打來的，從美國，洛杉磯，我拿起聽筒。

「珍妮嗎？……我是秋葉。」

「你危險嗎？我在問你，你有危險嗎？爲什麼不回答我？」

「我很安全，太安全了，從來都沒有現在這樣安全……」

「你怎麼了，爲什麼用這樣的語調對我說話，Why？」

我有點歇斯底里地笑了……

珍妮從我的身後抱住我，吻我的脖頸、背、腰、腿……是的，是吻，是柔軟的、潮濕的吻……她重又回過身來吻我的耳垂，我聞到了她嘴裏的酒味，現在，我還能聞見酒味?!她輕輕地對我說：

「你還記得嗎？秋葉！我第一次帶你去 Long Beach，我請你爲我講講你自己經歷中很個人的事，你的情感的歷程，你還記得嗎？我告訴你，我的目的是自私的……你現在懂了吧，秋葉……」她吻着我的耳輪。我知道她並不要我回答，我的舌頭不聽從指揮，沒法回答她。

「回答我！秋葉！」珍妮在大洋彼岸哭泣着大聲抗議：「告訴我，你有沒有危險？」

「珍妮！……」我扼制不住我的笑神經，扼制和反扼制的結果就是使笑聲變得更加奇特，三分像笑，七分像哭。

「秋葉！你怎麼了？你……？」

珍妮翻過身來，伏在我的胸前。

「秋葉，這兒，現在，是一個屬於我們兩個人的世界，一個屬於我們兩隻鳥自己的巢，是搭在一根僻靜的樹枝上的巢……」

珍妮在電話裏嗚嗚地哭……

我在電話裏嘻嘻地笑……

珍妮熾熱的親吻使我從醉意中醒來，隨即那些壓在我靈魂上的負荷也有了重量，我的排斥和莫名的恐懼與她的熱切和歡快的放任恰恰成正比。她感覺到了，她用她的小手拍打着我的面頰對我說：

「秋葉！這兒是我們兩個人的世界！和你經歷過的任何時間空間都毫無相同、相似之處，是一個全新的時間，是另外一個世界，你可以聽任你自己意願，卽使是在你以往的觀念中，那是放蕩的、任性的。你可以對我爲所欲爲，我願意，我給你我的一切，懂吧？一切！懂嗎？一切，所有的……你可以叫，喊，如果覺得那樣好……你聽，我現在要喊了！」珍妮故意大喊了一聲：「啊！——」

我似乎又醉了。靈魂從沉重的肉體上騰飛起來……

珍妮哭泣着在大洋彼岸喃喃地說：

「秋葉！……你曾經抱怨說：西方人太不了解中國了，可你知道，今天，中國在美國、在全世界可是太有名了，誰都會記住現在這個月份，現在這個日子的那些殘酷的畫面……按照中國人的概念，一個是 Six，一個是 Four，這兩個數字加起來是個整數：Ten…… 用中國字寫出來，Ten 是個黑色的十字架。」

我不再笑了，靜靜地聽着……

我完全擺脫了沉重的心靈負荷，我完全可以聽任我自己的意願，聽任她，像她那樣自由地親吻我一樣親吻她，像她那樣自由地撫摸我一樣撫摸她、欣賞她。爲什麼我總是一次一次地放棄掉？美麗的女神之所以神聖，並非人們對她敬而遠之，而是人們對她親而近之。閉着眼睛的信徒絕不會得到女神的恩寵，這就是歐洲文藝復興時期，偉大的雕塑家爲什麼把女神放大了擺在世俗的人們中間的緣故。我變得很自信，我是一個人，人是可以欣賞神、撫摸神的，是可以聽從神去愛和被愛的……我成了一個巨人，我使珍妮吃驚，她微笑着像享受着泉水和陽光的撫愛那樣，閉着眼睛呻吟着，呼喚着我鼓勵着我，讚美着我，接受着我……她以一種聽來陌生的聲音喊叫着。這裏是山谷，只有風，只有雲，只有覆蓋着我們的陽光，我叫了，我也敢於叫了，我和她都在自己的王國的臥榻上，目空一切，我只有她，她只有我。兩個人兒的王國，我和她互爲統治者，互爲馴從的奴僕……我們以最大的氣力呼喊着，一直到精疲力竭。

神是可以征服的。珍妮把臉貼在我的胸膛上微笑着入睡了……

「秋葉！」珍妮在電話上哀求着，「回答我，你安全嗎？眞的安全嗎？回答我……」

「珍妮！安全，安全，非常安全……」

「No！No！No！我知道，你說的不是眞話，你在騙我！在這個時候，你怎麼還會這樣……可恨的秋葉！」

「珍妮！我不騙你，我發誓，我怎麼會騙你呢？你給過我的是我從未得到過的，你向我要的也是我從來沒有機會給過任何人的……」我不知道爲什麼我的聲調變得如此悲涼。「我現在才明白爲什麼中國古代的語言裏有一個詞叫做『恩愛』，把恩情和愛情聯在一起，不是嗎？不是應該聯在一起嗎？珍妮！我說這些是爲了證明：此時此刻我說的話是眞誠的、嚴肅的。珍妮！我再說一遍：我很安全，眞的很安全……」

「Why？Why？Why？」她一定要問個清楚明白。

「可愛的珍妮！」我嗚咽着說：「因爲我死了……」

「……」她再也不問了，我想她已經確切地知道我已經死了。

人是很堅強的，迎着暴風雨般的炮火去赴死，卻沒有一顆子彈敢於擊中我……人是很脆弱的，在一個沒想到要死去的早晨，從東半球通過電聲波傳到西半球，又從西半球通過電聲波反射回來的子彈擊中了我，準確地說，只是衰減了許多倍的槍聲擊中了我，我死了……

哀莫大於心死。——那是古代中國人的悲哀。

哀莫大於心未死。——這是當代中國人的悲哀。

我想起一句宣傳藥品的電視廣告用語：

現在簡單了……